데스마치에서 시작되는
이세계 광상곡
6

나나
무표정한 호문클루스

미아
말수가 적고 음악을
좋아하는 엘프.

카리나
무노 남작의 차녀.

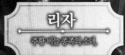

리자
주황 비늘 종족의 소녀.

타마
고양이 귀 종족의 소녀.

사토
이세계를 헤매고 있는
서른 줄 프로그래머.

포치
강아지 귀 종족의 소녀.

아리사
쿠보크 왕국의 옛 왕녀.
전생에 일본인.

루루
쿠보크 왕국 출신.
아리사의 언니.

데스마치에서 시작되는 이세계 광상곡

6

★ ★ ★

아이나나 히로

Death Marching to the
Parallel World Rhapsody
Presented by Hiro Ainana

CONTENTS

Death Marching
to the
Parallel World
Rhapsody

린그란데

"사토입니다. 목마라고 하면 메리 고 라운드가 맨 먼저 떠오릅니다. 어째선지 친구들은 로봇 애니메이션을 연상하는 사람이 많아서 동의해주질 않았어요. 신기합니다.

"말~?"

"말 아저씨인 거예요."

하얀 머리에 고양이 귀 고양이 꼬리의 타마, 밤색 머리칼을 보브 컷으로 꾸민 강아지 귀 강아지 꼬리의 포치가 대하를 내려가는 대형선 위에서 하늘을 올려다보며 말했다.

갑판에 놓인 소파에서 편히 쉬고 있던 모두가 그 말에 흥미가 생겨 돌아보았다.

보라색 머리칼을 금색 가발로 감춘 아리사가 보라색 눈을 가늘게 뜨면서 타마와 포치가 가리킨 하늘 저편을 보고 있었다.

"어? 저 조그만 점 같은 거? 저 작은 점이 용케 보이는구나."

나나가 내 뒤에서 불쑥 고개를 내밀며 말했다.

"마스터, 망원 유닛 증설을 희망합니다."

금색 머리칼을 포니 테일로 묶었고 여전히 무표정하지만, 요즘에는 그녀의 감정 기복을 알아챌 수 있게 됐다.

내 목에 손을 두르고 풍만한 가슴을 갖다 대고 있었다. 미인 계처럼 보이지만 호문클루스라서 실제 연령이 0살인 그녀의 경우, 어린애가 부모에게 스킨십을 하는 느낌이다.

행복한 감촉에서 벗어나는 것도 아까우니 나나가 하는 대로 놔뒀다.

그러나 그걸 가만 두지 않는 사람도 있었다.

"가까워."

시원스런 곡을 연주하던 미아가 눈을 삼각형으로 뜨더니, 나나와 나 사이로 끼어들었다.

트윈 테일로 묶은 엷은 청록색 머리카락이 흔들리며, 그 사이로 엘프의 특징인 약간 뾰족한 귀가 살짝 보였다.

살짝 소매를 끄는 감각이 들기에 그쪽을 보았다.

"주, 주인님은 역시, 그, 커다란 쪽이……."

검은 머리칼에 검은 눈, 일본인 생김새의 루루가 기적과도 같은 미모에 눈물을 지으며 말했다. 미소녀는 어떤 표정을 지어도 근사하군.

이 순간을 한 장의 그림에 담아 영원히 남기고 싶었지만, 피보호자가 슬픈 표정을 짓고 있는데 보고만 있을 수 없지. 손가락으로 상냥하게 눈물을 닦아주었다.

이런 미소녀가 못 생겨 보인다니, 이 세계 주민들의 미의식은 참 괴상하다.

"주인님, 사람이 타고 있는 듯 합니다."

방심하지 않고 마창을 쥔 주황 비늘 종족의 리자가 추가정보를 전했다.

붉은 머리칼 아래 늠름한 표정이 보였다. 그녀의 긴장을 반영하는 건지 오렌지색 비늘로 뒤덮인 꼬리가 작게 흔들렸다.

"습격인 건가요?"

『도적이라면 혼자가 아닐 것이네.』

옆 소파에 앉아 있던 무노 남작 영애 카리나가 세로 롤의 금색 머리칼을 등 뒤로 넘기며 하늘을 보았다.

그녀의 물음에 대답한 그윽한 남성의 목소리는 그녀의 가슴에서 파란 빛을 뿜어내는 은색 장식품이 내는 것이었다.

이름은 라카, 장비한 사람에게 신체 강화와 강력한 방어력을 주는 「지성을 가진 마법 도구」였다.
인텔리전스 아이템

동료들과 라카가 경계했지만, 나는 맵에 표시된 상세정보를 보고서 하늘에서 다가오는 사람이 적이 아닌 것을 알고 있었다.

물론 그걸 말해주려면 내 유니크 스킬 「맵」에 대해서도 가르쳐줘야 믿기 때문에, 카리나 양이나 라카가 있는 지금은 말해줄 수가 없었다.

조금 지나면 모습이 보일 테니까 그때까지는 느긋한 배 여행의 심심풀이로 삼아야지.

그건 그렇고—

이렇게 평화로운 여행을 하고 있으니, 어젯밤에 공도의 지하에서 마왕이 부활했었단 생각이 안 든다.

무노 남작령의 부흥지원과 위문 때문에 방문한 테니온 신전의 무녀 세라와 만난 것이 먼 옛날처럼 느껴졌다.

이렇게나 평화로운 대하 근처에서 마왕신봉자 집단인 「자유의 날개」가 세라를 제물로 바쳐 마왕 부활을 이루고 말았다.

하지만 마왕은 이미 퇴치했고, 제물이 되어 사망한 세라도 테니온 신전의 무녀장이 「소생의 비보」를 사용해 무사히 되살려냈다.

맵 정보를 보니 현재 세라는 「쇠약」상태였지만, 신전에는 신성 마법을 쓸 수 있는 신관이 잔뜩 있으니 괜찮겠지. 문병은 그녀가 조금 회복한 다음에 가자.

다음 「마왕의 계절」은 66년 뒤니까 앞으로는 평화를 만끽할 생각이었다.

지금 가는 공도에는 희귀한 것들이 잔뜩 있다고 하니 좀 오래 머무르면서 관광을 즐길까 생각하고 있었다.

엘프인 미아를 고향으로 바래다주는 게 늦어지겠지만 그녀가 무사하단 것은 이미 알렸다. 미아 말에 따르면 엘프는 1년 정도 오차는 신경 쓰지 않는다고 했다. 그래서 견문을 넓히는 걸 우선하기로 했다.

또한 무노 남작의 서한을 왕도에 전달하는 역할을 맡은 카리나 양은 공도에서 헤어지게 되는데, 그녀에겐 라카와 무장 메이드 둘이 있으니까 내가 걱정할 필요도 없을 거다.

그런 생각을 하다 보니, 배의 호위병이나 동승하고 있던 기사들도 하늘에서 접근하는 그림자를 눈치 챘다.

호위들이 대공 마법이나 활을 준비하기 시작했고, 새 수인이나 박쥐 수인 호위병이 정찰하러 날아올랐다.

거기에 이끌려 동료들도 투석이나 활을 준비하려고 하기에 작은 소리로 말렸다.

"적이 아니니까 당황하지 않아도 돼."

타마랑 포치가 발견했을 때 이미 맵 검색을 해봤다. 하늘에서 집근하는 기마의 징체는 이미 조사가 끝났다.

망원 스킬과 멀리 보기 스킬이 자세한 모습을 보여주었다.

하얀 목마형 골렘이 하늘을 날고 있었다. 아마도 내 천구랑 비슷한 원리 같았다. AR 표시에는 「비상목마」라고 나왔다.

목마의 등에는 백은색 전신 갑주(슈트 아머)를 입은 가녀린 기사가 타고 있었다. 투구를 쓰고 있어서 얼굴은 안 보이지만, 여성다운 라인을 그리는 갑주를 보며 장비한 사람의 상당한 미모임을 예감했다. 갑옷의 커브가 과장이 아니라면 E컵 가까운 사이즈였다.

이름은 린그란데 오유고크. 레벨 55. 스킬 구성을 보니 마법사라기 보다는 마법검사였다.

용사 하야토 마사키의 종자이며, 테니온 신전의 무녀 세라의 언니다. 세라보다 7살 많은 22세였다.

시가 왕국의 중진인 오유고크 공작의 손녀가 어째서 사가 제국의 용사를 섬기게 됐는지는 모르겠지만, 분명히 세라랑 꼭 닮은 미인일 것이다.

그 기대를 담아서 보고 있는데, 정찰 나간 새 수인이 굉장한 기세로 돌아왔다.

"린그란데 님이다! 『천파(天破)의 마녀』린그란데 님이 돌아오셨다!"

새 수인이 배 위를 선회하면서 흥분한 기색으로 보고했다.

그의 부리에서 나온 말은 「르인구랑드에느임」에 가까웠다. 덕분에 알아듣기 어려웠지만 그래도 머릿속에서 보완을 해냈다.

세라의 언니는 유명인인지, 승무원이나 호위병들뿐 아니라 기사들까지 「린그란데 님」이라며 그녀의 이름을 중얼거렸다.

"리~인?"

"그라뎅인 거예요?

주위가 웅성거리자 타마랑 포치가 두리번거리며 불안한 듯 시선을 움직였다.

"린그란데, 님? ……용사의 종자가 된 그 분?"

카리나 양이 일어서더니, 동경하는 아이돌을 보는 시선으로 접근하는 그림자를 보았다.

아마도 용사 마니아인 무노 남작에게 여러 소문을 들었겠지.

"아리사는 린그란데 님을 만난 적 있니?"

내가 작게 질문하자 아리사가 고개를 옆으로 저었다.

"없어. 내가 용사 하야토랑 만난 건 그녀가 동료가 되기 전이었을 거야."

그리고는 아리사는 묘한 목소리로 말을 이었다.

"하지만 평소부터 일본인을 봐서 익숙할 테니까, 주인님의 출신을 꿰뚫어볼지도 몰라."

"그렇군. 그때는 루루처럼 선조가 일본 출신 용사였다고 해야겠다."

아리사랑 이야기를 나누면서 머릿속으로 위장 줄거리를 지어냈다.

이윽고 비상목마에 탄 린그란데 양이 배 가까이 다가왔다.

그녀가 투구를 벗자 은실처럼 찰랑거리는 은발이 흘러내렸다.

플라티나 블론드에 가깝던 은발의 세라와는 달리, 그녀는 순수하게 은색이었다. 지나치게 예뻐서 작위적인 인상을 주는 머리칼이었다.

얼굴 생김새는 세라와 꼭 닮았지만, 가련한 꽃이 연상되는 세라와 달리 커다란 장미처럼 강하게 자기주장을 하는듯한 매력을 뿌리고 있었다.

"나는 오유고크 공작의 손녀, 린그란데! 귀선에 착지 허가를 바란다!"

린그란데 양이 탄탄하고 힘찬 목소리로 외치자, 배의 뒤쪽에 있던 선장이 허가한다고 대답했다.

인상은 전혀 다르지만 음질은 세라랑 많이 닮았군.

"""린그란데!"""

그녀의 목소리를 듣고서 감격에 겨웠는지, 배 위에 있던 사람들이 그녀를 환영하며 외쳤다.

"""린그란데!"""

쿵쿵 발을 구르고 팔을 휘두르는 모습이 너무 열광적이라 조금 따라가기 힘들었다.

타마랑 포치가 주변 분위기에 겁을 먹었는지 귀를 축 내리고 불안한 시선을 하기에, 무릎 위에 앉히고 머리를 쓰다듬어줬다.

나랑 동료들 말고 열광하지 않는 건 세라의 호위로 동행했던 근위기사 이파사 로이드 경밖에 없었다. 그의 시선은 성장한 여동생을 지켜보는 듯 따스했다.

신탁 스킬을 가진 아기 마유나를 안고 있는 하유나 씨도 열기를 띤 시선으로 린그란데 양을 올려다보고 있었다. 그녀의 남편인 토르마는 뱃멀미 때문에 선실에 틀어박혀 있었다.

"옆자리."

"나, 나도!"

미아랑 아리사가 소파 양 옆에 파고들어 나에게 밀착하더니 만족스럽게 웃었다.

"대, 대단한 인기네요."

바닥에 깐 푹신한 모피 위에 앉은 루루가 살짝 상기된 표정으로 돌아보았다. 흥분한 루루의 모습도 사진으로 남기고 싶을 만큼 귀엽다.

"마스터, 저 말과 같은 인형을 가지고 싶다고 선언합니다."

등 뒤에 서 있던 나나가 린그란데 양이 타고 있는 비상목마를 뚫어져라 보며 말하기에 가볍게 승낙했다.

"그래? 배에 있는 동안 한가하니까 만들어줄게."

간단한 봉제인형은 모두에게 줄만큼 만들어도 반시간이면 되니까 말이지.

"마스터, 감사를!"

나나가 기쁜 목소리로 말하면서 풍만한 가슴으로 내 얼굴을 끌어안아 감사의 마음을 표현했다.

물론 아리사랑 미아의 철벽 페어가 금세 움직여 강제 중단됐지만, 충분히 행복했으니 불만 없었다.

정성을 다해 귀여운 봉제인형을 만들어줘야지.

"사작님, 선원들이 소란을 피워 죄송합니다."

이 배에서 우리를 담당하는 승무원이 사과했다.

그녀는 배의 승무원인 동시에 이 배의 주인인 구를리안 태수 월고크 백작 아래서 일하는 문관 중 한 사람이었다.

"상관없어요."

나는 갑판 뒤쪽에 비상목마를 착지시킨 린그란데 양이 이파 사 경이나 선장과 말을 나누는 모습을 보며 승무원에게 물어보 았다.

"린그란데 님은 상당히 인기가 많으시군요."

"사작님은 모르시나요?"

그녀는 린그란데 양의 열광적인 팬이었는지, 가슴 앞에 두 손 을 꼭 쥐면서 다가왔다.

그녀의 분위기에 휩쓸려 고개를 끄덕이자 린그란데 양의 이 야기를 많이 들려주었다.

아까 맵으로 조사한 내용과 중복되는 부분도 있었지만, 이런 식이었다―.

린그란데 양은 차기 공작의 장녀이며 어머니는 시가 왕가에 서 시집온 현재 국왕의 딸이었다. 다시 말해서 공작의 손녀이면 서 동시에 국왕의 손녀였다.

왕위계승권은 없지만 보증된 혈통이었다.

또한 10살에 왕립학원에 입학하여 2년 만에 졸업했고, 바람과 불꽃의 마법도 상급까지 수련한 인재였다.

졸업한 뒤에는 학원의 연구원이 되었고, 15살때까지 3년 동안 연구를 하면서 실전돼있던 폭렬 마법, 파괴 마법 2종류를 부활시킨 천재마법사다.

그 연구와 병행하여 미궁도시 세리빌라에서 마술 실력을 갈고 닦았다.

"미궁도시에서 『계층주』를 퇴치한 공적으로 명예여남작위를 받으셨어요."

"단독으로 퇴치한 건가요?"

"아무리 린그란데 님이 굉장해도 혼자서는 무리죠."

승무원의 말에 따르면 왕도 성기사대의 도움을 받았다고 한다.

그런 그녀다 보니, 18살에 시가 왕국을 떠나 사가 제국의 용사를 섬기게 됐을 때 여러모로 소동이 일어났다. 그 부분에는 흥미가 없어서 대강 맞장구를 치며 흘려 들었다.

또한 그녀가 고향에 돌아온 것은 4년만이었다.

린그란데 양이 철컥철컥 갑옷 소리를 내면서 이쪽으로 다가왔다. 이파사 경과 함께였다.

앉아 있기도 뭐하기에 일어나 그들을 맞이했다.

카리나 양도 메이드들의 말을 듣고서 뻣뻣한 움직임으로 소파에서 일어섰다.

"처음 뵙겠습니다. 용사 하야토 마사키의 종자 린그란데 오유고크라고 합니다."

린그란데 양이 먼저 카리나 양에게 자기소개를 하고 기사의 예를 취했다.

"처, 처**임** 뵙겠습니다—."

긴장 탓에 발음이 꼬인 카리나 양은 얼굴이 빨개져서 굳어버렸다. 그래서 내가 재빨리 그녀 앞으로 나서서 커버해줬다.

"실례하겠습니다. 이 분은 저의 주인이신 무노 남작의 차녀 카리나 무노 님입니다. 린그란데 님과 만나 감동한 탓에 예를 다하지 못한 점, 카리나 님을 대신해 사과 드립니다."

"어머, 감동이라니— 무노 남작이라면 레온 아저씨를 말하는 것 아닌가요? 그렇다면 우리는 육촌이잖아. 내가 용사의 종자를 목표로 삼은 것도 레온 아저씨가 연구가 시절에 쓴 책 덕분인걸. 좀 더 맘 편하게 대해주면 좋겠어."

린그란데 양은 편하게 말하며 카리나 양에게 미소 지었다.

카리나 양은 동경하는 아이돌의 미소를 본 팬처럼 얼굴이 새빨개져서 졸도하기 직전이었다.

그것을 빈틈없이 감지한 린그란데 양이 시선을 나에게 돌려 말을 걸었다.

"그리고 당신 이름을 들을 수 있을까?"

"네. 저는 무노 남작의 가신인 사토 펜드래건 명예사작입니다."

대답을 들은 린그란데 양이 눈을 동그랗게 떴다.

"레온 아저씨의 가신? 무노 남작령의 소문 몰라?"

"아뇨, 물론 알고 있습니다. 그리고 무노 남작령을 괴롭히던 저주는 이미 해주 되었습니다."

해주한 것이 「은가면의 용사」란 것은 말 안 했다.

그녀는 용사 하야토의 종자니까 「새로운 용사가 등장했다」는 화제를 꺼내면 설명이 길어질 것 같았거든.

"그건 참 잘 됐네. 어떤 분이 해주를 한 거—."

린그란데 양이 질문하던 도중에, 나는 무슨 말을 하고 싶은 기색의 승무원을 발견하고 그쪽으로 시선을 돌렸다.

"무슨 일이지?"

"저기, 이제 곧 환형굴입니다—."

승무원이 말한 환형굴은 길이 3킬로미터쯤 되는 인공 터널 이름이었다. 대하를 가로막듯 서 있는 포도 산맥을 꿰뚫고 있었다.

환형굴의 폭은 대형선 한 척이 간신히 지나갈 수 있을 정도다. 대하의 원류는 포도산맥을 커다랗게 돌아서 흐르며, 환형굴의 반대쪽에서 다시 합류한다.

여기는 시가 왕국에서도 손꼽히는 관광지이며, 신혼여행으로 찾아오는 귀족도 많았다.

나중에 들은 이야기인데, 린그란데 양이 이 배에 탄 것도 험준한 포도산맥을 가로지르는 지름길로 환형굴을 쓰기 위해서였다.

"어, 어머나. 미안해. 처음 보는 사람도 있는 모양이니 방해하는 건 못난 짓이겠네. 나도 자리를 준비해줄 수 있을까?"

린그란데 양이 말하자, 카리나 양이 자기가 앉아 있던 3인용 소파를 슬그머니 곁눈질했다.

카리나 양에게 친구가 생길지도 모르니 가끔은 오지랖을 부려봐야지.

"린그란데 님. 괜찮으시다면 카리나 님 옆 자리가 비어 있으니 앉으시죠."

"괜찮을까?"

"네, 네. 아, 앉으세요."

내가 권하고 카리나 양이 뻣뻣하게 손짓하자, 린그란데 양은 별로 신경 쓰는 기색도 없이 소파에 앉았다.

그 모습을 흐뭇하게 보고 있던 이파사 경이 더욱 오지랖을 부렸다.

"린, 조금 자리를 내줄 수 있겠니? 나도 앉아서 환형굴을 보고 싶구나."

"아, 네. 좋아요."

린그란데 양이 카리나 양과 어깨가 닿을 정도로 다가가자, 카리나 양의 얼굴이 새빨개졌다.

린그란데 양은 편하게 말을 걸고 있는데, 카리나 양은 넋이 나간 채 「네」라든가 「그렇네요」라고만 대답했다.

린그란데 양의 기분이 상하지 않아 보이니 그나마 다행이었다.

공도에 도착하면 카리나 양이 대인 스킬 올리는 걸 도와주는 편이 좋겠군.

"그러면 여러분. 눈을 감고 기다려 주세요. 제가 신호하기 전까지 눈을 뜨지 않도록 부탁드립니다."

승무원이 소파에 앉은 우리에게 조용한 목소리로 말했다.

어쩐지 테마 파크의 베테랑 직원 같은 말투였다.

눈을 감으라고 한 건 환형굴의 광경이 잘 보이도록 어둠에 눈을 익히기 위해서였다.

"지금부터 본선의 조타는 선장을 대신하여 박쥐 수인족 메루우가 담당합니다."

승무원이 소개하자 박쥐 수인 누님이 인사했다.

그녀는 야간 보초를 담당하던 사람이었다. 그래서 호위병사일 거라고 생각했는데…… 조타도 하는구나.

아마도 이 앞의 터널을 불빛 없이 나아가기 위해 음파로 지형을 알 수 있는 박쥐 수인이랑 교대 하나보다.

"한형굴에 들어가면 소리가 울리니, 큰 소리는 자제해 주시길 부탁드립니다."

승무원이 주의사항을 말하자, 타마랑 포치가 양손으로 자기 입을 막았다.

코까지 막아서 숨이 막혀 보이기에 손을 살짝 내려줬다.

터널 바로 앞에 있던 선착장에서 출발한 나룻배가 우리들 배를 선도하여 터널에 들어갔다.

선행한 나룻배가 반대쪽을 향해 반짝반짝 빛으로 신호를 보냈다.

잠시 지나자, 터널 안쪽에서 반짝거리는 신호가 돌아왔다.

나룻배가 터널에서 나오자 정선한 우리 배가 돛을 접고 진입했다. 터널의 폭이 대형선 한 척 지나갈 수 있는 크기라 교통정리를 한 모양이다.

앞쪽에서 따스한 바람이 불어왔다. 동화였다면 터널이 거대한 생물의 배로 이어질 법한 느낌이었다.

물론 그럴 리 없었다. 배가 아무 일 없이 터널에 진입하자 서서히 입구에서 들어오는 빛이 약해졌다.

이런 식으로 실눈을 뜨고 여러모로 관찰하는 건 나빴었다. 다른 사람들은 승무원의 지시에 따라 순순히 눈을 감고 있었다.

나는 광량 조절 스킬이 있으니 금세 어두운 곳에 익숙해졌다. 참 편리한 스킬이야.

─오옷!

눈이 익숙해지는 것과 동시에 절경이 보였다.

내가 속으로 놀란 것을 감지한 건 아니겠지만, 때맞춰 승무원이 신호를 했다.

"자, 눈을 천천히 뜨세요! 이것이 그 유명한 『오크의 환형굴』입니다!"

한 발 먼저 보고 있었지만 참 근사한 광경이었다.

동굴 천정부터 측면까지 색색깔의 빛 이끼가 엷은 빛을 뿜으며 신비로운 그라데이션을 그리고 있었다.

더욱이 군데군데 노출된 수정 같은 뭔가가 그 빛을 반사하여 경치가 단조로워지지 않는데 한 몫하고 있었다.

마치 별이 가득한 밤하늘을 가져다 놓은 그림 같군─.

그것만 해도 충분히 아름답지만, 수많은 반딧불이 같은 빛이 둥실둥실 불규칙하게, 그리고 느릿하게 떠다녔다.

일루미네이션을 많이 봐서 익숙하다고 생각했지만 이건 각별했다.

"반짝반짝~? 둥실둥실~?"

"굉장한 거에요! 주인님! 갱장한 거예요!"

양 옆에 앉은 타마랑 포치가 흥분이 지나쳐 내 어깨를 잡고 좌우로 흔들어댔다.

눈 돌아가겠다.

"예뻐."

"굉장, 해요."

푹신푹신한 깔개 위에 앉은 아리사와 루루가 넋이 나간 듯 환상적인 광경을 보고 있었다.

무의식이겠지만, 둘 다 가까이 있는 내 다리를 잡고 있어서 조금 아프다.

"예뻐. 그래, 너무나 예뻐. 진짜야?"

미아가 빛의 난무를 바라보면서 열기 띤 듯 중얼거렸다. 오늘은 보기 드물게 말이 많다.

털썩 하는 소리가 들리기에 돌아보니 리자의 창이 소파 위에 떨어지는 소리였다.

그 소리로 제정신을 차린 리자가 다시 창을 집어 들었다. 한순간 모두의 시선이 모여들었지만 금세 흩어졌다.

리자는 눈짓으로 무례를 사과하고 직립부동 자세로 돌아왔지만 명백히 쑥스러운 기색이었다.

늠름한 리자도 좋지만 부끄럼 타는 모습의 리자도 사랑스럽군.

"마스터, 어휘가 부족합니다. 언어세트Ⅱ 인스톨을 신청합니다."

언어세트Ⅱ는 또 뭐니?

"어휘는 신경 쓰지마. 예쁘다는 말이면 충분해."

"네, 마스터. 예쁩니다."

나나는 감탄의 한숨을 흘리며 빛의 난무를 바라보았다.

아까부터 조용한 카리나 양을 돌아보니, 넋이 나간 듯 입을 벌린 채 절경을 바라보고 있었다.

이윽고 배가 환형굴을 빠져 나왔다. 길이가 3킬로미터나 되는데도 부족한 느낌이었다.

다음에 제나 씨도 데리고 구경하러 오는 것도 좋겠군.

◆

"공주님 힘내세요오오오!"

"대장, 지금이요!"

린그란데 양은 환형굴을 빠져 나온 뒤 금세 떠나려고 했지만 기사들이 부탁해서 한 번씩 지도를 해주게 되었다.

린그란데 양은 시원스럽게 기사들을 이겨 버리고, 대전상대의 결점이나 개선방법을 전달해줬다.

그리고 지금은 마지막으로 이파사 경과 시합하는 중이었다.

레벨 55의 린그란데 양과 레벨 33의 이파사 경은 차이가 역력하지만, 시합 형식이라 그런지 상당히 박빙의 승부였다.

그건 그렇고 린그란데 양의 화려한 검기를 보니 가슴이 뛰는군.

한편 이파사 경의 검기는 수수하지만 견실하고 괜한 움직임이 없어서 철저하게 방어만 하면 놀랄 정도로 강하다. 타마랑 포치에게 그의 검술을 가르치고 싶을 정도였다.

그냥 보기만 해서는 아까우니, 그의 움직임을 약간 연습해 봐 야지.

사람들 뒤쪽으로 물러나서 맨손에 검을 가졌다 치고 이파사 경의 움직임을 트레이스했다.

―어허.

보기만 해서는 몰랐던 시선이나 중심이동의 의미를 잘 알 수 있군.

그가 되있다는 생각으로 린그란데 양을 가상의 적으로 삼아 공상의 검을 휘둘러 싸워봤다.

〉「모방 : 무술」 스킬을 얻었다.

예상밖에 편리한 스킬이 생겼기에 곧장 유효화했다.^{액티베이트}

아까보다 정확하게 이파사 경의 검술을 카피할 수 있는 것 같 았다.

조금 더 모방을 계속하고 싶었지만, 두 사람의 싸움이 끝나서 중단하는 수밖에 없었다.

좀 아쉽군.

그런 생각을 하고 있는데 린그란데 양이 사람들 사이를 헤치 고 나타났다.

어째선지 나를 보고 사나운 웃음을 지으며 걸어왔다.

마치 먹잇감을 발견한 고양이과 육식동물 같은 표정은 관두

시면 안 될까요?

"재미있는 걸 하고 있네. 다음은 당신이랑 싸워볼래."

"그는 무노 시 방위전의 영웅이며 구를리안 시에서는 하급 마족을 상처 없이 쓰러뜨린 실력자야. 린도 방심하면 위험할 수 있지."

린그란데 양 뒤를 따라온 이파사 경이 괜한 정보를 추가해서 부추겼다.

"헤에, 그거 참 기대되는걸."

입술을 핥는 린그란데 양을 보고 도망칠까도 생각했지만, 그녀의 검술을 훔칠 수 있는 천재일우의 찬스니까 몰래 들키지 않도록 모방해봐야겠다.

"주인님, 요정검입니다."

"고마워, 루루."

걱정스런 표정의 루루에게서 검을 받으며 「괜찮아」라고 속삭이고 가볍게 머리에 손을 올려 안심시켰다.

사람들의 성원을 받으며 요정검에 마력을 주입했다. 마력강화라기보다 요정검을 보호하기 위해서다.

자칫하면 마인이 발생하니까 주입하는 마력량에 주의했다.

"■■■■■ ■ ■■■■ 빛 방어."

이파사 경의 영창이 끝나자 나와 린그란데 양의 몸을 하얀 빛이 감쌌다.

다치지 않도록 방어마법을 걸어준 모양이다.

나는 이파사 경에게 감사를 표하며 인사했다.

—위기 감지.

나는 스킬이 가르쳐주는 대로 몸을 던져 위기를 벗어났다.

"와~아. 방심한 것처럼 보였는데 경계하고 있었구나. 기왕이면 상대를 유도해서 반격을 시도하도록 해."

린그란데 양이 찌른 자세에서 팔을 당기며 조언해줬다.

나는 거기에 미소를 지어 답하고, 그녀의 시선이나 발놀림을 주목하면서 그녀의 검술을 훔쳤다.

마왕과 싸울 때 「공격에 허실을 뒤섞지도 않는다」라고 말한 이유를 잘 알았다.

시선이나 발놀림을 페인트로 써서 상대의 공격을 유도하고, 그 틈을 찔러 공격하는 건 상당히 유효했다.

좋은 기회니까 페인트에 넘어갔을 경우, 넘어가지 않았을 경우를 나눠 그녀의 전투패턴을 망라하여 여러 가지 액션을 취해 새로운 전투법을 끌어냈다.

그녀의 마검과 내 요정검이 접촉할 때마다 붉은 불꽃이 튀었다.

움직임을 추적하는데 불꽃의 빛이 거슬린다. 그리고 레이더나 로그 윈도우가 시선을 가려서 신경이 분산된다.

메뉴 표시를 끄기 전에 내 틈을 깨달은 린그란데 양의 찌르기가 사각에서 덮쳐들었다.

방어하지 못할 것도 없었지만, 그러면 그녀의 검을 파괴해버릴 것 같아서 자중하고 심판인 이파사 경의 판정을 기다렸다.

"승자, 린그란데!"

주위에서 「린그란데」 콜이 솟아올랐다.

린그란데 양이 검을 칼집에 넣으면서 이쪽으로 다가왔다.

"당신, 실력이 제법이야."

이마에 살짝 땀이 맺혔고 숨이 약간 흐트러져 섹시했다.

그녀의 여동생인 세라도 장래에는 그녀처럼 섹시한 미인이 되겠군.

"저는 아직 멀었습니다. 지도 감사드립니다."

린그란데 양이 내민 손을 마주 쥐면서 인사를 했다.

그때 그녀가 내 손을 끌어서 거리를 좁히더니 작은 소리로 속삭였다.

"그 머리랑 눈과 생김새― 당신, 하야토랑 같은 일본인이지?"

평소부터 일본인에 익숙하면 알아보는구나.

"네, 맞습니다―."

그녀의 말을 순순히 긍정하고 말을 이었다.

"제 **선조**가 일본인이었어요. 사토란 이름은 대대로 이어지는 것인데, 초대는 용사였다고 들었습니다. 물론 사가 제국의 용사 목록에는 사토란 이름이 없으니 진실인지는 알 수 없지만요……."

이건 린그란데 양이 용사 하야토의 종자라는 걸 알았을 때부터 생각했던 사토의 내력이었다.

내 말이 모두 거짓말은 아니었다. 내 선조는 분명히 일본인이고, 사토란 캐릭터 이름도 여러 가지 게임에 이어졌다.

당연하지만 사가 제국의 용사 목록에는 사토란 이름이 없다.

나는 걱정스레 이쪽을 보는 루루에게 손을 흔들며 린그란데 양에게 말했다.

"제 동료 중에서 검은 머리칼 소녀도 증조부가 사가 제국의 용사였다고 합니다."

"—소환자인가 생각했는데 아니었구나."

작게 중얼거린 린그란데 양이 납득한 듯 고개를 끄덕였다.

"어머? 귀 종족의 작은 아이들에 엘프까지— 마치 용사 파티 같은데."

내 동료들을 바라보던 린그란데 양이 말하면서 유쾌한 듯 미소 지었다.

세라는 언니와 거리를 두고 있는 것 같았는데, 스스럼없고 괜찮은 아가씨였다.

둘이 사이좋게 지내면 좋겠는데 어중간하게 참견했다가 오히려 꼬일 수도 있으니 자중해야지.

그리고 나랑 시합을 끝낸 린그란데 양이 점심에 내가 만든 새우튀김을 먹고 혀를 내두른 다음에 비상목마에 올라타고 공도를 향해 날아갔다.

공작성의 만찬회

"사토입니다. 맛있는 저녁은 마음이 맞는 친구들끼리 먹는 편이 좋습니다. 가능하다면 만드는 쪽이 아니라 먹는 쪽으로 참가하고 싶군요.

"마스터, 다리 형태 마물을 확인했습니다. 요격 준비를 진언합니다."

"큰일났어~?"

"위기가 위험한 거예요!"

나나가 저 앞의 광경을 보고 말하자, 타마랑 포치도 거기에 이끌려 허둥지둥거렸다.

"그렇게 당황할 것 없어. 저건 도개교라는 거야."

대하에 걸린 장대한 다리의 중앙부분 40미터 정도가 위로 올라가서 대형선의 돛이 부딪히지 않도록 변했다.

강 폭이 1킬로미터도 넘어서 별 것 아닌 크기처럼 보이지만, 실제로는 런던의 타워 브리지만 한 규모였다. 이세계의 건축물도 얕볼 수 없군.

그대로 바라보고 있자니, AR표시가 도개교의 가동부분이 일종의 골렘이란 것을 가르쳐 주었다.

승무원이 내 모습을 보면서 가이드 혼이 불타올랐는지 해설을 하기 시작했다.

"저 다리는 1,000년 전에 신들이 만드셨다고 전해지고 있어
요—."

교각이 마물을 퇴치하는 결계주 역할도 겸하고 있어서 물에
사는 마물이 공도 근교에 다가오지 못한다.

하류 쪽에는 다리 대신에 대단히 굵은 결계주가 10개 이상 세
워져 있는 게 보였다.

우리가 탄 배는 승무원의 해설에 귀를 기울이는 동안 무수한
배가 정박하는 항구를 지나치더니 공도를 따라 흐르는 지류를
거슬러 올라가 귀족전용 항구에 들어갔다.

무술대회가 개최되기 때문인지 도시 전체가 축제분위기로 들
뜬 인상을 받았다.

짐을 내리는 동안 공도의 최신 정보를 체크했다.

무술대회 탓인지 레벨 높은 사람이 많았다. 가장 높은 건 레
벨 55인 린그란데 양이었다.

아리사 같은 전생자나 용사의 칭호를 가진 사람, 마족이나 빙
의 상태인 사람은 없었다.

마왕신봉자 집단「자유의 날개」는 공도 안에 30명 정도 남아 있
었다. 서민가에 9명, 보비노 백작이란 귀족의 저택 지하에 15명
이 잠복해 있었고, 공작성의 지하 감옥에 4명이 구속돼 있었다.

나머지 2명은 공작성 안에 존재하는데, 세라의 숙부인 현 공
작의 3남과 그의 측근이었다.

또한 보비노 백작 자신은「자유의 날개」구성원이 아니고 선

대 백작이 구성원들을 통솔하고 있는 모양이다.

또 새로운 마왕이라도 소환하면 곤란하니까 놈들이 잠복한 장소와 이름을 용사 명의로 공작에게 고발해야지.

마왕이 부활할 때 구성원 대다수가 사망했으니 당장에 거창한 꿍꿍이를 실행할 수는 없겠지?

지상에 내리자마자 기운을 되찾은 토르마가 가볍게 말을 걸어왔다.

"사토 공! 형님이 마차를 보냈으니 먼저 실례하겠네."

그의 등 뒤에 있는 마차에는 놀랍게도 말이 없었다. 형태는 마차지만 골렘차라는 마법 도구(매직 아이템)의 일종이었다.

바퀴를 자세히 보니 바퀴를 돌리기 위한 손이 있었다.

제법 판타지한 마차로군.

"공도에서 묵을 숙소를 정하지 않았다면 내 집에 머무르겠나? 지금은 무술대회가 개최되고 있으니 제대로 된 숙소는 남아 있지 않을 텐데 말이야."

"친절한 말씀 감사합니다. 하지만 공도에 머무르는 동안 월고크 백작 저택에서 신세 질 예정이니 괜찮아요."

내가 말한 월고크 백작은 구를리안 태수였다.

구를리안 시를 공격한 하급 마족을 토벌한 인연으로 그의 친가인 백작 저택의 별채를 숙박시설로 제공해주기로 했다.

마차를 타고 가는 토르마 일가에게 손을 흔들면서, 우리도 마차와 말에 나눠 타고 월고크 백작 저택으로 갔다.

승무원이 탄 마차가 선도해주기 때문에 헤맬 일은 없었다.

"이 마차는 승차감이 참 좋아요."

"네, 달리는 마차 안에서 편하게 말할 수 있다니 굉장하네요."

뒷좌석에 앉은 카리나 양과 호위 메이드 피나가 놀라서 말했다.

그러자 내 양 옆에 앉은 아리사와 미아가 뒤를 돌아보며 마차 자랑을 시작했다.

"그렇~지. 주인님의 사랑이 담겨 있으니까!"

"응, 사랑."

담겨있는 건 사랑보다 기술인 것 같지만, 괜한 말은 하지 말자.

마차를 모는 루루를 제외한 나머지 애들은 모두 마차 앞뒤에서 따라오고 있었다.

후드 달린 망토로 귀와 꼬리를 감춘 타마와 포치가 주룡(走龍)을 탔고, 갑옷 차림의 리자와 나나가 말을 타고 있었다. 나머지 한 마리에는 카리나 양의 호위 메이드인 에리나가 탔다.

환형굴을 빠져 나왔더니 기온이 봄처럼 오른 탓에 후드 달린 망토는 좀 덥겠군.

항구 근처에 있는 성벽의 문을 통과하자 공도의 귀족 구역으로 들어섰다.

문을 통과할 때 마차를 세웠지만, 선도하는 승무원이 대응했기 때문에 나는 귀족의 신분증인 은판을 보여주기만 했다.

귀족가의 길은 평평한 돌로 포장돼 있었고, 콘크리트 같은 질감의 건물이 늘어서 있었다.

무노 성에서 연회를 열 때 들은 이야기인데, 건축 마법이라고 불리는 흙 마법의 일종을 이용해 세웠다고 한다. 공도에서는 호엔 백작이란 귀족이 이 건축 마법에 정통하다고 했다.

길옆을 잰 걸음으로 걷는 메이드들은 예전 무노 성에서 본 것처럼 보통 원피스 차림이 많았다.

—기필코 공도에 메이드복을 침투시키고 말리라.

그 야망을 가슴에 품고 있는데 마차가 상급 귀족의 저택이 있는 한적한 구역으로 들어섰다.

맵으로 이미 확인했지만 공작성 근처에는 후작 저택이나 백작 저택 같은 상급 귀족의 저택이 늘어서 있었다.

각각의 부지가 도쿄 돔이 들어갈 정도로 넓었다. 궁전이라고 표현하는 편이 맞을 것 같군.

거리 풍경에 금세 질린 아리사가 카리나 양에게 말을 걸었다.

"카리나 님도 월고크 백작 저택에 묵는 거야?"

"그, 그래요. 원래는 오리온의 하숙집에 머무를 예정이었는데 그쪽은 오리온 말고도 청년 귀족들이 하숙하고 있다고 해서—."

그렇군. 낯을 가리는 데다가 남성을 어려워하는 카리나 양이 숙박하기에는 난이도가 좀 높구나.

카리나 양을 배웅하는 김에 오리온 군에게 인사를 하려고 했었는데 그건 나중에 해야겠다.

오리온 군은 카리나 양보다 5살 어린 14살의 무노 남작 가문 장남으로, 공도의 학교에 유학하고 있었다.

무노 남작령의 니나 집정관에게 듣기로는, 그가 왕도의 왕립 학원을 선택하지 않은 것은 「저주받은 영지」라고 불리는 악평 탓에 왕도의 문벌 귀족들이 그의 유학에 난색을 표했기 때문이었다.

이윽고 마차가 공작성 가까운 장소에서 속도를 낮추었다.

궁전인가 싶을 정도로 어엿한 월고크 백작 저택에 도착하자, 우리는 태수의 부모님인 선대 월고크 백작부처에게 인사를 마치고 백작 저택의 별채로 안내 받았다.

공작성에 보고서를 전하러 간다는 승무원과 여기서 헤어지고, 공작에게 면회를 신청하는 편지를 맡겼다.

별채는 3층짜리 커다란 저택이었는데, 사용인이 쓰는 숙사나 마구간도 있었다. 전에 아인 소녀들과 숙박한 세류 백작성의 영빈관보다도 훌륭했다.

입구 앞에 마차를 세우자, 사용인 10명 정도가 나와서 대기하고 있었다.

"기다리고 있었습니다. 저는 별채 총괄을 맡고 있는 세바흐라고 합니다."

마른 체구의 백발 집사가 정중하게 인사를 하자 뒤에 있던 사용인들도 질서 있게 인사를 했다.

등 뒤에 있던 아리사가 「아깝다」라고 중얼거린 이유는 이해가 갔다. 세바스찬이었다면 완벽했는데 말이야.

"저는 사토 펜드래건 명예사작입니다. 신세 지겠습니다, 세바흐 씨."

"저는 부디 세바흐라고 편히 부르십시오."

온화한 인상의 세바흐 씨에게 고개를 끄덕이고 이어서 카리나 양의 소개도 해뒀다.

세바흐 씨가 안내해준 거실에서 잠시 쉰 다음에 실내를 안내받았다.

"이쪽이 사토 님의 방입니다."

세바흐 씨 뒤를 따라 들어간 방에는 또 다시 이어지는 방이 있었다. 그쪽은 침실, 서재, 의상실이었다. 침실 중앙에는 특대 사이즈의 침대가 자리잡고 있어서 모두 함께 자기에 충분한 넓이였다.

모두 각자의 방이 주어졌지만, 쓸쓸함을 타는 아이들이 많으니 내 방과 거실 말고는 안 쓸지도 모르겠군.

또한 카리나 양 일행이 묵을 방은 다른 층이라 잠에 취해 동침하는 럭키 찬스가 발생할 여지는 없었다.

안내가 끝난 뒤에는 모두가 바라는 저택 탐색을 허가해줬다.

"타마가 있어~?"

"포치도 같이 있는 거예요."

"깨끗한 거울입니다. 구리거울하고는 비치는 상이 완전히 달라요."

거실 옆의 의상실에서 들린 소리였다.

열어 젖힌 문 너머, 아인 소녀들이 의상실에 있는 유리 거울 앞에서 거울에 비친 자기 모습에 손을 흔들며 놀고 있었다.

침대에서 뒹굴며 공도의 예정을 정리하고 있는데, 주방을 구경하러 간 아리사와 루루가 돌아왔다.

"다녀왔어~."

"주인님! 여기 주방은 굉장해요!"

홍조를 띤 루루가 주방의 조리용 마법 도구에 대해 흥분한 기색으로 말했다.

세바흐 씨에게 주방의 사용 허가를 받았으니 사전에 말을 해두면 우리끼리 식사를 준비할 수도 있었다.

식사 자체는 본저의 주방에서 조리하고, 별채의 주방은 차나 가벼운 요리를 준비하기 위해서 있었다.

"오븐이나 냉장고도 있었어요!"

"있잖아! 냉장고에 우유랑 과일이 있으니까 케이크 구워줘."

"그렇네. 스폰지 케이크가 잘 되면 후르츠 케이크라도 만들어 보자."

"야호!"

내가 가볍게 승낙하자, 아리사가 신이 나서 뛰어 올랐다.

의상실에서 고개를 내민 타마랑 포치가 음식 이야기를 듣고서 방으로 날아왔다.

"케~이크?"

"인 거예요!"

둘이 아리사랑 함께 춤추듯이 방방 뛰며 기쁨을 표현했다.

그렇게 기뻐해주면 실력을 발휘하는 보람이 있지.

얼마 지나지 않아 저택 주위를 탐색하러 간 미아와 나나가 돌아왔다.

"편지."

"마스터, 노성체에게 2건의 메시지를 받았다고 보고합니다."

받아 든 편지의 발신인은 선대 월고크 백작과 오유고크 공작이었다.

선대 백작은 오늘 만찬의 초대장이고, 공작은 승무원을 통해 보낸 면회 신청 허가였다. 면회는 내일이었다.

둘 다 나랑 카리나 양 둘에게 온 것이라, 다른 애들은 저택에서 편히 쉬라고 말해뒀다.

그 날 만찬은 소규모였지만 한껏 사치를 부린 산해진미가 가득해서 충분히 혀가 즐거웠다. 몇 가지 요리는 재현할 수 있으니까 공도에 머무르는 동안 우리 애들한테 만들어줘야지.

◆

다음날 낮, 카리나 양과 함께 오유고크 성의 알현실을 방문했다.

우리들 앞에 앉은 오유고크 공작은 머리가 모두 백발에다 체격이 좋은 노인이었다. 머리칼도 풍성하지만 수염은 더 풍성했다.

호호 할아범 같은 분위기라고 평가하고 싶었지만, 눈빛이 너무 힘차서 그걸 부정하게 만든다.

"잘 왔다, 레온의 딸아. 이파사에게 이야기는 들었다. 무노 시 방어전에서 선두에 나아가 싸우고, 구를리안 시에서는 마족을 상대로 용맹 과감하게 싸웠다고 하더구나."

공작이 말하는 레온은 무노 남작이었다. 그러고 보니 공작은 무노 남작이랑 친척이랬지.

본래는 카리나 양이 대답을 해야겠지만, 그녀는 커뮤니케이션 장애가 꼬여서 눈이 빙글빙글 돌고 있었다.

내가 커버를 해주고 싶지만, 최하급 귀족인 나는 카리나 양의 덤으로 취급되기 때문에 공작의 허가 없이 입을 여는 건 무례한 일이었다.

대신 카리나 양의 가슴팍에서 파란 빛을 뿜는 라카가 대답했다.

『주인을 대신하여, 치하의 말을 받들겠소.』

"허어, 말을 이해하는 마법 도구로군. 마치 왕조님의 전설에 나오는 무적갑주 같지 않은가?"

"그러합니다."

공작이 옆에 선 마른 체형의 집정관에게 말했다.

집정관이 이쪽을 가늠하는 시선이 뱀을 연상시켰지만, 공작 정도의 위압감은 없어서 신경 쓰지 않았다.

그때 귀에 익은 발소리를 울리며 누군가 들어왔다.

"할아버님!"

대하의 배 위에서 만난 린그란데 양이었다.

"린이로구나……. 공무중이다. 나가 있거라."

"카리나 님과 사토가 와 있다고 하기에 할아버님이 괴롭히기 전에 구하러 온 거예요."

린그란데 양은 공작의 쓴 소리를 가볍게 흘리면서 알현실에 죽 늘어선 완전 무장한 기사들을 둘러보았다.

"정말이지! 구를리안 시를 구한 영웅들을 맞이하는 분위기가 아니야. 그리고 위압하고 싶은 상대한테는 전혀 안 듣잖아요."

린그란데 양이 나를 바라보며 공작에게 말했다.

―이거, 위압이었구나.

번쩍거리는 전신 갑주의 기사들이 의장병처럼 완전 무장하고서 늘어서 있기에 크게 환영 받는 건 줄 알았는데…….

죽 늘어선 기사들 사이를 걷는 것은 참 가슴 뛰는 경험이었다.

불평을 하긴커녕 감사를 표하고 싶은 기분인데…….

"린은 못 당하겠구나."

공작이 옆에 있는 무관에게 한 손을 들어 지시하자, 방에 있던 기사들이 퇴장했다.

우리들 말고 알현실에 남은 건 집정관과 레벨 50의 지위가 높아 보이는 무관, 그리고 이파사 경을 포함한 몇 명의 근위기사들뿐이었다.

물론 메이드 등 사용인들은 별개였다.

"어디, 이러면 되겠지?"

공작이 린그란데 양에게 말하며 집정관에게 신호를 보냈다.

사용인에게 받은 네모난 접시를 든 집정관이 우리들 앞으로 나섰다.

"구를리안 시를 마족의 손에서 구한 용감한 카리나 무노 남작영애, 그리고 사토 펜드래건 사작의 공적과 용기를 칭송하며 오유고크 공작이『오유고크 공작령 창염훈장』을 수여하노라."

접시 위에는 묵직해 보이는 훈장 2개와, 금화가 가득 든 빌로드 주머니가 있었다.

부상인 금화는 눈대중으로 보자 100닢 정도 들어 있었다. 금화를 자주 못 본 카리나 양은 눈빛을 반짝거리며 기뻐했다.

"저것이 창염훈장······."

무관 옆에 서 있는 이파사 경이 감탄한 기색을 드러내며 중얼 거리는 게 엿듣기 스킬로 들렸다.

그의 반응을 보니 이 훈장은 상당히 가치가 높고 희귀한 물건 인가 보다.

"사양하지 말고 받도록 하라. 귀공들의 공적은 그만한 가치가 있다."

카리나 양이 금화에 정신이 팔려 훈장을 받지 않자, 공작이 착각한 모양이다.

"귀공들은 모르겠지만, 구를리안 시 말고도 영내의 각 도시를 하급 마족이 공격했다."

중간에 기항했던 트루트 시에서는 마족의 공격을 받은 흔적 을 못 본 것 같은데, 머무르는 기간이 짧았던 데다가 밤중이었 으니 눈치 못 챈 건지도 모르겠군.

공작의 말을 집정관이 이어 받아 자세히 가르쳐 주었다.

"피해가 적은 것은 구를리안과 수트안델 두 도시뿐이오. 다른 곳은 부흥에 몇 년이 걸릴 정도로 피해를 입었소."

세류 시 지하에서 싸운 상급 마족 클래스라면 모를까, 하급 마족 정도면 각 도시에도 쓰러뜨릴 수 있는 레벨 높은 사람이 몇 명씩 있을 텐데······.

아니, 마족에게 이길 수 있는 인재가 싸우러 가기 전에 피해 가 생긴 걸지도 모르겠군.

구를리안의 태수가 나 같은 하급 귀족을 극진히 대접해준 이유를 조금 이해했다.

그리고 다른 도시에서도 「짧은 뿔 마족」들이 출몰했다기에 혹시나 싶어서 검색해 봤더니 공작 집무실의 숨겨진 금고에서 「사용한 짧은 뿔」을 3개 정도 발견했다.

이 「짧은 뿔」은 인간을 마족으로 바꾸는 아이템이라서 마녀사냥 같은 집단 패닉을 두려워한 구를리안 태수에게는 비밀로 했지만, 그다지 의미가 없었을 지도 모르겠다.

마족을 토벌한 수와 「사용한 짧은 뿔」의 수가 맞질 않으니, 반드시 떨어뜨리는 건 아닌가 보다.

구를리안 시에서 입수한 「사용한 짧은 뿔」에 대해서는 이제와서 공작에게 제출하면 괜한 일이 될 것 같으니 이대로 시치미 떼야지.

그 부정적인 결심과 별개로 공작과 집정관의 말이 이어졌다.

훈장과 포상을 받은 다음, 무노 남작에게 받은 서한에 대한 말이 나왔다.

"보낸 이의 이름은 레온이지만 이 서한을 작성한 것은 니나로군. 정말이지 날강도 같은 내용을 매력적으로 꾸미는 재능은 여전해."

오유고크 공작이 니나 여사를 퍼스트 네임으로 부르는 것에 약간 놀랐다.

그러고 보니 니나 여사를 무노 남작령의 집정관으로 추천한 것도 공작이었지.

그건 그렇고 니나 여사는 대체 무슨 요구를 한 거지?

"부흥 자금의 대여나 남작령에 부족한 물자를 내놓으라는 건 그렇다 치고, 문관이나 무관, 하물며 기술자를 대여해줄 수는 없다."

상당히 무리한 주문을 했구나.

니나 여사가 한 요구니까 물자는 필수겠지만 후반의 인재는 밑져야 본전이라고 생각했을 거다.

공작의 표정을 보니 그도 그걸 아는 모양이다.

문득 공작이 치기 어린 표정을 지으며 입을 열었다.

"펜드래건 경, 귀공이 내 가신이 된다면 이 요구를 모두 이루어줄 수 있다만? 바란다면 폐하께 명예준남작위를 신청하지."

나 하나랑 트레이드로? 평범한 위정자라면 금세 승낙할 것 같군.

그의 농담에 뭐라고 대답해야 할까 생각하고 있는데 공작의 말에 격하게 반응하는 사람이 있었다.

"아, 안 되옵니다! 사, 사토는 아버님의 가신인걸요. 고, 공작님이라도, 아, 안 되는 것이옵니다!"

카리나 양이 벌떡 일어서서 어린애처럼 팔을 벌리고 공작의 시선을 막아줬다.

그렇잖아도 마유(魔乳)의 매력에 질 것 같은데 그렇게 필사적으로 감싸 주면 자칫 반해 버릴 것 같아······.

응, 뒤에서 올려다보는 허리 라인도 근사하군.

"흠, 안 되나?"

"아, 안 되옵니다!"

재미있다는 듯 반복하는 공작의 말에 카리나 양이 필사적으로 저항했다.

아무래도 카리나 양의 모습을 보고 독기가 빠진 모양이다.

"그래 알았다. 레온의 딸아. 그대의 사랑스런 자를 빼앗지 않을 테니 안심하거라."

"사, 사라, 사랑스―."

공작이 놀리자 카리나 양의 얼굴이 새빨개지며 졸도한 탓에 재빨리 받아냈다.

"공작 각하, 카리나 양은 순진한 분이니 놀리시는 건 적당히 해주시기 바랍니다."

"어허, 레온의 혈족답군."

껄껄 웃는 공작에게 린그란데 양이 귓속말을 했다.

―뭐지?

이야기를 다 들은 공작이 이파사 경을 불러서 작은 소리로 대화를 나눴다.

보안의 마법 장치라도 있는지, 엿듣기 스킬이 그들의 대화를 듣지 못했다.

"허어, 기적의 요리라―."

독순술 스킬 덕분에 입의 움직임이 보이는 공작의 말은 알 수 있었다.

"펜드래건 경. 오늘 밤 시내의 상급 귀족을 모아 만찬을 열 것인데, 그 자리에서 이파사가 먹었다는 콘소메 수프와 린도 절찬한 튀김 요리를 소망한다. 만족스런 것이라면 니나가 바라는 원

조를 해주지."

튀김은 그렇다 치고, 이파사 경이 「기적의 요리」라고 평가한 콘소메 수프는 좀 귀찮다.

"공작 각하께서 소망하신 것을 거부할 수야 없겠습니다만, 콘소메 수프는 준비에 시간이 걸리기에 오늘 만찬에 제공하는 것이 불가능합니다."

"좋다, 그렇다면 오늘은 튀김으로 만족하지. 사흘 뒤에 공도의 귀족들을 모은 야회를 열겠다. 콘소메 수프는 그때 만들라."

"알겠습니다."

순수한 귀족이라면 요리사 취급을 받고 분통을 터뜨릴지도 모르지만 나는 일반인 출신의 벼락치기 귀족이었다. 오히려 그런 이유까지 들어가며 내 요리를 먹고 싶다고 하니 자랑스럽군.

◆

공작성의 젊은 시녀에게 안내를 받아 주방으로 갔다.

쓰러진 카리나 양은 성의 메이드들에게 보살펴 달라고 부탁했다. 몸이 회복되면 올 때 탔던 월고크 백작가의 마차로 돌려보내달라고 했으니 주방에 난입하지는 않겠지.

긴 복도를 걸으면서 맵 검색으로 공작성의 식재료를 체크했다.

조금 부족한 재료가 있기에 조사 구역을 공도로 넓혀서 파는 장소를 조사했다. 여전히 편리한 스킬이야.

주방은 일반적인 교실의 3배 정도 넓고, 고급 호텔 주방처럼 활기가 넘쳤다.

"요리장을 불러 올 테니 사작님은 여기서 기다려 주세요."

안내해준 시녀가 바삐 움직이는 요리사들 사이를 빠져 나가 붉은 수염의 요리장에게 설명하러 갔다.

"공작님의 명령으로 귀족 도련님에게 요리 하나를 맡긴다고?!"

"자, 잠깐만요, 요리장님! 목소리가 커요! 들리면 불경죄로 목이 날아가요!"

요리사들 너머에서 요리장과 부요리장의 대화기 들렸다.

이거 요리만화처럼 뭐 하나 만들어서 요리장을 설득하는 흐름인가?

—좀 재미있겠는데.

"시끄러, 여기는 우리들이 진검 승부를 하는 곳이다. 귀족님이 놀이 때문에 어지르는 건 못 참아!"

부르짖는 요리장을 시녀가 거창한 제스처로 설득했다.

"괘, 괜찮아요! 로이드 가문의 이파사 경이 맛을 보증했으니까요!"

"—뭣이? 로이드 가문의 후계자가, 말이냐……?"

아무래도 이파사 경의 집안인 로이드 후작 가문은 식도락가로 유명한 듯, 길길이 화를 내던 요리장의 호통이 뚝 멎었다.

"좋아. 주방 안쪽을 비워줘라. 도와줄 수는 없지만 식재는 자유롭게 써도 된다고 전해."

"요리장님, 그래도 몇 명쯤 도와주는 편이—."

"바보 자식아! 귀족님이 실패했을 때 대신 내놓을 요리가 없으면 공작님께서 욕을 보실 거 아니냐! 예정된 요리는 그대로 만든다. 귀족님이라면 도울 사람쯤이야 자기 가신을 부를 테니까 괜한 걱정은 하지 마."

요리장과 부요리장이 이야기를 정리했는지, 시녀와 함께 다가온 부요리장이 미안한 기색으로 방금 전 엿듣기 스킬로 들은 이야기를 전해주었다.

요리장은 존댓말이 거북한 사람인지 귀족과 교섭할 때는 부요리장이 나선다고 했다.

"네, 알겠습니다. 조리 도구와 식재료를 쓸 수 있다면 도와줄 사람은 제가 직접 준비하죠."

내가 그렇게 말하자 부요리장이 짐을 던 표정을 지었다.

어느 세계든 중간관리직은 힘든 법이군.

"이 편지를 보내고 싶은데 부탁해도 될까?"

"네, 맡겨 주세요."

식재료를 확보하기 전에 시녀에게 부탁하여 월고크 백작 저택에서 집을 보고 있는 애들한테 연락을 보냈다.

편지를 받은 시녀가 무슨 신호를 보내자, 복도에서 대기하고 있던 메이드가 그 편지를 받아 잰 걸음으로 물러갔다.

시녀와 함께 식료 창고로 가는 도중에 들었는데, 시녀라는 것은 하급 귀족의 영애가 맡는 직책으로, 일반적인 메이드보다 직위가 높았다. 공작령에서는 예절과 신부수업을 겸한 인기직이라고 한다.

단순히 그냥 다르게 부르는 건 줄 알았었는데…….

우리는 식료 창고 앞을 지키는 위병에게 부요리장이 준 허가증을 보여주고 안으로 들어갔다.

"와아. 이건 굉장하네요."

인사치레가 아니라 정말로 놀랐다.

지구에 있을 때도 이렇게 많은 종류의 식재료와 조미료가 늘어서 있는 걸 본 적이 없었다.

간장만 해도 맛이나 산지별로 수십 종류가 있을 정도였다.

시녀에게 작은 접시를 부탁하여 조미료를 조금씩 맛보면서 각각의 맛이 어떻게 다르고 어떤 특성이 있는지 메뉴의 메모장에 기록했다.

튀김에 쓸 기름도 시가 왕국에서 주류인 동물성 기름뿐 아니라 식물성이 몇 종류나 있었다.

우리는 상온, 냉장, 냉동의 3가지 식료 창고를 순서대로 돌았다.

지금까지 여행하면서 보지 못한 강낭콩이나 고구마, 연근까지 있었다. 공도의 시장에서도 살 수 있는 거니까 공도에 머무르는 동안 넉넉하게 확보해둬야지.

어이쿠. 두부까지 있잖아?

이걸로 두부 햄버그를 만들면 미아도 먹을 수 있지 않을까?

그런 생각을 하면서 필요한 식재료와 조미료를 확보했다.

식재료를 끌어안고 주방으로 돌아가려는데 시녀가 사람을 불러서 날라주었다.

「이런 노동은 아랫사람들에게 시키는 겁니다」 하면서 부드럽게 혼냈다.

……벼락치기 귀족이라 죄송합니다.

그러면, 처음 보는 식재료도 있으니 밑 준비를 하는 김에 식물성 기름이 종류별로 어떤 차이가 있는지 확인해야지.

이 주방은 조리용 마법 도구가 충실해서 참 편리했다.

아궁이형 마법 도구의 마력 흐름이 좀 안 좋기에 평소처럼 마력 경로를 청소해서 조작 반응이나 마력 효율을 향상시켰다.

편리한 도구를 빌렸으니 이 정도 조율은 해줘야지.

"하우하우, 이 연근 튀김이 굉장히 맛있어요."

"이 고구마도 맛있어……. 하지만 나는 아까 먹은 호박이 더 취향에 맞아."

"이건, 생선살을 튀겨도 맛있지 않을까?"

시녀에게 맛보기를 부탁했는데, 메이드랑 급사들이 이쪽을 슬쩍 훔쳐보고 있기에 일에 지장이 없는 범위에서 맛보기에 참가시켰다.

생각보다 미식가들이 많아서 샘플링하는데 딱 좋았다.

뜻밖에 가지 튀김의 평판이 안 좋고, 어째선지 얇게 썬 당근 튀김이 평가가 높았다.

가지 튀김, 맛있는데…….

"주인님! 입수해왔어."

"사토."

"주인님, 기다리셨죠."

떠들썩한 목소리에 돌아보니, 아리사, 미아, 루루가 입구에서 나타났다.

"자, 포치랑 타마가 모아온 차조기 잎이야."

"생강 절임."

"갯장어라는 생선을 찾지 못해서, 아리사에게 물어보고 붕장어와 이빨장어, 단장어 세 종류를 사 왔습니다."

"고마워, 덕분에 살았다."

세 사람에게 격려의 말을 해주고 소재를 확인했다.

생강 절임은 내가 아는 빨간 색이 아니라 엷은 연녹색이었다. 붉은 차조기로 착색한 타입이 아닌가 보군.

이 생강 절임은 곁들이는 게 아니라 튀길 거다.

칸사이 지방 음식점에서 봤던 건데 독특한 맛과 식감이 중독적이라서 이세계에도 퍼뜨려 볼 생각이었다.

"루루, 밑 준비 도와줄래?"

"네!"

"아리사랑 미아는 마법 도구의 마력을 충전해줘."

"오케이."

"응."

내 지시에 따라 모두 행동을 개시했다.

이번에 선택한 것은 표고버섯, 호박, 당근, 강낭콩, 새우, 차조기 잎, 생강 절임, 연근, 그리고 갯장어에 가장 맛이 가까운 이빨장어까지 9종류였다.

가지나 고구마도 넣고 싶었지만 시식의 평판이 신통찮아 이번에는 보류했다.

특제 양념은 구를리안 시의 미림과 왕도의 유명 공방에서 만든 연간장을 베이스로, 수트안델의 고급 백설탕을 살짝 넣고 공도산 순미 시가주를 약간 넣어서 만들었다.

육수를 쓰면 양념장이 튀김의 맛을 방해하기 때문에, 이번에는 일부러 사용을 삼갔다. 맛이 조금 가벼워졌지만 담백해서 괜찮았다.

특제 튀김 기름을 사용해 튀겼는데, 기름은 젯츠 백작령산 참기름을 메인으로 여러 종류의 식물성 기름을 조합해서 만들었다.

맛있게 익은 튀김을 트레이에 올려 기름을 뺐다.

다음은 미아 선생님 차례다.

"미아, 부탁해."

"응. ■■■ ■ ■■ ■■■ 스팀 루프 증기 순환 : 튀김."

미아가 마법을 영창하자 튀김옷에서 여분의 기름이 빠져나갔다.

이건 대하를 여행하며 여가를 이용해 만든 튀김 전용 조리 마법인데 여분의 기름이 빠져나가 헬시해지는 데다가 표면의 바삭함이 올라간다.

기름을 너무 빼면 풍미까지 날아가기 때문에 바삭함과 양립시키느라 고생했다.

"고마워, 미아. 이걸로 맛이 200퍼센트 업이야."

"상 줘."

칭찬 받은 미아가 머리를 내밀기에 후드에 손을 넣어 찰랑찰랑한 머리칼을 쓰다듬어줬다.

아리사랑 루루가 부러워하니까 나중에 똑같이 쓰다듬어줘야겠군.

"사토—, ……펜드래건 사작! 도우러 왔답니다!"

카리나 양이 저벅저벅 발소리를 내며 오더니 주방 입구에서 고개를 내밀었다.

급정지한 카리나 양보다 조금 늦게, 관성을 통과한 마유가 제 위치로 돌아갔다. 여전히 판타지한 움직임이라 참 보기 좋군.

"길티."

"으그극. 가슴 외계인."

미아랑 아리사의 머리를 톡톡 두드려 분노를 가라앉히고 카리나 양에게 말을 걸었다.

"몸은 괜찮으신가요?"

"네! 문제 없답니다! 자, 영민들을 위해서 힘을 합쳐 노력해요!"

기합이 들어간 표정으로 주먹을 움켜쥐는 카리나 양에겐 미안하지만 요리는 이미 완성됐다.

"그걸 위해서라면 어떤 노력도 마다치 않아요. 뭐든지 하겠답니다!"

그 매혹적인 말을 듣고 무심코 그녀의 마유에 시선이 갈뻔했지만 어떻게든 버텼다.

"유감이지만—."

일 없다고 말하려던 아리사의 입을 막고서 그녀의 의욕이 헛되지 않도록 일을 부탁하기로 했다.

"그렇다면 카리나 님밖에 못하는 중요한 작업을 부탁드립니다."

카리나 양이 긴장된 표정으로 내 말을 기다렸다.

"이 튀김을 시식해서 맛이나 식감에 부족한 점이 없는지 확인해 주세요."

"알겠어요. 그거라면 특기랍니다."

카리나 양이 안도의 한숨을 쉬더니, 진지한 승부를 펼치는 표정으로 새우튀김을 입에 넣었다.

그녀의 요염한 입술 너머에서 하얗고 예쁜 치아가 새우튀김을 뚝 끊어냈다.

그녀의 입이 움직일 때마다 진지한 표정이 부드러운 미소로 바뀌었다.

"어떤가요?"

"합격이에요, 사토! 지금까지 먹어본 모든 새우튀김보다 맛있었답니다!"

내 물음에 카리나 양이 함박 웃음을 지으며 대답했다. 나를 이름으로 부른 것도 깨닫지 못한 모양이다.

카리나 양의 반응을 보고 성공을 확신한 내 곁으로 급사들이 찾아왔다. 이제 내어갈 차례가 됐구나.

튀김을 접시에 예쁘게 담아 그들에게 건넸다. 본래는 무즙도 곁들이고 싶었지만 무를 불길한 것으로 보며 꺼리는 공도의 사정을 미루어 보아 자중했다.

어디 할 수 있는 일은 다 했으니 이제 하늘의 뜻에 맡기고, 우리는 뒷정리를 시작했다.

잠시 지나자 엿듣기 스킬이 성공을 알리는 상급 귀족들의 환성을 포착했다.

기뻐해주니 다행이야.

돌아온 급사가 주방 입구에서 함박웃음을 지으며 외쳤다.

"사작님! 완벽합니다! 모두들 최대급의 찬사를 보내셨어요!"

그런 식으로 자기 일처럼 기뻐해주면 팀의 일원이 된 것 같아서 기쁨이 2배다.

보고해준 급사에게 인사를 하고 주방에서 소란 피운 것을 요리장에게 사과했다.

물론 공로자인 아리사, 루루, 미아와 카리나 양에게도 격려의 말을 건넸다.

"수고했어."

"흐에~, 배고파~."

"응, 공복."

"후후, 일을 잔뜩 했으니까."

맛보기랍시고 여분으로 만든 튀김을 먹었지만 부족한가 보군.

주방을 둘러보니 야채 끄트머리가 잔뜩 쌓여 있었다.

"이 야채를 조금 받아도 될까?"

"네, 이것을요?"

나는 식사 준비를 하려던 말단 요리사와 교섭하여 야채를 나뉘 받았다.

"뭐 만들 거야?"

"대단한 건 아냐."

아리사가 흥미진진하게 들여다보면서 물어봤지만 정말로 대단한 걸 만들 생각은 없어서 대충 얼버무렸다.

잘게 썬 양파와 당근을 가볍게 볶고, 푸성귀도 썰어서 튀김 반죽에 한데 섞고 기름에 넣었다.

"카키아게#1잖아!"

"정답. 아리사 밥그릇에 밥 좀 퍼와."

"오케이! 혼자서 못 드니까 미아도 와줘."

"응."

아리사가 밥 냄새를 쫓아서 식사를 만드는 청년에게 밥을 나뉘 받아왔다.

뜨끈뜨끈한 밥 위에 네모로 자른 카키아게를 올리고 조금 졸여서 진하게 만든 양념장을 뿌리면 카키아게 덮밥 완성이다.

"맛나!"

"맛있어."

"아삭아삭하고 뜨끈뜨끈해서 최고예요."

"맛있군요! 저는 보통 튀김보다 이 카키아게 덮밥이 더 취향에 맞아요."

네 사람이 기뻐하며 카키아게 덮밥을 먹기 시작했다. 세 사람은 젓가락이지만 카리나 양은 스푼이랑 포크였다.

#1 카키아게 튀김의 일종. 야채나 해산물을 채 썰어서 튀김옷과 섞은 뒤 평평한 모양으로 튀긴다.

네 사람을 흐뭇하게 보며 추가로 카키아게 덮밥을 준비했다.

"자, 드세요."

"저까지 먹어도 괜찮을까요?"

"그럼요. 여러모로 도와주셨으니까 사소한 답례입니다."

귀족 출신 시녀에게는 약간 거친 식사일 거라 생각했지만, 먹고 싶어 하는 기색이 느껴져 준비해봤다.

그리고 여분으로 2그릇 준비한 카키아게 덮밥을 요리장과 부요리장에게 가져갔다.

사흘 뒤의 야회에서도 이 주방에 신세를 져야 할 테니 조금이라도 좋은 인상을 주기 위해서 야식을 선물할 생각이었다.

"오늘은 주방을 빌려주셔서 고맙습니다."

"아니, 당신을 의심해서 미안했―."

"사작님의 실력을 의심한 점은 참으로 죄송합니다. 공작 각하도 찬사를 보내셨습니다."

부요리장이 존댓말이 서투른 요리장의 말을 끊으며 정중한 말로 커버해줬다.

그가 내민 접시에 편지 한 장이 놓여 있었다. 튀김에 대해 칭찬하는 말과, 만찬 뒤에 살롱에서 열리는 환담의 손님으로 초대한다고 쓰어 있었다.

"그런데, 그 요리는?"

"네. 카키아게 덮밥이라는 요리입니다. 상급 귀족 분들께 내놓은 튀김처럼 고급 식재료를 쓰지는 않았지만 괜찮다면 한 번 드셔보세요."

"그래, 맛있어 보이네! 고맙게 먹지."

두 사람은 내가 가져온 카키아게 덮밥을 흔쾌히 받아서 맛있게 먹어 주었다.

주위에서 부러운 시선을 보내는 요리사들에게는 미안하지만 모두에게 줄만큼 튀김 반죽이 남질 않았거든.

◆

"펜드래건 경! 귀하의 튀김은 예술이다! 그 비삭한 껍질과 텡탱한 새우가 절묘했어!"

"아니, 로이드 후작. 생강 절임이야말로 지고의 튀김. 그 맛은 다른 것으로 표현할 수 없소."

"그건 아니지, 호엔 백작. 새우튀김이야말로 궁극이야. 삶은 새우나 구운 새우와는 천지 차이인 그 식감과 선명한 풍미—."

공작령에서도 수위를 다투는 식도락가로 유명한 로이드 후작과 호엔 백작이 침을 튀길 기세로 튀김의 맛을 논하고 있었다.

살롱에 초청받은 나는 기다리고 있던 두 사람에게 붙들려서 공작에게 인사도 못하고 있었다.

또한 사교가 서투른 카리나 양은 몸이 안 좋다는 구실로 애들과 함께 백작 저택으로 돌려보냈다.

"로이드 후작, 호엔 백작. 튀김의 맛은 나도 동감이오만 펜드래건 경이 곤란하지 않겠소? 우선 공작 각하께 인사 정도는 마치고 하시게."

"월고크 경이 그리 말씀하신다면야……."

"월고크 경의 말에도 일리가 있소. 펜드래건 경, 나중에 튀김에 대해서 논하세나."

이 자리에서 가장 나이가 많은 선대 월고크 백작이 중재해준 덕분에 공작에게 인사를 하러 갈 수 있었다.

나는 상급 귀족들의 시선을 받으면서 공작 곁으로 갔다.

여기 있는 귀족들은 오유고크 공작령을 지탱하는 자작 이상의 귀족 12가문의 당주들 혹은 선대 당주들이었다. 상세한 작위는 1후작 3백작 8자작이었다.

린그란데 양의 아버지인 차기 공작이나 린그란데 양의 남동생인 차차기 공작은 멀리 에르엣 후작령에 가서 부재중이었다. 그녀의 이야기를 들으니 가까운 시일 안에 공도로 돌아온다고 했다.

또한 이 자리에는 토르마도 있었다. 「사토 공, 맛있었네」라며 가볍게 손을 흔들었다. 그의 형인 시멘 자작이 없는 것을 보니 대리 출석을 한 모양이다.

그건 그렇고 지구의 상식 탓에 왕이 아닌 자를 섬기는 귀족이란 것에는 아직도 위화감이 느껴졌다.

이 세계의 귀족 작위는 도시 핵의 사용권한 등급을 가리키는 거나 마찬가지니까, 영주인 오유고크 공작 말고는 도시 핵의 사용권한을 받은 가신들이라고 인식하면 되려나?

그런 주제에 준남작 이상의 작위를 내릴 수 있는 건 국왕뿐이라고 하니 꽤나 복잡하다.

차라리 시가 국어 스킬의 번역이 영주를 소왕, 국왕을 대왕 같은 명칭으로 해줬으면 혼란이 적을 것 같은데…….

잡념은 떨쳐 버리고 눈앞의 오유고크 공작 앞에 무릎을 짚고 조아려 초대에 감사를 표했다.

"펜드래건 경. 귀공이 만든 요리는 참으로 훌륭했다―."

"그렇죠?"

공작 옆에 앉은 린그란데 양이 참견하자, 공작이 박력 있는 시선으로 입을 다물게 만들더니 말을 이었다.

"―야회의 요리도 기대하지. 인재 파견은 영지 안에서 공모하고, 신청자가 없는 경우에만 지명하겠다."

"아직 야회의 요리를 내놓지 못했는데 괜찮으신지요?"

"상관없다. 오늘 밤 요리의 대가라고 생각하라. 야회의 요리로 귀족들을 흥분시킬 수 있다면 영지 안의 귀족들에게 기부나 출자를 청하는 것도 허락하지."

이야, 생각보다 배포가 크시군.

튀김 하나에 이 정도 대가를 받아도 될까 싶었지만, 최대한으로 올린 조리 스킬 효과라고 생각해야겠다.

"할아버님. 그건 무노 남작에 대한 포상이죠? 사토에 대한 포상은 없어요?"

"그렇지, 포상이라……. 바라는 것이 있는가?"

린그란데 양 덕분에 조리의 보수가 더욱 올라갔지만, 튀김 하나로 받기엔 너무 큰 것 같은데…….

"이미 영지에 편의를 보아주셨으니 더 이상의 포상을 받을 수는 없습니다."

"어머? 사양하는 건 미덕이 아니야. 당신 요리로 근사한 시간을 제공했잖아? 당당하게 받도록 해."

포상을 사양하자 린그란데 양이 모자란 학생을 꾸짖는 교사처럼 타일렀다.

그리고 말문이 막힌 내 긴장을 풀어주려는 듯 키득 웃으며 농담을 했다.

"—그렇지. 용사 하야토의 전속 요리사가 되어 보겠어?"

그건 봐주세요. 맛있는 걸 먹는 건 좋아하지만 굳이 따지자면 만드는 것보다 남이 만들어준 요리를 먹는 게 더 좋습니다.

이상한 제안이 들어오기 전에 내가 뭔가 요구해야겠다.

"왜 그러는가? 사양 말고 말해보라. 린을 처로 맞이하겠다 할 셈인가?"

"잠깐, 할아버님! 저는 용사 하야토의 종자니까 마왕을 토벌하기 전까지는 결혼할 생각 없어요."

—어라? 테니온 신전의 무녀장이 마왕 토벌을 보고하지 않았나?

오늘 밤에라도 테니온 신전에 숨어들어가서 무녀장에게 사정을 들어봐야겠군.

"저의 분수를 모르고 그러한 요구를 하지는 않습니다. 그렇다면 공작령 안의 두루마리나 마법서 구입 허가를 받을 수 있다면 참으로 기쁠 것입니다."

"어허. 마법서나 두루마리 현물이 아니라 구입 허가를 바라다니 욕심이 없군. 좋다, 허가해주지."

내 요구를 너그럽게 허가한 공작이 벽 근처에 서 있던 집사복의 노인을 불러 허가증을 써주었다.

본래 토르마가 시멘 자작을 소개해줄 예정이었지만, 공작의 허가가 있으면 한층 더 두루마리를 구하기 쉬울 거야.

"레온의 가신을 그만두게 된다면 나를 찾아오도록 하라. 언제든지 요리사로 고용할 테니."

"기다리십시오, 각하! 펜드래건 경은 로이드 가문의 필두 요리사를 맡겨도 될 그릇입니다. 일개 요리사로 삼을 거라면 서에게 양보해주셨으면 합니다."

"무노 남작의 가신을 가로채려 하다니, 로이드 후작은 어른스럽지 못하구려."

나를 요리사로 고용하려는 공작이나 로이드 후작을 호엔 백작이 타일렀지만, 유감스럽게도 그의 말은 끝나지 않았다.

"그런데 펜드래건 경은 아내를 맞으셨는가?"

"아뇨, 아직 미숙한지라 지금은 그럴 예정도 없습니다."

"그렇다면 내 손녀 중에 귀공과 나이가 같은 아이가 신전에 가 있네. 귀공이 바란다면 우리 일문의 일원으로ㅡ."

"기다리시게, 호엔 백작! 서, 설마 명예사작을 사위로 맞으려고 하는 겐가!"

이거 참. 공작령의 귀족들은 먹성 좋은 사람들이 많은가 보군.

아마 농담일 거라고 생각하지만, 호엔 백작은 딸이나 손녀 합쳐서 40명이고, 미혼인 아가씨만 7명이나 있다고 하니 꽤 진담

일 것 같아 무섭다.

로이드 후작과 호엔 백작은 사이가 좋은지 나를 사이에 두고 투닥거렸다.

중간에 린그란데 양이 도와줘서 다른 사람들하고도 교류를 할 수 있었다.

그들은 공도에 공방을 가지고 있거나 희귀한 마법서를 가진 사람들이라 나도 친하게 지내고 싶었다.

특히 상급 마법의 마법서 대부분은 귀족들이 은닉하고 있어서 아무리 구입 허가를 받아도 그냥 구할 수가 없었다.

적어도 공도를 맵 검색해본 바로는 마법 가게에 상급 마법서는 없었다.

"사토 공, 실은 형이 두루마리 공방 일 때문에 미궁도시까지 출장을 갔어. 얼마 안 있어 왕도를 거쳐 돌아온다고 하니 두루마리는 그 때 괜찮을까? 아무리 늦어도 한 소월 안에 올 거야."

나는 미안한 기색의 토르마에게 웃으며 승낙했다.

"네, 저도 얼마간 공도에 머무를 테니 상관없습니다."

"이야~, 그렇게 말해주니 다행이군."

한 소월이 10일이니까 그 정도는 문제없다.

의뢰할 예정인 오리지널 마법의 두루마리 제작에 시간이 걸린다면 나 혼자 천구로 공도까지 와서 받아 갈 수도 있으니까.

◆

"밤늦게 실례하오, 무녀장."

"어머, 나나시 씨. 언제나 신출귀몰하네요."

나는 공작성에서 돌아온 다음 용사 나나시로 분장하여 귀족 구역에 있는 테니온 신전 무녀장의 방을 찾았다.

물론 맵의 마커 일람으로 무녀장이 잠들지 않은 것을 확인한 다음이었다.

그녀의 상태에 이상은 없었지만, 이 방의 신비로운 분위기도 어우러져 눈을 돌리면 사라질 것처럼 덧없는 느낌을 받았다.

"오늘은 물어볼 것이 있어 실례했소."

"어머나, 뭘까요? 하지만, 그 전에 잠깐 괜찮을까요?"

"—상관없소, 뭐지?"

용사 나나시랑 사토의 연관성을 없애기 위해서지만, 무녀장 같은 연장자에게 조금 거친 말투를 쓰는 건 나한테 안 맞는군.

까딱하면 정중한 존댓말을 해버릴 것 같군.

무녀장이 앉아 있던 로킹 체어 같은 의자에서 천천히 일어섰다.

"테니온 신께 마왕 토벌의 신탁을 받았습니다. 용사 나나시. 신전의 모두를 대신하여 감사를 드립니다."

무녀의 예를 취하면서 엄숙한 말투로 고했다. 그리고—.

"내가 사랑하는 공도를 지켜줘서 고마워요, 나나시 씨."

엷게 웃으며 표정을 푼 무녀장이 가벼운 말투로 돌아와 자기 말로 감사를 더했다.

"나나시 씨가 구해준 무녀 세라는 아직 침대에 누워 있지만, 다른 무녀 두 사람은 평소의 생활로 돌아갔으니 안심하세요."

맵으로 확인해 보니 세라의 상태가 「쇠약: 가벼움」이었다. 오늘 아침에는 그냥 「쇠약」이었는데 「가벼움」이 됐으니 순조롭게 회복되고 있군.

세라의 상태에서 「쇠약」이 사라지면 사토 입장에서 세라를 문병하러 가야지.

"그건 잘 됐군. 이제 그만 이쪽 질문을 해도 되겠소?"

"미안해요. 내 할 말만 했네요. 뭐든지 물어 보세요."

기분 탓인지는 몰라도 무녀장의 낯빛이 안 좋아보였다.

"계속 서 있으면 몸에 안 좋소. 의자에 앉으시오."

내가 권하자 무녀장이 엷은 미소를 지으며 다시 의자에 앉았다.

"공도에서 마왕 토벌 이야기가 들리지 않는데, 공표하지 않은 것이오?"

"네……. 공작 각하께 알리기는 했지만, 다른 신전에서 토벌 신탁을 받은 뒤에 발표하게 됐어요."

무녀장이 난처한 표정으로 볼에 손을 대고 있었다. 나는 거듭 질문했다.

"다른 신전은 토벌의 신탁을 받지 못한 것이오?"

"신탁 스킬이 있어도 신전에 따라 의식에 며칠씩 시간이 걸려요."

신에게 질문하는 것도 쉬운 일이 아니로군.

"테니온 신전은 이 성역이 있으니까 다른 신전보다 의식 준비가 간단해요."

"호오? 성역은 참 편리한 것이군."

"우후후, 테니온 님의 위업이신걸요. 수명이 끝나가는 내가 이렇게 평범하게 움직일 수 있는 것도 이 성역 덕분이죠. 바깥에서는 도움 없이 일어서지도 못해요."

그렇군. 무노 남작령에서 세라가 말했던 「성역에서 나오지 못한다」라는 건 이런 뜻이었구나.

질문에 대답도 들었고, 공표하지 않는 사정도 파악했다. 이제 그만 가야지.

"—사정은 이해했소."

"어머? 벌써 돌아가려고요? 조금 더 이야기를 하고 싶어요."

의자에서 일어난 나를 무녀장이 아쉬운 듯 불러 세웠다.

오늘 남은 일은 공작에게 「자유의 날개」 잠복 장소를 밀고하러 가는 것뿐이니 잠깐은 문제없겠지.

세라를 부활시킨 「소생의 비보」에 마력이 떨어졌을 테니 대화하면서 다시 충전해둘까.

스토리지에서 꺼낸 차와 다과를 나누며, 무녀장과 별 것 아닌 잡담을 나누거나 신화를 배우기도 하면서 시간을 보냈다.

AR표시된 무녀장의 상태가 「피로: 가벼움」이 되었기에 가기로 했다.

"너무 오래 있었던 것 같소."

마력 충전이 끝난 「소생의 비보」를 무녀장에게 돌려주고 배터리 대신 쓴 성검을 「보물 창고」에 수납했다.
아이템 박스

"고마워요, 나나시 씨. 이게 필요한 때가 오지 않았으면 좋겠어요."

"동감이오."

비보를 소중하게 집어넣는 무녀장에게 동의하며, 나는 테니온 신전을 나섰다.

_{아티팩트}

◆

밤의 어둠을 틈타 천구와 은밀 계열 스킬의 도움을 빌어 공작의 침실에 침입했다.

침실에 침입할 때 약간 위화감이 있었다.

그쪽을 주시하자 「오유고크 성의 결계벽」이라고 AR표시가 떴다.

도시 핵으로 치는 결계인가?

"성의 결계를 넘어 침입하다니……. 웬 놈이냐?"

도시 핵에서 경보가 울렸는지 방금 전까지 「수면」 상태였던 공작이 눈을 떴다.

나는 몸을 일으키는 공작에게 「용사」라고 짧게 대답했다.

공작은 사토와 만날 일이 많은 데다가 감도 좋아 보였기 때문에 성별 불명의 목소리를 만들어 정보를 주지 않도록 단어로 말했다.

"용사라고? ……보라색 머리칼의 용사. 귀공이 용사 나나시 공인가?"

"그렇다."

대화를 계속하다 보면 들킬 것 같아서 짧게 긍정의 말로 대답

71

하고 그의 앞에 끈으로 묶은 서류를 던졌다.

"—이것은?"

의문부호를 띠우는 공작에게 「읽어」라고 미아 선생님을 본받아 짧게 대답했다.

"마왕 신봉자놈들의 잠복 장소로군……. 이런 정보를, 어떻게?"

공도 안의 잠복 장소뿐 아니라 공작령 전역의 잠복 맵도 첨부했다.

이런 녀석들은 한 번에 뭉쳐서 체포해야지, 안 그러면 어느샌가 세력을 되찾는단 말이지.

"설마, 코앞에 있는 보비노 백작 저택 지하였다니……. 그 바보 아들놈마저……."

공작이 중신이나 가족이 포함된 것에 놀라며 말했다.

"용사 나나시 공. 이놈들의 처분은 내게 맡겨주시게. 오유고크 공작의 이름을 걸고 적절한 처분을 내리겠소."

상당히 쉽게 믿으시네.

"보비노 백작 저택의 지하에 관해서는 내일 당장이라도 근위 기사단을 파견하여 일망타진하고, 서민가에 잠복하고 있는 자들은 기사단이 아닌, 은밀하게 포박할 수 있는 자들을 보내지."

미아처럼 고개를 갸웃거리자 공작이 이유를 가르쳐 주었다.

"걱정하지 않아도 이 자료를 그대로 믿지는 않소. 진위는 신변을 확보한 다음 야마토 석과 『단죄의 눈동자』를 가진 가신을 통해 가릴 것이오."

그러고 보니 편리한 도구랑 기프트가 있었지.

오히려 도시 핵의 힘으로 찾을 수 있을 것도 같지만 이렇게 귀찮은 상대한테 안 하는 걸 보면 할 수 없는 이유가 있는 거겠지?

나는 만약을 위해 서면의 일부를 가리켜「자유의 날개」포박에 관한 주의사항을 강조했다.

일망타진할 것과 사람을 마족으로 변화시키는「짧은 뿔」에 대해서였다.

서면에는 테러리스트를 몰아붙이면 자포자기가 되니까 되도록 동시에 처리할 것을 주의시키고 있었다.

맵 검색으로「짧은 뿔」을 가진 자가 없는 건 확인했지만, 놈들 중에「보물 창고」스킬이나 마법의 가방을 가진 자도 있었다.

이런 것들 안에 숨기고 있으면 마킹한 것 말고는 검색할 수 없으니 만약을 위해 픽업하여 리스트에 강조해뒀다.

잠복해있는 자들 중에 주의할만한 강자도 없고, 그「짧은 뿔」로 마족이 되는 자가 있더라도 공도에는 레벨 50 전후의 기사가 3명이나 있으니까 문제없이 쓰러뜨릴 수 있겠지.

"맡긴다."

나는 몇 초 조용히 생각한 다음 말하고 공작성을 나섰다.

이 단어 버전의 대화방식은 정체를 들키기는 어렵겠지만 상세한 것을 의논하기가 어렵군.

조금 더 나를 연상하지 못할 법한 말투나 행동 패턴의 더미 인격을 생각하는 편이 좋겠다.

아리사랑 의논해 봐야지.

무술 대회

"사토입니다. 무술 대회라고 하면 검도나 유도 같은 것보다 소년만화 배틀물을 연상해버리고 맙니다. 체험한 적이 있는 리얼 무술은 고등학교 때 체육 시간에 유도를 했던 것뿐이네요.

"안녕?"

하품을 하면서 일행이 있는 방에 들어갔다.

"안녕하세요, 주인님. 세바흐 씨에게 아침 식사 준비를 부탁하고 올게요."

루루의 미소에 치유 받으면서 활기차게 달려가는 모습을 눈으로 배웅했다.

"안녕, 오늘은 졸려 보이네."

"우, 졸려 보여."

아리사랑 미아가 가시 돋친 목소리로 아침 인사를 했다.

"그래, 지난번 전투로 잔탄이 줄어서 눈에 안 띄는 곳에서 추가로 화살 같은 것을 좀 만들었거든."

"어? 예쁜 언니들 가게에 간 거 아니었어?"

"당연하지."

역시 그런 착각을 했었군.

어젯밤에는 공작을 면회한 다음에 공도 지하의 미궁 유적까지 가서, 마왕전 때 다 써버린 성시나 성단창을 보충하고 마왕 클래스와 마주쳤을 때를 대비한 예비 청액을 제작했다.

하지만 성시 10개와 성단창 2개, 청액 작은 병 하나를 만들었더니 세류 시의 미궁에서 얻은 용린분^{드래곤 파우더}을 다 써 버렸다.

용의 계곡에서 얻은 시체에는 손대기 싫은데……. 어디서 용의 비늘을 구하지 않으면 나중에 난처해질 것 같군.

"이상한 착각해서 미안해."

"미안."

"딱히 상관없어. 그보다 다른 애들은 어디 갔니?"

순순히 사과하는 두 사람 머리를 톡톡 두드려 주고, 켕기는 심정을 얼버무리려고 적당한 질문을 했다.

공도에 머무르는 동안에 토르마의 안내를 받아서 밤놀이를 가기로 했거든.

이쯤 해서 리비도를 발산해두지 않으면 욕망에 져서 나나라거나 카리나 양하고 일선을 넘어설 것 같아 위험해.

나는 무표정^{포커페이스} 스킬의 도움을 빌어서 감정을 감췄다.

돌아온 루루와 함께 식당에 가자, 안뜰로 이어지는 문에서 근접 전투원과 카리나 양이 들어왔다. 흐르는 땀이 요염하군.

아침부터 정원에서 전투훈련을 했나 보다.

월고크 백작 저택의 요리사가 만든 호텔 같은 아침 식사 메뉴를 즐긴 뒤, 식후의 청홍차 컵을 기울였다.

"사작님, 편지가 왔습니다. 이것은 아가씨께."

집사인 세바흐 씨한테 편지를 받아 봉인을 확인했다.

나한테 온 건 토르마가 보냈고, 카리나 양이 받은 건 그녀의 동생인 오리온 군이 보냈다.

토르마의 편지는 그의 형인 시멘 자작의 귀환이 내일 아침이 될 거라고 알리는 것이었다. 살롱에서 들었던 예정보다 꽤 빠르군.

편지에는 자작을 면회 가능한 일정이 쓰여 있기에 그 중에서 가장 이른 내일 오후 종 둘 무렵을 골라 답신을 보냈다.

"어머나, 오리온도 참!"

편지를 읽던 카리나 양이 예쁜 눈썹을 치켜 올리며 큰 소리를 냈다.

"무슨 일 있나요?"

"멀리서 찾아온 누나랑 가신을 만나는 것보다 무술 대회 관전이 더 중요하다고—."

너무 화가 났는지 카리나 양의 말이 중간에 끊어졌다. 그녀의 눈에서 커다란 눈물이 뚝뚝 떨어졌다.

카리나 양에게 손수건을 건네려는데 철벽 페어가 재빨리 가로챘다.

"나나."

"카리나 님께 허그를 실행."

"전술 지령을 수락."

미아와 아리사가 재빨리 지시하자 나나가 움직여 카리나 양의 머리를 가슴에 끌어안고 「착하다 착하다」라면서 어린애를 달

래듯 쓰다듬었다.

대인 스킬이 낮은 카리나 양은 나나의 갑작스런 행동에 동공을 흔들어대기만 하고 떨쳐내지도 못한 채 가만있었다.

아리사가 카리나 양에게 다가가더니, 겉모습의 연령에 안 어울리는 조언을 해줬다.

"괜찮아, 카리나 님. 14살쯤 되는 남자애는 가족의 애정이 부끄러울 나이거든. 건드리면 괜히 더 반발하니까 조금 거리를 두는 편이 좋아."

아마도 전생하기 전의 경험이겠지.

카리나 양이 진정된 뒤, 분위기를 바꾸고자 세바흐 씨의 권유에 따라 관광지를 찾아가기로 했다.

"이 시기에는 무술 대회의 2차 예선이 개최되는 투기장을 추천 드리겠습니다. 큰 어르신께서 『우리 가문에서 확보한 귀빈석을 자유롭게 써도 좋다』고 하셨습니다."

무술 대회란 말을 듣고 아인 소녀들의 눈동자가 반짝거렸다.

평소에는 차분한 리자도 꼬리가 찰싹찰싹 의자 등을 때리고 있었다.

"그밖에 왕조 야마토 전이 열리는 박물관에서 견문을 넓히는 것도 좋고, 음악당에서 가희 실리르토아의 기적 같은 노랫소리를 듣고 치유를 받는 것도 좋으며, 평민들에게 기피감이 없으시다면 항구의 대시장에서 진귀한 물건들을 감상하는 것 또한 좋을 것이라 생각합니다."

공도에 머무르는 동안 전부 돌아야지.

일단 처음에는—.

"오늘은 무술 대회 구경 갈까?"

물어볼 것도 없는 내 제안을 만장일치로 긍정했다.

뜻밖에 카리나 양도 활기차게 한 표를 던졌다. 그녀 안에서 박정한 동생과 대회 관전은 별개인가 보다.

나는 세바흐 씨에게 마차와 귀빈석 준비를 부탁하고, 외출복으로 갈아입기 위해 방으로 돌아갔다.

◆

"상당히 좋은 자리군요."

푹신푹신한 소파의 감촉을 즐기면서 카리나 양에게 말을 걸었다.

다른 애들은 간식을 사러 매점에 갔다. 그래서 귀빈석에는 나와 카리나 양, 그리고 그녀의 메이드인 피나뿐이었다.

투기장 안쪽을 보는 방향 말고는 벽으로 구분되어 있고, 차분한 색의 내장도 갖추고 있었다. 귀족을 위한 자리라서 여러 가지 가구들도 상당히 호화로웠다.

귀빈석의 발코니에서 투기장을 내려다보던 카리나 양이 이쪽을 돌아보며 대답했다.

"그, 그래요. 아래쪽은 대단히 혼잡한걸요."

카리나 양 말처럼 일반석은 어마어마하게 붐볐다.

무투대가 가까울수록 사람이 많았고, 관객석에서 사람이 떨어질 법한 장소도 있었다.

전사들이 싸우는 무투대는 육상경기장 정도 넓이의 타원형이었다.

귀빈석에 구비된 팸플릿을 보니 기사들의 마상시합을 위해서라고 한다.

"카리나 님, 몸을 너무 내밀면 위험해요."

귀빈석에서 일반 좌석까지 3미터쯤 낙차가 있어서 메이드인 피나가 걱정스레 주의를 주었다.

그때 문이 벌컥 열리면서 간식 사러 갔던 미아와 나나가 돌아왔다.

"사토, 아~앙."

미아가 양손에 끌어안은 간식 하나를 내 입에 넣어 주었다.

—물엿 사탕이군.

미아의 손에서 봉을 받아 살펴보니, 세류 시에서 마법병 제나 씨와 먹은 갈색 맥아 사탕과 달리 무색투명했다. 쌀과 설탕으로 만든 모양이군.

"마스터, 사과의 유생체를 보호했다고 보고합니다."

나나는 바구니 한 가득 사탕 사이즈의 사과를 사왔다. 「난쟁이 사과」란 품종이었다.

"하나 먹어도 될까?"

"긍정합니다."

나나가 내민 바구니에서 싱싱한 난쟁이 사과를 하나 집어 먹었다.

입에 넣고 깨물자 과즙이 흘러나오고, 다음으로 사과 특유의 산미와 단 맛이 입 안에 퍼지더니 살짝 늦게 사과향이 코를 간질였다.

"맛있다."

"예스, 마스터."

하지만 물엿 사탕을 먼저 먹은 탓인지 단 맛이 좀 부족하게 느껴졌다.

"우웅?"

역시 나랑 마찬가지로 물엿 사탕을 먹은 다음 난쟁이 사과를 먹은 미아가 미묘한 표정으로 눈썹을 찌푸렸다.

이어서 루루가 타마랑 포치를 데리고 돌아왔다.

"문어 꼬치~."

"오징어 꼬치도 사온 거예요."

타마랑 포치가 들고 있는 커다란 주머니에서 좋은 냄새가 풍겼다.

"문어랑 오징어는 별로 안 먹는 거 아니었나?"

"그런가요? 서민용 가게에서는 평범하게 팔았는데요?"

그리고 보니 문어나 오징어를 안 먹는 건 귀족이나 다른 영지 사람들이라고 했었지?

루루가 내 의문에 답하면서 귀빈석 구석에 있던 접이식 테이블을 펼쳐 멋진 솜씨로 문어 꼬치와 오징어 꼬치를 늘어놓았다.

"다녀왔어어~!"

"주인님, 지금 돌아왔습니다."

마지막으로 아리사와 리자, 그리고 카리나 양의 메이드인 에리나가 돌아왔다.

"우아, 새 꼬치랑 고기 꼬치 가게가 사람이 엄청 많아서 난리도 아니었어."

"그러게~, 여기저기서 싸움을 하는 녀석들이나 소매치기도 많았지."

아리사가 투덜거리자 메이드인 에리나가 동조했다.

리자는 루루의 도움을 받아 새 꼬치와 여러 가지 고기 꼬치를 늘어놓았다.

고기 말고도 사왔는지, 스틱 같은 모양의 단단한 빵도 테이블 구석을 장식하고 있었다.

"이것 봐! 미아가 먹을 삶은 깍지콩이랑 땅콩도 구했어!"

"아리사, 감사."

"와, 맛있어 보이네."

깍지콩과 땅콩을 먹으니 얼음장처럼 차가운 맥주를 마시고 싶어지는군.

여러 가지 간식을 집어 먹는 동안 시합 시작 시간이 되었다.

투기장의 징이 울리며 안내 방송이 울려 퍼졌다.

『제1시합, 「적철의 탐색자이며 마법검사인 탄」 대 「사가 제국의 사무라이, 지 게인류의 카지로」.』

모두의 시선이 무투대로 입장한 두 사람에게 모였지만, 아리사와 미아의 흥미는 다른 곳으로 향했다.

"소리가 좀 탁한 걸 보니 전성관이랑 바람 마법을 같이 쓴 걸까?"

"응, 저거."

미아가 관객석 사이로 솟아오른 거대한 통들을 가리켰다.

AR표시를 보니 「바람의 전성탑」이란 마법 장치였다. 아리사의 예상이 맞았군.

"오오, 탄 씨는 이름은 괴상한데 탐미 계열의 미남이잖아? 대전 상대인 카지로 아저씨는 수염이 어울리는 와일드 계열 The 무사란 느낌이야."

귀빈석에 구비된 원견통을 들여다본 아리사가 아무래도 좋은 정보를 전해줬다.

나도 망원 스킬을 써서 두 선수를 보았다.

키가 크고 근육질인 카지로 씨가 날 길이 2미터에 가까운 대태도(大太刀)를 어깨에 걸친 자세를 잡은 채 조용히 시합 시작을 기다리고 있었다.

선수필승 스타일인지 갑옷은 최소한으로 갖췄다.

그는 사무라이라고 소개됐는데 기모노에 품이 넓은 하의인 하카마를 입고 있었다. 금발에 이탈리아풍 생김새라서 일본 문화에 물든 외국인 같이 보였다.

용사 소환으로 유명한 사가 제국 출신이니 일본 문화의 영향을 받으며 자란 거겠지.

한편, 탄 씨는 미스릴제 한손 검과 한손 방패를 장비했고, 벌레 계통 마물의 갑각을 사용한 매끄러운 갑옷을 입고 있었다.

탄 씨가 레벨 42, 카지로 씨는 39다.

본선 출장을 건 시합이라 둘 다 레벨이 높군.

─아니, 너무 높은데.

둘 다 대회 출장 예정자 중에서 베스트5에 들어간다.

본선에 출장하기 전에 맞붙게 만들어서 둘 다 탈락─ 은 지나친 생각이군.

"우~으, 이 거리에서는 스테이터스가 안 보여."

아리사가 불만스레 중얼거린 다음 다른 애들에게 자신의 예상을 전했다.

"소문을 들어봐선 마법을 쓸 수 있는 탄 씨가 이길 것 같아."

"아리사, 꼭 그렇지는 않습니다. 카지로 공의 거구에 저 길고 커다란 대태도의 공격간격과 위력이 있으면 얕볼 수 없어요. 탄 공이 마법을 쓸 여유가 있는가 여부에 따라 승부의 행방이 정해지겠죠."

오오, 리자가 말을 잘 한다.

레벨을 보면 탄 씨가 우세하지만, 카지로 씨는 다른 기술들을 배재한 순수한 전사라서 리자 말처럼 검으로만 승부한다면 약간의 레벨 차이는 메울 수 있을 것 같았다.

"우왓, 심판 화려하네."

"악취미적인 복장입니다."

아리사와 리자가 평한 것처럼 입장한 심판은 극채색 복장에 하얀 색과 붉은 색의 커다란 깃발과 뿔 피리를 손에 들고 있었다.

선수들이 30미터쯤 떨어진 땅에 그려진 2개의 원에 들어섰다.

저기가 시작 위치로군. 저 거리에서는 영창이 긴 마법을 쓰기 전에 상대가 공격해온다.

심판이 시합 시작을 큰 소리로 선언한 뒤 뿔피리를 불었다.

"무사 아저씨가 돌격한 거예요!"

그 소리가 우리들에게 닿기도 전에 카지로 씨가 몇 걸음만으로 간격에 뛰어들었다.

─새하얀 칼날이 상단에서 탄 씨를 공격한다.

"■ ■ 섬광 방패." ^{인스턴트 실드}

탄 씨의 방패를 중심으로 빛의 파문 같은 방어막이 생기더니, 대태도의 일격을 튕겨냈다.

마치 전차에 쓰이는 리액티브 아머 같군.

카지로 씨가 커다란 대태도를 되돌리기 전에, 탄 씨의 한손검이 카지로 씨의 안면을 향해 찔러 들어갔다.

카지로 씨는 무리한 자세에서 회피했지만, 탄 씨는 3단 찌르기로 빈틈없이 공격했다.

"아, 거리를 벌린 거예요!"

"우움! 움움우움~?"

"타마, 다 먹고 나서 말해야지."

포치가 다 먹은 꼬치를 휘두르며 해설하고, 타마는 입 안에 잔뜩 머금은 채 뭐라고 말하다가 루루에게 혼났다.

거리를 벌린 카지로 씨가 바닥을 스치는 듯한 발놀림으로 간격을 조정하는 동안 탄 씨는 영창이 짧은 신체강화 계열 마법으로 자기강화를 거듭했다.

"강화?"

"지원 계열 마법을 쓰나 보네."

미아랑 아리사가 탄 씨의 영창을 듣고 내용을 예상했다.

"그건 그렇고, 카지로 아저씨는 영창하는 틈을 노리질 않네?"

아리사의 의문에 리자가 대답했다.

"아리사, 저건 탄 공이 유도하는 겁니다. 섣불리 공격하면 뼈 아픈 반격을 받겠죠."

"마스터, 사무라이 유닛의 이동이 이상하다고 전달합니다."

"저건 밀어걷기라는 건데—."

나나에게 카지로의 보법을 설명하기 시작하는데 다시 시합이 움직이기 시작했다.

아무도 내 해설을 들어주지 않기에 시합에 주의를 돌렸다.

방금 전까지 서로를 살피던 모습과 딴판으로, 무수한 연속공격을 주고받는 화려한 공방이 펼쳐지고 있었다.

"우~음, 굉장하네. 대태도의 연속 공격을 피하면서도 주문 영창을 한 번도 실수 안 했어."

"냉정 침착."

아리사와 미아가 과자를 오독오독 먹으면서 마법사 시점에서 두 사람의 싸움을 관찰했다.

그리고 레벨 차이 때문인지 중간에 쓴 신체강화 마법 덕분인지 점점 탄 씨가 우세해지기 시작했다.

수준 높은 공방의 연속에, 관객들은 응원하는 것도 잊고서 마른 침을 삼키며 지켜보았다.

"앗!"

그 목소리보다 조금 늦게, 키잉! 하면서 대태도가 중간쯤에서 부러지는 소리가 투기장에 울렸다.

"카지로 님!"

투기장 반대 방향의 대기실로 이어지는 통로에서 여성의 비명이 들렸다.

아마 카지로 씨의 관계자겠지.

대태도가 부러져도 승부를 포기하지 않은 카지로 씨가 기사회생의 일격을 뿌렸다.

그러나 그 공격을 읽은 탄 씨가 전격을 두른 검으로 반 토막 난 대태도를 막았다.

정전기 소리를 커다랗게 확대한 것처럼 파직! 하는 소리가 투기장에 울리더니 카지로 씨가 그 자리에 쓰러졌다.

보아하니 전기 쇼크로 카지로 씨를 마비시킨 모양이다.

카지로 씨의 목에 검을 겨눈 탄 씨가 심판에게 시선을 돌리며 승리 선언을 재촉했다.

그때 관객석에서 굵직한 소리가 들렸다.

"죽여라아아아아아!"

"패배자에게 죽음으으으을!"

아니아니, 콜로세움의 검투사 노예 시합이 아니거든?

투기장 전체로 보면 듬성듬성하지만, 수십 명의 남자들이 이구동성으로 카지로 씨의 죽음을 바라며 욕설을 해댔다. 참 귀에 거슬린다.

한편 탄 씨는 「들어줄 수가 없다」는 듯 어깨를 으쓱거리기만 했다. 매너 나쁜 관객의 요구에 응할 생각은 없어 보였다.

그 동작이 여성들에게 먹혔는지, 차례차례 관객석에서 탄 씨를 향해 새된 성원이 솟았다.

"승자, 마법검사 탄!"

조금 늦게 심판이 탄 씨의 승리를 선언하자, 관객석에서 커다란 환성이 일어나 방금 전의 욕설을 덮어 씌웠다.

물론 우리도 그들의 멋진 싸움에 아낌없는 박수를 보냈다.

다음 시합이 시작되지 전까지 간식을 먹으면서 방금 전 시합 이야기를 했다.

"저것은 하카마#2라고 했던가요? 저 장비는 근사합니다. 저 정도로 발놀림을 감출 수 있을 거라 생각지 못했습니다."

리자가 방금 전 시합에 나온 카지로 씨에게 끊임없이 찬사를 보냈다.

타마랑 포치가 카지로 씨의 발놀림을 흉내 내고 있었지만 잘 안 되나 보다.

"어려워~?"

"아무리 해도 발이 뜨는 거예요."

"이런 식으로 하는 거야."

내가 신발을 벗고 발놀림을 직접 보여주었다. 전에 만화에서 보고 기억한 거라 올바른지 자신은 없었다.

#2 하카마 일본 무도에서 널리 쓰이는 도복. 바지 아랫단이 넓어서 입은 사람의 발을 가려준다.

평범한 밀어걷기의 해설은 간단했지만 발가락을 써서 간격을 미세하게 조정하는 걸 잘 이해 못했다.

　타마랑 포치가 내 발가락 움직임을 잘 보려고 가까이 다가섰다.

　"꾸물꾸물~?"

　"민달팽이인 거예요."

　내 발가락 움직임이 맘에 들었는지, 포치가 아예 바닥에 누워 자벌레처럼 온몸을 꿈틀거리며 움직였다.

　「민달팽이가 아냐」라고 포치에게 태클을 걸어줘야 하나?

　타마가 포치를 흉내내기 직전에 루루가 혼내는 소리가 들렸다.

　"포치! 모처럼 좋은 옷을 입었는데 바닥에 눕는 나쁜 아이는 누구지!"

　"아, 아우, 아닌 거예요. 루루, 이건 아닌 거예요."

　"뭐가 아닌데? 나쁜 짓을 하면?"

　"잘못했어요인 거예요."

　아차, 혼을 내는 타이밍이었구나.

　포치가 반성하는 포즈로 사과했다.

　"포치, 반성~."

　타마가 재빨리 루루에게 편승하여 혼내는 쪽에 붙었다.

　―방금 타마도 눕기 직전이었는데?

　그런 의미를 담은 내 시선을 본 타마가, 허둥지둥하더니 포치랑 마찬가지로 「반성」의 포즈를 취했다.

　응, 착하다.

이어지는 시합에서는 대검을 쓰는 수인들이 호쾌하게 싸웠다.

이 시합은 둘 다 피투성이가 된 탓에 기분 좋게 볼 수가 없었다.

아니, 피투성이인 채로 웃으면서 칼질을 해대면 무서우니까 그만하시면 안 될까요?

"주인님, 우웅 하고 와서, 쾅쾅 하고 맞은 거예요."

"리자는 이길 수 있어~?"

"손 놓고 당할 생각은 없지만 정면 승부를 하면 이기기 어려울 것 같군요."

둘 다 레벨 30대니까 레벨로 보면 리자가 못 이기지.

"오오오! 무슨 움직임이 저래?"

"빙그르~?"

"눈이 도는 거예요."

"응, 굉장해."

연소자 팀이 아크로바틱한 두 사람의 움직임을 보고 감탄했다.

어지간히 재미있는지, 타마랑 포치가 난간에서 몸을 내밀며 성원을 보내는 게 좀 위태로워 보였다.

"포치, 타마. 난간에 올라가면 안 됩니다."

리자가 주의를 준 직후에는 난간에서 내려오지만, 수인들의 강타가 작렬하거나 곡예 같은 회피 기술이라도 쓰는 걸 볼 때마다 흥분해서 난간에 올라가 버린다.

결국 주의를 포기한 리자가 타마랑 포치를 인형처럼 양 옆구리에 끌어안았다.

포환던지기의 예비동작처럼 대검을 빙글빙글 돌리며 휘두르던 여우 수인이 그 기세를 이용해 만화처럼 날아 베기를 펼쳤다.

비상식적이기로는 뒤지지 않는 너구리 수인도 대검을 세로로 2개로 분해하더니 쌍검을 들고 팽이처럼 돌기 시작했다.

"3회전~?"

"눈이 도는 거예요."

타마랑 포치는 리자한테 붙들린 상태에도 신경 쓰지 않고 빙글빙글 고개를 움직이며 관전하고 있었다. 팔이랑 꼬리를 너무 흔들어서 떨어지지 않을까 걱정이다.

그건 그렇고…… 이거 무술 대회 맞지? 기인 열전 같은 거 아니고?

재미는 있지만 뭔가 아니란 느낌이 들어.

약간 납득하기 어렵지만, 레벨 상승을 통한 능력치 인플레이션이 이룩하는 비상식이라고 납득해야지.

"마스터, 저도 저런 움직임을 할 수 있을까요, 라고 묻습니다."

"나나는 신체강화를 잘 쓰면 할 수 있지 않을까?"

나나의 질문에 대답하자, 얌전히 관전하고 있던 카리나 양까지 반응했다.

"어머나, 그렇다면 저도 할 수 있겠어요."

『그렇지, 카리나 님은 가능하다.』

카리나 양의 말을 라카가 긍정했다.

두 수인의 뜨거운 접전에 관객석은 굉장히 열광했지만, 마지막에는 둘 다 녹아웃 되어 비기고 말았다. 재대결은 다음으로 미루어졌다.

그리고 오후의 마지막 시합은 인간족 창술사와 스무 살쯤 되는 여자 사무라이의 대결이었다.

이 여자 사무라이는 처음에 관전한 대태도를 다루던 카지로 씨와 같은 유파 같았다. 그녀는 나가마키[#3]와 와키자시[#4]를 장비했다.

둘 다 레벨 20대 중반으로, 지금까지 본 대전자들에 비하면 꽤 낮았다.

"고라오 기다려라. 아빠가 대회에서 이겨시 사관을 하마."

"카지로 님의 안타까움, 제가 풀어 드리겠습니다."

관객의 성원에 익숙해졌는지 엿듣기 스킬이 성원 속에서 대전자들의 목소리를 포착하게 됐다.

역시 스킬 레벨을 최대까지 올려도 활용할수록 성능이 올라가는 모양이네.

몇 합 정도 탐색을 끝낸 다음 창술사가 단숨에 공세에 나섰다.

""오오오오! 죽여라아아!""

아까 본 너구리 여우전에서 너무 열광했는지, 관객들이 좀 악질적으로 변했다.

창술사의 십자창 끝이 여자 사무라이의 팔목 갑옷을 날려버리고, 그녀의 팔을 깊게 베었다.

""우오오! 피다아아!""

#3 나가마키 장권(長巻)이라고도 불리는 무기. 야태도(野太刀)에 긴 자루가 달린 형태로 언월도처럼 활용한다.
#4 와키자시 협차(脇差)라고도 불리는 무기. 사무라이들이 일반적으로 소지하던 두 자루의 칼 중 짧은쪽.

""“오오오오! 죽여라아아!”""

출혈과다로 다리가 풀린 여자 사무라이를 보고서 관객들이 미친 듯이 외치기 시작했다.

"뉴……."

"우우……."

리자의 양팔에 매달려 있던 타마와 포치가 몸을 움츠리고 귀를 축 늘어뜨렸다. 평소에는 활기찬 꼬리도 힘없이 다리 사이로 숨어 버렸다.

게다가 타마랑 포치뿐 아니라 리자까지 낯빛이 창백했다.

마치 뭔가에 겁을 먹은— 아뿔싸!

"아리사, 애들한테『평정 공간』마법을 걸어줘."

"알았어!"

내가 작은 소리로 주문하자, 뭔가 감을 잡은 아리사가 군말 없이 곧장 마법을 사용했다.

마법이 금세 효과를 발휘하여 아인 소녀들의 공황과 긴장이 풀렸다.

나는 힘이 빠진 아이들을 받아서 소파에 눕혔다.

"무슨 일이죠?"

"관객들의 열기가 자극이 심했나 봐요."

카리나 양의 물음에는 그렇게 대답했지만 실제로는 다르다.

세 사람이 공황에 빠진 원인은 관객들의 욕설을 듣고 세류 시의 폭동을 떠올린 탓이다.

그때 마법병인 제나 씨가 도와주지 않으면 이 애들은 죽었을 지도 모른다. 트라우마가 되었어도 무리가 아니었다.

"괜찮아. 우리가 곁에 있어."

나는 아인 소녀들의 손을 잡고서 속삭여줬다.

"나도 있어."

"나도 있어요."

"수비는 맡겨 달라고 선언합니다."

"응, 안심해."

아인 소녀들이 걱정되는 건 모두 마찬가지인지, 아리사, 루루, 나나, 미아가 내 손 위에 손을 올리고 격려해주었다.

카리나 양도 참가하려고 했지만 우물쭈물하는 동안 타이밍을 놓치고 쓸쓸하게 서 있었다.

"주인님, 걱정 끼쳐 드려 죄송합니다."

"이제, 괜찮아~."

"포, 포치도 멀쩡한 거예요."

조금 무리해서 미소를 지은 아인 소녀들이 의자에 앉았다.

그런데 투기장에서는 「죽여라」 콜이 휘몰아치고 있었다.

정말이지, 분위기 파악 좀 하라고―.

내 불평은 피투성이로 땅에 쓰러진 여자 사무라이와 그 앞에서 창을 들어 올린 남자의 모습을 보고 멎어 버렸다.

남자는 본의는 아니지만 「죽여라」 콜에 응해서 여자 사무라이를 찔러 죽일 셈이었다.

"심판은―."

그 말을 하는 도중에 여자 사무라이가 부러진 언월도를 쥐고 있는 걸 깨달았다.

심판 입장에서는 전투속행중이란 건가?

여자 사무라이가 땅을 구르며 몇 번인가 창의 찌르기를 피했지만, 이윽고 창술사에게 무기를 든 팔을 밟혀서 절체절명의 궁지에 몰렸다.

"지금이다! 죽여라! 어엿하게 죽인다면 보비노 백작가에서 고용해주마!"

귀빈석 하나에서 오만한 목소리가 들렸다.

그 목소리에 떠밀린 창술사가 제정신을 잃은 목소리로 중얼거렸다.

"고라오……. 아빠는 해내마……."

으엑, 위험한 전개야!

"그만둬! 고라오가 보고 있다!"

나는 확성 스킬의 도움을 빌어 창술사를 제정신으로 되돌리고자 외쳤다.

"고라오……."

내 외침에 동요한 창술사의 창 끝이 옆으로 비껴서 십자창의 날이 여자 사무라이의 목 직전에서 멈췄다.

"승자! 창술사 지라우!"

승리선언과 동시에 창술사가 땅바닥에 주저앉았다.

여자 사무라이가 투기장 구호반의 도움으로 일어나 실려 나갔다.

"어디, 이제 그만 질리니까 돌아갈까?"

"그래, 우아한 나는 이런 살벌한 분위기에 안 어울려."

질렸다는 건 거짓말이지만, 이 살벌한 분위기는 마음에 안 들었다.

그리고 아인 소녀들에게 폭동이 연상되는 소리들은 스트레스가 된다.

"사ㅡ, ……펜드래건 경이 돌아간다면 저도 돌아가겠어요."

카리나 양도 동의해줬으니 다 함께 마차를 타러 갔다.

도중에 엿듣기 스킬이 이런 대화를 포착했다.

"어이! 무슨 짓이냐! 나는 유서 깊은 보비노 가문의 직계다! 네놈들 같은 평기사들이ㅡ."

"조용히 따라오시기 바랍니다. 공작 각하의 명령으로 보비노 가문 분들을 구속하고 있습니다. 저항한다면 공작 각하에 대한 반역으로 간주하니 주의해 주시길."

처음에 들린 난폭한 목소리는 아까 그 바보 귀족이었다.

맵을 확인해 보니「자유의 날개」를 숨기고 있던 보비노 백작 저택 주위를 공작의 영지군이 둘러싸고, 정예 근위병들이 보비노 백작의 사병과 대치하고 있었다.

어젯밤에 말한 것처럼 오늘 당장 영지군을 파견했구나.

공작은 꽤 행동이 빠르네.

◆

월고크 백작 저택으로 돌아온 나는 아인 소녀들을 위로해주려고 요청에 따라 햄버그를 만들기로 했다.

나는 저택에 딸린 메이드에게 부탁해서 두부를 얻었다. 미아 용으로 두부 햄버그도 시험해 봤다.

"포치!"

"타마!"

햄버그를 본 둘이서 서로 이름을 부르더니 덥석 소리가 날 정도로 얼싸안고 기뻐했다.

아까 전까지 무리하게 밝은 모습을 꾸미던 분위기도 깨끗하게 사라졌다.

내 선택은 틀리지 않았군.

"사토?"

미아 앞에도 햄버그를 놓자, 미아가 신기하단 표정으로 나를 불렀다.

"이건 두부로 만든 햄버그야. 보기에는 보통 햄버그랑 똑같지만 원료는 대두나 밀가루니까 미아도 먹을 수 있을 거야."

식물성 재료만 있는 게 아니라 달걀도 들어 있지만 평소에 먹는 과자에도 달걀이 들어 있으니 문제없겠지.

"한 입이라도 먹어봐. 입에 안 맞으면 다른 요리를 가지고 올 테니까."

"응."

거듭 설득하자 미아가 두부 햄버그에 젓가락을 뻗었다.

"맛있어."

한 입 먹은 미아가 조용히 중얼거린 다음 입 속의 두부 햄버그를 꼼꼼하게 씹었다.

『맛있어! 입 속에서 사르륵 풀려서 빵도 야채도 아닌 신기한 맛이야. 굉장히 맛있어, 근사해!』

미아가 꿀꺽 삼킨 다음에 눈빛을 반짝이며 엘프어로 장문의 감상을 말했다.

다행이군. 미아 입에 맞는 모양이야.

전에 다들 햄버그 먹는 모습을 보고만 있는 미아가 쓸쓸해 보였기에 미아도 먹을 수 있는 햄버그를 만들어주고 싶었지.

"햄버그⋯⋯. 이런 요리가 있다니⋯⋯. 저는 몰랐답니다."

햄버그를 처음 먹는 카리나 양이 감동에 전율했다.

"맛나맛나~."

"마스터, 햄버그가 무척 훌륭한 음식이라고 절찬합니다."

한 입씩 소중히 먹는 타마랑 나나가, 부족한 어휘력에서 어떻게든 맛있다는 표현을 골라 전했다.

"정말이지 햄버그는 최고야! 인 거예요."

"아버지이이이— 라고 외치고 싶은 느낌이야~."

포치랑 아리사의 절찬은 레벨이 너무 높아서 나도 잘 모르겠다. 포치의 어휘도 아리사한테 참 많이 물들었군. 이제 그만 교정하는 편이 좋으려나?

그건 그렇고, 나는 다들 기뻐하는 모습에 기분이 좋아져서 추가 요청을 받는 대로 다 만들어주고 말았다.

"사토, 하나 더."

"미안, 미아. 두부 햄버그는 재료가 적어서 더 못 만들어."

"……콰광."

미아가 입으로 소리를 내다니 드문 일이군. 정말로 아쉬운가
보다.

나는 미아에게 사과하고서 저녁에도 두부 햄버그를 만들어주
겠다고 약속하여 용서를 받았다.

그 결과 미아 말고 다른 애들은 과식으로 다운되어 시체 같은
형상으로 나뒹굴었다.

일단 소화제를 먹이고 눕혀놨으니 잠깐 방치하면 부활하겠지.

나는 과실수로 입가심을 하는 미아에게 말을 걸었다.

"좀 한가하니까 귀족 구역의 마법 가게라도 가볼까?"

"응, 갈래."

마법 가게는 걸어갈 수 있는 거리였지만, 보비노 백작 저택의
체포 작전이 이어지고 있는 모양이라 안전과 통행의 매끄러움
을 우선시해서 월고크 백작 저택의 마차를 이용하기로 했다.

마법 가게는 하급 귀족의 저택이 있는 귀족 구역 바깥쪽에 있
었다.

서민용 마법 가게는 서민가에도 있었지만 내가 바라는 중급 공
격마법은 이 가게에서만 취급하기 때문에 처음 목표로 골랐다.

의기양양하게 가게 안으로 들어가자 갑자기 아는 사람과 마
주쳤다.

"오오, 사토 공 아닌가?"

"응, 토르마의 지인인가?"

"그래, 아까 말했었지? 무노 시를 공격한 수만에 이르는 마물

의 대군을—."

마법 가게 안에는 점장으로 보이는 남성과 토르마 둘뿐이었다.

토르마가 마치 자기 눈으로 본 것처럼 무노 시 방어전의 이야기를 점장에게 말했다.

점장은 마법 가게 사람이라고 생각하기 어려울 정도로 근육질의 거한인데다, 곡괭이나 대검을 메는 것이 어울릴 법한 억센 생김새였다.

점장은 신이 나서 과장된 이야기를 늘어놓는 토르마를 싱글싱글 웃으며 보고 있었다. 평소 같은 허풍이라고 해석한 거겠지. 그다지 진심으로 받아들이는 기색은 없었다.

"나는 키키누야. 동방의 소국에서 태어났으니 이름이 이상한 건 신경 쓰지 마. 부르기 힘들면 근육이든 아저씨든 점장이든 좋을 대로 불러."

"소개 감사합니다. 사토라고 합니다."

분위기 못 읽는 토르마가 입으로 「쯧쯧쯧」 하면서 손가락을 흔들었다. 어째선지 때리고 싶은 충동을 참기 힘들군.

"가문명을 제대로 밝히지 않으면 안 되지."

가볍게 이야기하고 싶어서 가문명을 안 밝힌 건데 여전히 분위기를 못 읽는군.

"실례했습니다. 사토 펜드래건 명예사작이라고 합니다."

"어허? 용사 이야기를 좋아하는 모양이군……."

그는 내 가문명의 유래가 용사 이야기에 나오는 가공의 용사란 것을 아는 모양이군.

"그의 주군이 무노 남작, 전 도나노 준남작이야."

"그렇군…… 그건 참, 힘들겠구만."

그걸로 통하는 걸 보니 무노 남작은 공도에서도 용사 연구가로 유명했나 보군.

"최종적으로 펜드래건이란 이름을 고른 건 저니까요."

"허허, 동호인들이 아니면 잘 모를 테니 괜찮겠지."

그렇군. 키키누 점장도 무노 남작이랑 동류인 모양이네.

"그건 그렇고, 검사인 사토 공이 이런 가게에는 무슨 용건이지? 역시 취미인 두루마리를 구하러 왔나?"

"네, 그것도 있지만 마법서도 보러 왔어요."

"마법서? 사토 공이?"

"네, 제 동료들 중에는 이 애처럼 마법을 쓰는 사람도 있으니까요."

나는 「이 애」라는 부분에서 등 뒤에 숨어 있는 미아를 보았다.

"미아."

살짝 고개를 숙인 미아가 후드 아래에서 키키누 점장을 올려다보며 짧게 자기소개를 했다.

"여동생이 읽을 입문서 말인가? 좋은 게 있었던가?"

"아뇨, 입문서는 필요 없어요. 중급 이상의 마법서를 보여주실 수 있을까요?"

내 말에 키키누 점장이 눈썹을 찌푸렸다.

"아무리 그래도 어린애한테 중급 마법서는 어려울 거라 생각하는데……."

"우우."

어린애 취급을 받은 미아가 기분이 틀어졌다.

그리고는 후드를 가볍게 걷어서 키키누 점장에게 자기 귀를 보였다.

"서, 설마, 엘프님?!"

"응."

"미아는 보르에난 마을의 엘프입니다."

내가 미아를 대신해 조금 설명해줬다.

"이, 이거 큰 실례를 했습니다!"

키키누 점장이 카운터에 부딪힐 기세로 고개를 숙이며 전력으로 사죄의 말을 했다.

그 진지함이 마음에 들었는지 미아도 금세 기분 나쁜 표정을 지우고 「용서」라고 짧게 답했다.

"키키누가 엘프 신봉자인줄은 몰랐군."

"신봉자라기보다…… 내 출신지가 흑룡산맥 근처라는 건 말했었나?"

"그래, 들었지."

"흑룡산맥에서는 마물뿐 아니라 마물에서 유래된 돌림병도 흘러나오지."

토르마의 말에 키키누 점장이 자기 이야기를 시작했다.

그건 그렇고 흑룡산맥이라니 참으로 가슴 설레는 이름이군.

"매년 돌림병으로 마을 사람들이 쓰러지는데, 엘프님이 먼 옛날에 심어준 유면수 덕분에 죽는 사람은 거의 안 나와."

"응, 유면수 굉장해."

미아가 고개를 끄덕끄덕했다.

"허~, 그렇게 편리한 나무라면 포기를 나눠서 팔면 꽤 많이 벌리겠는데."

"무리야. 돈벌이 목적으로 다른 곳에 심으려고 한 녀석이 있었지만 엘프님이 심은 첫 장소 말고는 유면수가 말라 죽었지."

토르마의 말에 키키누 점장이 고개를 저으며 부정했다.

미아가 나한테 작은 소리로 실패한 진짜 이유를 알려줬다.

"정령 부족."

아마 유면수가 자라기 위해서는「정령」이 필요한 거겠지. 그러고 보니 드워프들이 사는 보르에하르트 시 주변도 정령인지 마소가 부족해서 수목이 말라있었지.

"뭐, 그래서 나는 엘프님한테 은혜를 입은 거야."

키키누 점장과 적당히 잡담을 한 다음 본론인 마법서나 두루마리 상품을 가르쳐달라고 했다.

대도시의 마법 가게라서 서적류가 충실하군.

"이 책은 좋네요."

"그런가? 이쪽 책은 정석이지만 그건 그냥 흥미위주인데……."

내가 손에 집은 것은『회전의 로망』이란 책이었다.

이 책의 저자는 크하노우 백작령의 세담 시에서 발견한 팽이형 마법 도구의 제작자와 같은 사람이었다.

"흥미위주라니 그럴 리가요. 쟈하드 박사의 발명품은 근사한 부분이 있어요."

아까 전까지는 마법 도구 제작자란에 있던 쟈하드란 이름밖에 몰랐지만 저서로 알아낸 정보에 따르면 왕도에 사는 나이 든 박사였다. 왕도에 들르면 꼭 한 번 만나보고 싶군.

그 밖에도 같은 저자의 『회전과 왕복운동의 만남』, 『회전이 만들어낸 새로운 마법』이란 이상하게 회전을 밀어붙이는 서적이 있었다.

점장이 정석이라고 추천한 건 『기초부터 배우는 지팡이와 촉매』, 『보석과 마핵^{코어}』, 『마법 도구에 쓰는 30가지 정석 회로』, 『마법 도구와 각인 마법』, 『마법 문자 룬을 새기는 법』, 『각인부터 시작하는 마법진』 같은 책들이었다.

이쪽의 책도 마음이 끌리는 타이틀이라서 함께 구매하기로 했다.

유감이지만 스크롤 만드는 법 같은 책은 없었다.

"중급 마법서 모든 종류와, 이 책을 사겠어요."

마법서에는 린그란데 양이 부활시켰다는 「폭렬 마법」과 「파괴 마법」의 해설서도 있었다. 아쉽게도 「공간 마법」, 「중력 마법」이나 금기가 포함된 계통의 마법서는 없었다.

"그, 그렇게 많이?! ─어이쿠, 그렇지. 토르마의 지인이라 잊고 있었는데 일단 귀족 신분증을 보여주겠나? 그리고 군사적 이용이 가능한 주문이 실린 서적은 나름대로 허가증이 필요한데⋯⋯."

"이거면 될까요?"

키키누 점장에게 귀족의 신분을 나타내는 은판과 어제 공작에게 받은 허가증을 보여줬다.

"무제한의 허가증? 그것도 공작 각하의 공인? 이, 이런 걸 어떻게······?"

말을 잃은 키키누 점장에게 「맛있는 튀김의 대가로 받았다」고 말하기 어려워서 적당한 재패니즈 스마일로 얼버무렸다.

이어서 두루마리를 보여달라고 했다.

"여기서 안 사도 우리 공방에서 직접 사면 될 텐데 말이야."

"이봐 토르마. 남의 가게에 와서 좋은 손님을 뺏지 말라고."

토르마의 분위기 읽지 못하는 말에 키키누 점장이 쓴웃음을 지으며 불평했다.

"토르마 경의 집에 실례할 때는 한껏 괴상한 두루마리를 주문할게요―."

괴상한 두루마리는 좀 그렇고, 내 자작 마법을 오더 메이드로 주문할 예정이니 가게에서 살 수 있는 건 먼저 사둘 셈이었다.

키키누 점장이 보여준 일반적인 두루마리는 구를리안 시에서 산 것과 변함이 없었지만 군용 마법 몇 종류를 구했다.

하급이나 중급의 두루마리밖에 없지만 「화염 폭풍」, 「광선」, 「폭렬」 등의 공격 마법이나 「바람의 속삭임」, 「원거리 대화」 같은 통신 계열 마법, 마법 간섭계열의 「마법 파괴」 등을 한꺼번에 얻었다.

―아아, 이 마법들이 있었다면 마왕전도 꽤 편했을 텐데······.

다만 내가 필요했던 「치유」, 「해독」, 「질병 치유」 등의 두루마리는 존재하지 않았다.

키키누 점장 말에 따르면 두루마리로 만들면 효과가 낮아서 마법약이 몇 배는 신뢰성이 높기 때문이었다.

"『이력의 손』이나 『잠금』, 『잠금 풀기』 등의 두루마리는 없을까요?"

매직 핸드 / 록 / 언록

"사토 공, 범죄에 쓸 수 있는 『잠금』이나 『잠금 풀기』 두루마리는 제작이 금지돼 있어."

토르마가 키키누 점장의 말을 가로막으며 내 질문에 대답했다.

군사용은 OK인데 그런 마법은 안 되는구나…….

그 밖에도 「투시」나 「멀리 듣기」 같은 첩보에 쓸 수 있는 마법도 인 된다. 공도의 귀족 저택은 그런 마법에 대항하는 특수한 건축을 한다고 했다.

방금 전에 산 『마법 도구와 각인 마법』이나 『각인부터 시작하는 마법진』에도 보안 방법의 해설이 실려 있었다.

또한 아까 같이 말했던 「이력의 손」은 초능력자가 쓰는 염동력 같은 마법이지만, 두루마리로 만들면 최소성능이라 펜 하나를 수십 초정도 들어 올리는 게 한계라서 수요가 없었다.

텔레키네시스

토르마의 집인 시멘 자작 가문의 창고에 「이력의 손」 두루마리가 있는 모양이니 자작을 면회했을 때 살 수 있는지 확인해봐야겠다.

가지고 싶은 건 대부분 모였으니 이 가게에서는 이쯤으로 끝내야지.

격납 가방에서 꺼낸 금화로 상당한 금액을 지불한 다음 구입한 대량의 책과 두루마리를 격납 가방에 넣었다.

개러지 백

"허어? 수납 가방인가? 과연 귀족님이군."

아이템 백

"이 가게에도 있나요?"

"취급은 하지만 재고는 없어. 수주부터 생산까지 몇 년은 기다려야 받을 수 있는 고급품이야."

—어허허?

난 분명히 고대제국의 유물이나 미궁에서 출토된 거라고 생각했는데, 키키누 점장의 말을 들어보니 지금도 마법 도구 공방에서 만들 수 있나 보군.

그러고 보니 카리나 양이 옛날 무노 남작성에도 「마법의 가방」이 있었다고 했었지.

키키누 점장에게 성능에 대해 물어보니, 최고성능의 수납 가방이라도 무노 남작령의 원령 요새에서 입수한 열화 격납 가방과 거의 비슷한 성능이었다.

용의 계곡에서 얻은 격납 가방은 격이 다른 모양이다.

◆

그 다음에 토르마의 안내를 받아 귀족 구역의 상회나 서점, 그리고 서민가의 마법 가게도 돌아봤다.

상회는 드워프들에게 보낼 술을 사려고 들렀다. 마왕전에서 대활약을 한 「화염로^{포지}」 두루마리를 팔아준 가로하루 씨에게는 도하루 노인과 별개로 고급 술 모음 세트를 보냈다.

그리고 토르마가 「공도는 내 마당 같은 곳이야」라기에 미지근한 웃음을 보냈었는데, 그 말은 과장이 아닌 사실이었다.

이상한 골목이나 다른 사람 집의 정원을 가로지르는 등, 뒷세계라기보다는 악동이 좋아할 법한 코스로 공도 여러 곳을 걸어다니며 숨겨진 명소를 안내 받았다.

타마랑 포치가 있었으면 좋아했을 텐데, 미아는 금세 지쳐 버려서 중간부터 내가 목말을 태우고 이동했다.

그 수상쩍은 길을 지나서 빌딩 사이 공터 같은 분위기의 장소에 도착했다.

실제로는 빌딩이 아니라 자연공원에서 볼 법한 나무들에 둘러싸여 있었지만 어쩐지 그런 인상을 받았다.

"청량해."

미아가 말한 것처럼 여기는 녹음의 향이 짙었다.

문득 위화감을 느끼고 시야 구석에 언제나 표시된 레이더를 보니, 여기가 다른 맵으로 취급되고 있었다.

눈곱만한 공간이지만 만약을 위해 모든 맵 탐사를 사용했다.

다행히 악의를 가진 존재는 없는 모양이다.

"사토 공! 이쪽이야!"

잡초를 헤치고 앞서 가던 토르마가 손을 크게 흔들며 우리를 불렀다.

그쪽을 돌아보니 잡초의 바다 너머로 나무들 틈에 묻힌 것처럼 보이는 건물이 한 채 있었다.

"여기는 내가 추천하는 가게야. 뜻밖의 명품이 많지."

가게 문에 걸린 「폐점」이란 간판은 가볍게 무시하고서, 토르마가 제집 드나들 듯 가게 안으로 들어갔다.

그 뻔뻔함은 좀 본받아야 할지도 모르겠다.

덩굴에 휩싸인 벽돌 건물 입구는 좁아서 미아를 목말 태우고 들어갈 수가 없었다. 키가 크지도 않은 내가 문지방 위에 머리를 부딪칠 지경이었다.

나는 미아를 내려 손을 잡고 가게 안에 들어갔다.

"영감님! 살아 있나~."

토르마의 무례한 목소리가 가게 안에서 들리더니— 잠시 후 퍽! 하는 묵직한 소리와 토르마의 비명, 그리고 노인의 욕지거리가 들렸다.

"멋대로 죽이지 마라! 너야말로 얼마 동안 안 보이기에 죽은 줄 알았다."

늙은 점주는 키가 작은지 토르마에 가려서 안 보였다.

"그보다도, 토르마. 네놈, 뭘 데리고 온 게냐?"

"아아, 내 친구들인데—."

토르마가 우리를 소개하려고 몸을 틀자 그제서야 늙은 점주가 보였다.

나이트캡 같은 녹색 모자 아래에 주름투성이 얼굴과 뾰족한 귀, 옅은 회색 피부에 은색 눈동자였다. 옆에 AR표시된 정보를 보니 스프리건이란 종류의 요정족이었다.

게임 같은 데서 등장하는 스프리건은 보물을 지키는 요정이었던 것 같은데…….

그런 유래 탓인지 모르겠지만 그의 등 뒤의 선반에는 갖가지 마법 도구와 두루마리가 있었다.

"눈이 부셔서 안 보이는군—."

눈가를 손으로 가린 늙은 점주가 잠시 후 손을 내렸다.

방금 전까지 은색이었던 눈동자가 칠흑색으로 변해 있었다.

"겉보기에는 인간족의 꼬마로군…… 응? 그 방울은 『보르에 난의 고요한 방울』이군. 그렇군, 그렇다면 이해가 되지."

내가 허리에 달고 있는 방울을 본 늙은 점주가 팔짱을 끼고 고개를 끄덕이며 납득한 표정을 지었다.

그리고 이어서 내 뒤에 숨은 미아를 깨달았다.

"어허? 그쪽 아가씨는 엘프님이신가? 실리르토아 님과 닮았 지만 아니구먼."

"응, 미아."

미아가 후드를 내리고 짧게 이름을 말했다. 미묘하게 기분이 틀어진 목소리였다.

"—이거 실례를 했구먼."

모자를 벗고 머리를 긁적인 늙은 점주가 카운터 너머에서 일 어섰다.

『나는 보르에스엔의 유캄. 보시는 바와 같이 스프리건 할배 외다.』

늙은 점주가 엘프어로 자기소개를 하자, 미아도 엘프어로 이 름을 밝혔다.

『보르에난 숲의 가장 어린 엘프, 라미사우야와 릴리나토아의 딸, 미사날리아 보르에난.』

방금 전까지 안 좋았던 표정을 물로 씻어낸 듯 평소 같은 느낌으로 돌아왔다.

아무래도 요정족들밖에 모르는 룰이나 규범이 있나 보군.

부드러운 분위기로 변화한 것 따위 개의치 않는 토르마가 늙은 점주에게 말을 걸었다.

"이제 됐어, 영감님? 이 두 사람에게 꽁꽁 숨겨둔 그걸 보여 줘. 비장의 책이라고 했었던 거."

"허어, 그거군……. 좋다, 기다려라."

늙은 점주가 가게 안쪽에 있는 창고로 들어갔다.

토르마는 익숙한 듯 사람 수에 맞춰 차를 준비하더니 간이 의자를 꺼내 놓고 앉으라고 권했다.

"여기는 성인용 책을 사러 자주 왔었지."

"설마, 방금 전에 말한 비장의 책이란 게—."

"하하핫. 이 나이가 되어서 그런 책을 사러 오지는 않아."

토르마가 웃으며 내 염려를 부정했다.

이 나라의 야한 책에 흥미가 없는 건 아니지만, 굳이 남한테 중개 받아서 사러 올만한 건 아니란 말이지.

다행히 미아는 「성인용」이란 의미를 이해 못했는지 「길티」란 말이 날아오지 않았다.

"사토, 다과."

"쿠키면 되니?"

"벌꿀 너츠 쿠키."

미아의 요청에 따라 격납 가방 안에서 달콤한 쿠키를 꺼내줬다. 접시 대신 손수건을 깔았다.

"뭐냐, 맛있는 냄새가 나는구먼."

"괜찮다면 드시죠."

끈으로 엮은 책과 두루마리 몇 개를 안고 돌아온 늙은 점주에게도 쿠키를 권했다.

"맛있군. 다음에 올 때도 가지고 와라."

단 걸 좋아하나보군. 아마 다시 와도 된다는 말을 돌려서 하는 거겠지.

쿠키에 혀를 내두르는 늙은 점주를 내버려두고서 그가 가져온 책을 훑어보았다.

―이거, 혹시.

책과 함께 쌓인 두루마리를 읽었다.

이건 키키누 점장의 가게에서 산 것 같은 『마법의 두루마리』가 아니라 메모를 말아서 보관한 노트 같은 것이었다.

끈으로 엮은 책에는 마법 주문이 나열돼 있었다.

시가 국어 해설은 전혀 없었는데, 그 대신 두루마리는 주문을 읽기 위한 주석이나 메모가 남아 있기에 그걸 의지해서 해독해봤다.

학생시절에 게임 데이터를 조작하려고 바이너리 코드에서 소스 프로그램을 역 어셈블했었지.

그리운 추억이 뇌리에 떠올랐다.

성검 만드는 법처럼 암호화된 게 아니라서 생각보다 간단히 해독할 수 있었다.

"이건 공간 마법인가요?"

"맞다. 용케 이 짧은 시간에 해독했구먼, 꼬마!"

내 질문에 고개를 갸웃거리던 점주가 곧 내 어깨를 퍽퍽 치면서 칭찬해댔다.

"과연 고요한 방울을 받은 친구로구먼. 그건 아주 옛날에 여행하던 마술사가 두고 간 물건이야. 그 마법서를 처음 보고 간파한 자에게 주라고 부탁을 받았지."

늙은 점주가 마법서의 유래를 말해주었다.

생각도 못한 곳에서 유용한 마법서를 얻어 대만족이다.

저택에 있는 아리사한테 좋은 선물이 생겼다.

"—그런데 유캄 씨. 뒤쪽 선반에 있는 두루마리는 파는 건가요?"

나는 아까부터 신경 쓰이던 선반을 가리켰다.

"어허, 눈썰미가 좋군. 평소에는 안 팔지만, 방금 전 마법서와 같은 마술사가 가지고 온 거니 가지고 싶다면 주지."

"그러면 꼭 좀!"

내 기세에 약간 기겁하는 늙은 점주에게 두루마리 3개를 샀다.

공간 마법인 「멀리 보기^{클레어보이언스}」, 「멀리 듣기^{클레어히어리스}」랑 술리 마법 「투시^{클레어보이언스}」, 그리고 빛 마법인 「환영^{일루전}」이다.

늙은 점주가 「엿보기는 적당히 하게」라고 주의를 줬지만 그런 용도로 쓸 생각은 없어요.

토르마는 잠시 늙은 점주와 옛날이야기를 하고 싶다고 해서 우리만 먼저 실례하게 되었다.

늙은 점주가 가르쳐준 대로 출구에서 똑바로 나아가자 큰 길

가까운 골목으로 나왔다.

"와~, 이런 곳으로 이어져 있구나."

미아에게 말을 걸면서 돌아보자 담장만 덩그러니 있었다.

맵으로 확인했더니 이 담장 너머는 나무들이 밀집한 몇 평 크기의 공터였다.

토르마와 늙은 점주를 검색해 보니 아까 그 가게는 지리적으로 꽤 떨어진 장소에 있었다.

"방황하는 숲."
_{원더링 포레스트}

미아의 단어 설명을 이어서 머릿속으로 정리했다.

그 가게는 「방황하는 숲」이란 정령 마법의 결계가 지키고 있으며, 올바른 순서로 가지 않으면 방금 전의 우리들처럼 다른 장소로 전이되어 쫓겨난다고 한다.

토르마의 변덕스런 길 선택도 의미가 있었나 보군.

나는 묘하게 납득한 기분이 되어 길거리 마차를 잡고 저택을 향했다.

◆

"실리르토아 님은 약속이 없는 분과 만나지 않습니다."

돌아가는 도중에 엘프 가희 실리르토아 씨가 출연한다는 음악당이 있기에 미아를 만나게 해주려고 들러봤는데 접수처의 노부인이 험악한 목소리로 거부했다.

"그러면 면회 예약을 하고 싶습니다만—"

"설령 상급 귀족 자제라 해도 다른 나라의 왕족이라고 해도 면회 예약은 받지 않습니다. 만나고 싶다면 공작 각하께 『가희 면회 면장』을 받아 오세요."

무슨 게임의 심부름 퀘스트도 아니고…….

무심코 쓴 웃음이 흘러나올 뻔했지만 무표정 스킬의 도움을 빌어 참았다.

"시아, 불러줘."

미아의 말에 노부인이 눈썹을 치켜 올렸다.

"당신은 뭔가요? 위대하신 지고의 가희 실리르토아 님을 애칭으로 부르다뇨!"

이 사람은 실리르토아 씨의 열성팬 같은 열렬한 신봉자인가 보다.

그러나 그런 태도도 미아가 후드를 내리기 전까지였다.

"불러줘."

"—그 귀, 그리고 모습! 호, 혹여나 실리르토아 님의 친척 되시는 분?!"

"응, 미아."

경악하는 노부인에게 미아가 평소처럼 짧게 이름을 밝혔다.

그 다음에는 아무 문제없이 가희 실리르토아를 만났다.

"어서 와, 라야와 리아의 아이 미사날리아. 100년만일까? 그렇게 작았던 미아가 이렇게 크다니, 근사한 일이야."

"오랜만."

실리르토아 양은 엘프치고는 평범한 말투였다.

지금까지 만난 미아랑 세류 시의 엘프 점장이 짤막한 단어로 말하다 보니 분명 그녀도 그럴 거라고 생각했는데…….

실리르토아 양은 미아와 꼭 닮은 엘프 아가씨였다.

머리카락 색이 조금 물빛인 것과 머리 모양이 롱 스트레이트인 것을 빼면 구분이 잘 안 된다. 그녀의 연령은 미아의 몇 배, 엘프 점장과 비교해도 연상이었다.

엘프는 나이를 먹어도 용모가 늙지 않는다고 한다. 유녀취향^{로리콤}이라면 환희 할 것 같은 특징이군.

"신선한 산수의 과실은 참 오랜만이야."

"응, 맛있어."

내가 제공한 과일을 먹은 실리르토아 양이 웃음을 지었다.

먼저 꺼낸 과자나 드라이 후르츠는 목에 안 좋다는 이유로 거절하기에 과일을 꺼내보았다. 물론 꺼낼 때는 격납 가방을 경유했다.

"보르에난 숲의 원로원에서 미아가 행방불명이라는 연락이 왔었는데, 이 인간족 아이와 사랑의 도피라도 한 거야?

"사랑하는 사이."

실리르토아의 질문에 미아가 평소처럼 맹한 소리를 하기에 내가 대신 사정을 설명했다.

미아는 불만스러워 보였지만 피해는 원천부터 차단해야지.

"—근사하네. 나쁜 마법사에게 붙잡힌 공주님을 사토가 구한 거구나."

"응, 로맨틱."

설명을 끝내자 두 사람의 반응이 이랬다.

아무래도 실리르토아 양도 연애뇌인가 보군.

셋이서 환담을 나누고 있는데 방금 전 노부인이 실리르토아 양을 부르러 왔다.

"실리르토아 님, 이제 곧 다음 공연 시간입니다……."

생각보다 오래 이야기를 해 버렸나 보군.

"어머, 유감. 한동안은 공도에 있을 거지?"

"응, 또 와."

실리르토아 양이 아쉬움을 표하자 미아가 고개를 끄덕였다.

"그렇지! 미아에게 이걸 줄게."

실리르토아 양이 선반 위에서 악기 케이스를 꺼내 미아에게 내밀었다.

"시아!"

"나는 이제 못 쓰는 거니까 미아가 써주렴."

실리르토아 양이 사랑스런 표정으로 악기 케이스를 쓰다듬었다. 팔꿈치까지 감싼 장갑에 싸인 그녀의 손에 「생체의수」라는 AR표시가 떴다.

미아가 조금 망설인 다음, 악기 케이스를 받았다.

"─응, 알았어."

시간이 다가와 조바심 내는 노부인을 가차 없이 세워놓고서 실리르토아 양이 작별 인사를 했다.

"다음에 또 이야기하자."

"그때는 목에 좋은 과자라도 만들어 오죠."

"우후후, 기대하고 있을게."

실리르토아 양이 장갑에 싸인 손을 흔들며 방에서 나갔다.

돌아가는 마차에서 악기 케이스를 끌어안은 미아가 하나 둘씩 단어로 실리르토아 양의 이야기를 해줬다.

그녀는 미궁도시 세리빌라에서 탐색자가 되어 수행을 하고 있던 와중에 비참한 사건이 일어나 한 팔을 잃었다.

미아가 알고 있던 실리르토아 양의 노래는 평균 수준이었다고 하니, 한 팔을 잃은 다음부터 노래 수행을 해서 대성한 모양이다.

역경에 굴하지 않는 그녀가 존경스럽군.

미아와 그런 이야기를 하는 동안 마차가 저택에 도착했다.

다음에는 다 함께 무대를 보러 가야지.

◆

그날 심야, 나는 어젯밤에 이어 공도 지하에 있는 미궁 유적을 찾았다.

물론 이번에 구한 두루마리 체크를 위해서다.

낮에 구한 공간 마법서를 아리사와 미아에게 해설하느라 이렇게 늦은 시간이 됐다.

해설한 뒤에 아리사가 공간 마법을 배우고 싶어 했지만, 전이가 있는 중급 마법을 쓸 수 있는 스킬 레벨까지 올리기 위한 스킬 포인트가 부족하자 분한 듯 바닥을 굴러다녔다.

그러면 실험을 시작해야지.

"음, 생각보다 위력이 강하네……."

효과 확인용으로 늘어놓은 바위와 갑주가 마법란에서 사용한 화염 폭풍에 타오르고 녹아 버리더니 날아가 버렸다.

온도 자체는 화염로보다 낮지만 전체적인 위력은 격이 달랐다.

역시 순수 전투용 마법은 파괴력이 굉장하군.

이동이 귀찮아서 비교적 얕은 층에서 실험을 했는데 이 위력이면 지상에도 지진이나 소리가 전해질지도 모르겠다.

그 생각을 하고서 중층 부근에 있는 대공동까지 이동하여 다른 두루마리를 실험했다.

공격마법은 모두 위력이 높았지만, 광선 마법이 비교적 주변 피해가 적은 느낌이었다.

광선은 발사하는 수를 줄이면 위력도 떨어지니까 활용하기 쉽겠다.

전에 얻은 집광^{콘덴스} 마법이랑 같이 쓰면 한 줄기로 엮어서 위력을 올리거나 광선의 궤도를 바꾸는 등 응용이 가능한 것도 확인했다.

집광 마법이 쓸모 없는 애가 아니라 다행이군.

또 마법 간섭계열 「마법 파괴」도 실험회수는 부족했지만 꽤 괜찮은 느낌이었다.

다만 하급은 그렇다 치고 「화염 폭풍」 같은 중급 공격마법을 「마법 파괴」로 해제할 경우 여분의 마력 소용돌이가 휘몰아치기 때문에 이걸 막을 방법이 필요하겠군.

마법서를 보니 「이력 결계」란 마법이 제일 효율적으로 「소용

돌이」를 막을 수 있다고 했다. 이것도 필요한 두루마리 리스트에 넣어둬야지.

통신 계열은 모두 편리했다. 특히 「멀리 보기」로 멀리 있는 동료들을 확인할 수 있고, 「원거리 대화」로 통화할 수 있는 점이 좋다.

공간 마법 중에서 「원거리 대화」만이라도 아리사나 미아가 배우도록 해야지.

영창 스킬이 있는 루루도 괜찮겠네.

공도 관광

"사토입니다. 수많은 사람들이 하는 말을 일일이 알아듣는 쇼토쿠 태자 이야기가 유명합니다만, 그 에피소드를 읽을 때마다 「알아듣기만 하지 말고 순서대로 이야기하라고 혼을 내」라고 생각했습니다."

"주인님, 하늘을 보십시오!"

언제나 냉정한 리자가 하늘을 가리키며 외쳤다.

리자의 손가락을 따라가 보니 아침 안개가 낀 하늘에 떠 있는 비행선이 보였다. AR표시를 보니 「시가 왕국 경식 대형 비공정」이었다.

"마물~?"

"큰일난 거예요! 커다란 생강 절임인 거예요!"

타마랑 포치가 내 소매를 잡아당기며 뿅뿅 뛰었다.

다른 애들도 월고크 백작 저택의 주차장에서 하늘을 보며 놀란 표정을 지었다.

포치 말처럼 통 생강 절임의 패인 곳에 점보제트기의 날개를 단 것 같은 모양이었다. 주익의 양 끝에 공 모양 포탑이 달려 있는 걸 판타지답다고 해야 하려나?

요전에 키키누 점장의 마법 가게에서 산 책에 있었는데 공력

기관이라는 마법 장치로 비행한다.

"으하~. 그야말로 판타지네. 불타오른다."

"어떻게 떠 있는 걸까요?"

아리사와 루루도 흥미진진해 하는군.

두 사람의 고향에는 비공정이 없었다고 한다.

"비공정."

하늘을 올려다본 미아가 짧게 말했다. 그녀는 본 적이 있는
건지 별로 놀란 기색이 없었다.

"비공정~?"

"하늘을 나는 배야."

"사람이 타고 있는 건가요?"

타마의 의문에 대답해주자 카리나 양이 질문하기에 긍정해주
었다.

"굉장한 거예요! 타고 싶은 거예요!"

응, 나도 타보고 싶다.

평범하게 생각해 보면 군사용일 테니까 탈 수 있을지 모르겠군.

야회 성공의 보수로 공작이랑 교섭해보는 것도 괜찮을 것 같
지만, 교섭이 잘 돼도 모두 함께는 무리일 것 같았다.

되도록이면 다 함께 타보고 싶단 말이지.

무슨 좋은 방법이 없을까? 시멘 자작 저택에 갈 때 토르마랑
의논해 봐야지.

"미스터, 저것이 가지고 싶다고 애원합니다."

"우후후, 모양이 귀여우니까요."

나나가 비공정으로 손을 뻗으며 붙잡으려는 시늉을 했다.

루루가 귀엽다고 하는데…… 저게 귀여운가?

감성의 차이를 이해 못하겠다.

"주인님한테 비공정 인형 만들어 달라고 하면 어떠니? 귀여운 데다가 부드럽잖아?"

나나가 손뼉을 한 번 짝 치더니 나를 돌아보았다.

"마스터, 비공정 인형을 희망합니다."

"그래. 기왕이면 만드는 법도 가르쳐 줄게."

나나도 전투 말고 다른 취미가 있는 편이 좋던 말이지.

"만드는 법인가요? 라고 묻습니다."

"그래. 직접 만들 수 있으면 좋아하는 인형을 가질 수 있잖아?"

"그건! 대단히 좋은 생각이라고 마스터에게 찬사를 보냅니다!"

나나는 내 제안이 마음에 들었는지 무표정하지만 상기된 얼굴로 고개를 끄덕였다.

나나와 새끼손가락을 걸고 약속한 뒤, 공작성 너머에서 고도를 낮추는 비공정을 눈으로 쫓았다.

"서민가의 시장에 가볼 예정이었지만, 비공정 선착장까지 구경하러 갈까?"

내가 물어보자 이구동성으로 YES가 나왔다.

가장 처음에 대답한 것이 아리사나 포치가 아니라 카리나 양이었단 것을 언급해 둔다.

◆

월고크 백작가의 마차를 타고 있기 때문인지 공작성 뒤쪽에 있는 비공정 선착장까지 올 수 있었다.

귀족 구역에서는 아인을 기피한다고 하기에 아인 소녀들은 꼬리가 눈에 안 띄게 옷자락이 긴 후드 달린 외투를 입혔다.

"주변에 화 잘 내는 귀족이 잔뜩 있으니까 바깥에서는 소란 피우면 안 된다?"

"아이아이 서(Aye Aye Sir)~."

"입에 지퍼 채우는 거예요."

내가 타마랑 포치에게 말하자, 둘이 닫힌 입가에 지퍼 채우는 시늉을 하며 고개를 끄덕였다.

이런 고전적인 동작은 틀림없이 아리사가 가르친 것이다.

마차에서 내리자 비공정의 거체가 잘 보였다.

착륙하는 장면을 보고 싶었지만, 이미 정선하여 승강용 트랩이 비공정 중간쯤 되는 곳에 접속돼 있었다.

"커다랗네에~. 크기가 얼마나 되는 걸까?"

"전체 길이 100미터쯤이야."

아리사의 질문에 맵 정보를 통해 계산한 비공정의 사이즈를 가르쳐줬다.

"정말로?! 저렇게 커다란데도 체펠린[5]의 절반밖에 안 되는구나."

"용케 그런 걸 알고 있구나……."

#5 체펠린 20세기 초 독일에서 개발된 비행선.

아리사의 잡학 지식에 감탄하면서 모두 데리고 비공정 근처에 로프가 있는 곳까지 걸어갔다.

로프로 진입 금지 구역을 구분하는 모양이군.

"그 로프 너머에는 가면 안 된다."

"네잉."

"네, 인 거예요."

내가 주의를 주자 후드 아래에서 타마랑 포치가 작은 목소리로 대답했다.

아까 한 말을 지키고 있구나.

로프 앞에 구경꾼들이 생각보다 많았다. 대부분 귀족이었지만 사용인 복장을 입은 아가씨들도 섞여 있었다.

기분 탓인지 유명인의 도착을 기다리는 팬 집단 같은 열기가 느껴졌다.

그때 근위기사 이파사 로이드 경이 말 위에서 말을 걸며 다가왔다.

"펜드래건 경 아닌가! 누구 아는 사람이라도 마중 나왔나?"

그는 비공정 발착장의 순회경비를 하고 있었다.

"아뇨, 비공정을 처음 봐서 흥미가 생겨 와봤습니다. 혹시 여기 들어오려면 허가가 필요한가요?"

"귀족이라면 허가는 필요 없네. 물론 귀족이 데리고 다니는 종자들도."

이파사 경이 내 질문에 답한 뒤, 아인 소녀들을 돌아보면서 후반의 말을 덧붙였다.

아인을 꺼리지 않는 사람이라 다행이야.

"그건 그렇고 구경꾼이 많네요."

"아아, 그건—."

이파사 경이 이유를 가르쳐주려고 했지만 열광적인 비명에 묻혀 버렸다.

그녀들은 입을 모아 「전하!」나 「성검사님!」이라고 외쳤다.

아마도 방금 전 승강 트랩에서 모습을 드러낸 하얀 갑옷의 미형 청년을 가리키는 거겠지. AR표시를 보니 그의 이름은 샤로릭 시가. 상세정보를 보니 시가 왕국의 제3왕자였다.

그의 뒤에는 수행원으로 보이는 기사 2명과 로브 차림의 마법사에 시종과 시녀가 10명 정도 따르고 있었다.

"펜드래건 경은 샤로릭 전하를 아는가?"

"아뇨, 모릅니다."

이파사 경의 물음에 솔직히 대답했다.

AR표시의 상세정보로 어느 정도는 알 수 있지만 사람들의 소문 따위는 모른다.

"그는 시가8검의 차석이며 폐하께 호국의 성검 클라우 솔라스의 패검을 허가 받은 성검사이기도 하지."

나는 왕자의 칭호 중에 「용사」가 없는 것을 깨닫고 무심코 물었다.

"용사가 아닌데 성검을 쓸 수 있나요?"

세류 시에서 용사 칭호를 얻기 전까지는 성검을 뽑기만 해도 대미지를 입었던 것이 생각났다.

"아아, 폐하가 성검 클라우 솔라스의 사용자를 임명할 수 있지."

폐하라면 국왕인가? 그렇다면 도시 핵의 힘을 이용해서 사용자를 변경하는 편법일지도 모르겠네.

이어서 들은 왕자의 정보는 가십지에 실릴 법한 지나치게 화려한 여성편력이었다. 과거에 여러모로 문제를 일으켰다고 하니 나나랑 카리나 양은 거리를 두도록 해야지.

또한 시가8검이란 것은 시가 왕국 최강인 성기사들의 필두인 8명의 검사에게 보내는 칭호라고 한다.

나는 이파사 경에게 감시를 표하고 시선을 왕자 일행에게 돌렸다.

그는 붙임성 따위 없는 성격인지 처녀들에게 손을 흔들어주지도 않고 무뚝뚝한 표정이었다.

왕자가 승강 트랩과 호송마차를 잇는 융단에 발을 들이자, 시녀들이 왕자 앞에 꽃잎을 뿌리며 선도했다.

결혼식에서 흔히 보는 플라워 샤워 같은 거군.

문득 왕자가 시선을 옆으로 돌렸다. 그의 시선 끝에 공작성에서 날아오르는 비상 목마가 보였다.

혹시 린그란데 양이랑 아는 사이인가?

"꺅."

짧은 비명이 들려 돌아보니, 플라워 샤워를 뿌리던 시녀 한 사람이 발을 헛디뎌 망측한 모습으로 넘어져 버렸다.

다행히 스커트 안이 다 드러나는 일은 피했지만 문제는 달리 있었다.

그녀가 넘어질 때 들고 있던 꽃잎 바구니를 내던져 버렸는데 그 바구니가 지금 왕자의 머리 위에 실려 있는 것이다.

아무래도 왕자는 한눈을 팔다가 바구니를 못 피했나 보다.

얼굴이 미형이라 우스운 느낌이 더 강했다.

"이, 이 녀언……."

"죄, 죄송합니다!"

농담이 안 통할 듯 보이는 왕자가 분노와 수치로 떨고 있었다.

그 앞에서 몸을 던져 사죄하는 시녀가 낯이 익었다. 어제 만찬을 도와준 사람이었다.

"이 무례한 것— 베어라."

왕자가 분노에 떨리는 목소리로 명령했다.

—뭐? 진짜로? 봉건 국가 무시무시하군.

나는 갑작스런 전개에 놀라면서도 몰래 개입하려고 스토리지에서 천화를 꺼냈다.

"네입. 전하의 명령은 거스를 수가 없어. 미안~."

수행하던 소년 기사가 가학심 가득한 얼굴로 웃으며 시녀 앞에서 검을 치켜 올렸다.

커브가 걸리도록 천화 끝을 접어서 굽히고 투척 타이밍을 쟀다. 이걸로 내 정체가 들키지 않고 소년 기사의 만행을 막을 수 있을 거다.

그러나 결과적으로 굽혀놓은 천화가 나설 차례는 없었다.

"—멈추거라."

또 한 사람 나이 든 수행 기사가 장비하고 있던 대형 방패로 시녀를 감싸고 소년의 검을 막았다.

"어라~? 아무리 레이라스 님이 시가8검이라지만 전하의 명령을 거슬러도 되는 거야~?"

"폐하께서 대여해주신 성스러운 방패를 걸고 내 앞에서 무고한 짓은 할 수 없다."

아무래도 늙은 기사는 성질 급한 왕자의 감시 역할인가 보다.

왕자가 하는 수 없다는 표정으로 늙은 기사와 마차에서 달려온 집사에게 말했다.

"흥, 이 꽉 막힌 놈. 경을 봐서 넘어가 주지. 공직에게 상응하는 벌을 내리도록 전하라."

"체~에. 기껏 여자애를 벨 수 있는 기회였는데—."

소년 기사가 투덜거리며 왕자 뒤를 따랐다.

위험한 놈이네. 공작성에 갈 때 왕자랑 이 소년 기사한테는 다가가지 말아야겠다.

"레이라스 공이 나서주어 다행이군."

로프 **너머**에 있던 이파사 경이 중얼거리며 돌아왔다.

그도 시녀를 구하기 위해 달려갔던 모양이다.

왕자 탓에 봉건 사회 전체를 부정하고 싶어졌지만, 늙은 기사나 이파사 경 같은 귀족도 있는 거니까 한데 묶어서 똑같이 보지는 말아야겠군.

◆

비공정 구경을 끝낸 우리는 다시 마차를 타고 성벽의 대문에서 항구로 이어지는 공도의 대시장 관광을 하러 왔다.

성벽 대문 옆에 있는 주차 공간에서 내리고 거기서부터는 걸었다.

"잔뜩."

"그렇네, 커다란 대회가 열리다 보니 인종의 도가니가 됐어."

미아는 인파를 보더니 눈이 동그래졌고, 아리사는 여유로운 표정으로 평가했다.

아리사가 도가니라고 표현한 것처럼 지금까지 못 본 갈색 피부의 인간족이나 아시아 계통 생김새의 인간족, 그 밖에도 갖가지 종류의 수인이 보였다.

물론 시가 왕국풍 생김새의 사람들 중에도 사리[#6] 같은 옷을 입은 사람이나, 유목민 풍에 가까운 옷을 입은 이국 사람들도 섞여 있었다.

한적한 귀족 구역과 달리 항구는 현대일본의 기준에 비춰보아도 굉장한 인파라고 표현할 수 있었다.

그리고 그저 혼잡하기만 한 게 아니라 동남아시아의 시장처럼 묘한 열기가 있었는데, 거기에 휩쓸린 건지 다들 평소보다 들떠 있었다.

"도가니~?"

"맛있는 거예요?"

"우후후, 포치는 먹보구나."

#6 **사리** 인도의 여성용 전통 의상.

타마랑 포치의 말에 루루가 미소 지었다.

"봐 봐, 저기야 저기!"

"어? 이쪽에서는 처음 보네."

아리사가 희색에 물든 목소리로 내 소매를 끌더니 상품 하나를 가리켰다.

대하를 이용한 무역이 왕성한 건지 물건이 참으로 풍부하군.

"약간 시큼하지만 맛있어~. 있잖아! 돌아가서 설탕이랑 연유 뿌려서 먹고 싶어!"

아리사가 신선한 딸기를 보더니 당장에 졸라댔다.

—정석을 벗어나지 않는 녀석이라니까.

"맛있어?"

미아도 흥미가 있나 보군.

"연 유~?"

"설탕이니까 분명히 달콤하고 맛있는 거예요."

타마가 신기한 발음에 고개를 갸웃거리고, 포치가 근거 없는 자신감으로 정답을 맞췄다.

"그러면 돌아가서 만들어줄게."

"해냈다~!"

내가 가볍게 수락하자 아이들이 쌍수를 들고 기뻐했다.

우유랑 설탕을 섞는 게 귀찮지만 마요네즈를 만들 때 썼던 물 마법이 있으니까 괜찮겠지.

우리는 생과일이나 야채가 늘어선 구역을 지나 보존식 구역으로 나아갔다.

물론 여기까지 오는 동안 얻은 전리품은 격납 가방에 수납했다. 마법 도구인 걸 간파한 범죄자가 몇 차례 수작을 부렸지만, 아인 소녀들과 카리나 양의 호위 메이드들이 문제없이 처리했다.

"와아 건포도야. 치즈 수플레에 넣으면 맛있겠다."

"응, 말린 무화과."

드라이 후르츠 계열은 서민에게 널리 퍼져있나 보다.

물론 가격이 비싸서 경제 상황에 따라 가볍게 먹지는 못할 수도 있겠다.

훈제 생선이나 건어물을 물색하고, 가츠오부시나 말린 관자 같은 것도 사재기를 했다.

우리는 만족스런 표정으로 보존식 구역을 빠져 나와 일용품이나 화장품 구역에 도착했다.

"입술연지랑 백분이 있어!"

"아리사한테는 아직 일러. 이 입술연지는 나나랑 카리나 님에게 어울리지 않을까?"

"마스터, 발라달라고 신청합니다."

"저, 저도 발라주신다면, 부, 부탁하겠어요."

나나가 어리광을 부리자 카리나 양이 편승하려고 했지만, 유감스럽게도 현대 일본과 달리 화장품 테스트 코너가 없으니 산 다음에만 시험할 수 있었다.

부끄러운 듯 눈을 감고 입가를 내민 카리나 양을 봤으니 이득 본 기분이다.

"주인님, 비누와 경석만 사도 되겠습니까?"

"이 향 주머니는 어떠니? 순하고 달콤한 냄새니까 리자도 하나 사줄까?"

차근차근 생활용품을 고르던 리자에게 상으로 하나 사줘야지.

"그, 그렇지만, 노예의 몸으로 이런 비싼 물건을 사달라고 할수는—."

사양은 하면서도 향 주머니가 신경 쓰이는지 평소처럼 딱 잘라 거절하지는 않았다.

"리자는 언제나 다른 애들을 잘 보살펴 주잖아. 이 정도 보수는 당연한 거야."

내가 거듭 말하자 리자도 순순히 향 주머니를 받았다.

아이들과 함께 장을 즐기고 있는데 어디선가 어수선한 대화가 귀에 들어왔다.

"—암살이 간단하지만 말이야. 성검을 사용하는 왕자나 시가 8검은 이길 수 없지 않나?"

"정면으로 싸우면 어쩌나? 독을 써야지."

"그렇군. 히드라의 독이라도 있다면 확실하지만 여기서 구할수 있는 거라고 해봐야 고작—."

엿듣기 스킬이 왕자 암살 계획을 포착한 건 좋은데, 이 인파들 중 어디에서 들리는지 알 수가 없었다.

장소를 특정하려고 더욱 귀를 기울여봤다.

그러나 이번에는 다른 목소리가 들렸다.

"범죄 길드에 의뢰를 했어. 놈들이 소동을 일으키는 동안에 공작성의 지하 감옥에 수감된 동지들을 구하지."

"이걸로 우리도 간부가 될 수 있―."

―이번에도 음모였다. 이건 또 다른 놈들이군.

아까 전 녀석들은 범죄 길드, 후자는 「자유의 날개」 잔당인가
보다.

맵으로 확인했지만 이 근처에 행동하고 있는 범죄 길드 녀석
들이 너무 많아서 알 수 없었다. 대화도 그만둔 탓에 특정할 수
가 없었다.

한편 잔당은 금세 발견했다.

잔당의 주위에는 공도의 위병들이 포위망을 구축하고 있었
다. 음모를 꾸미던 잔당의 명운은 이미 바람 앞의 등불이었다.

아무래도 내가 나설 차례는 없겠군. 공도의 위병들은 제법 우
수하구나.

"주인님. 보기 드문 음식을 팔고 있어요."

루루가 나를 부르기에 메뉴 검색 표시를 일단 해제하고 그녀
가 가리키는 곳을 보았다.

"니코고리[#7]인가?"

"귀족님들은 안 먹는 아랫사람들 음식인데 용케 아네. 당신
귀족 아니야?"

서민들에게만 보급된 건가?

니코고리 맛있는데.

"귀족이긴 해도 평민 출신이거든요."

#7 니코고리 주로 생선의 젤라틴을 이용하는 일본 요리.

나는 점주에게 웃으면서 말하고 다 같이 먹을 만큼 사서 시식해봤다.

다들 탱글탱글한 식감을 좋아했다. 겉모습과 재료를 개량하면 귀족에게도 퍼질 것 같네.

내가 그런 생각을 하는 동안 아이들의 흥미가 다른 곳으로 이동했다.

"좋은 냄새인 거예요!"

"으허허, 이것은! 간장을 볶는 냄새야."

코를 킁킁거리는 포치의 말에 이리사가 곧장 반응했다.

"저거다, 오징어 구이. 포치 대원, 타마 대원. 즉시 용의자를 확보하는 거야~."

"확보~."

"체포하는 거예요!"

타마와 포치가 아리사를 따라 노점으로 달려갔다. 미아는 세 사람을 따라서 달려갔지만 아마 못 먹을 거다. 리자와 루루가 아이들 뒤를 걸어서 따라갔다.

─확실히 냄새가 좋다.

나도 괜한 것에 신경 쓰지 말고 공도 관광을 즐겨야겠어.

"마스터!"

나나가 부르며 팔을 잡아당겼다.

뭔가 흥미를 끄는 거라도 발견했는지 다들 가는 곳과 다른 방향으로 나를 이끌고 갔다.

"─주인님?"

"애들 좀 맡긴다. 나나의 용건이 끝나면 돌아올게."

이쪽을 눈치 챈 리자에게 말을 남겼다. 맵이 있으니까 합류도 쉽다.

나나가 팔을 끌어안듯이 당겨서 팔에 닿는 감촉이 참으로 좋았다.

그렇게 간 곳에는 쥐 수인족 아이 둘이 있었다. 마침 큰 길을 건넌 곳이었다.

아니, 머리를 앞뒤로 흔들면서 걷는 데다가 피부가 매끄러운 걸 보니 다른가 보다. AR표시를 보니 바다사자 수인족이었다. 아이들은 자매 같았다.

"저 유생체의 움직임이 계산 불가능입니다. 효율적이지도 않은데 눈을 뗄 수 없다고 보고합니다."

나나가 보여주려던 것은 이 애들인가 보다. 분명히 걷는 모습이 귀엽다고 할 수도 있겠다.

어느 정도 감상한 다음에 애들 있는 데로 돌아가야겠다. 팔이 행복하지만 너무 오래 떨어져 있으면 걱정할 테니 미안하단 말이지.

그 평화로운 시간을 못난 한 마디가 소란으로 이끌었다.

"말이 날뛴다! 다들 피해!"

조금 떨어진 곳에서 사람들의 비명과 말의 울음소리, 그리고 사람과 물건이 쓰러지는 소리가 들렸다.

우리는 큰 길에 나와 있던 참이라 나나를 끌어안고 길옆으로 피난했다.

"마스터! 유생체의 위기가 위험하다고 호소합니다!"

나나의 평탄한 목소리에 비통한 기색이 섞였다.

시선 끝에 바다사자 수인 아이들이 도망치는 사람들 발치에서 웅크린 채 떨고 있었다.

다음 순간, 발치를 살피지 못한 호랑이 수인족 거한이 바다사자 수인 아이들을 한꺼번에 걷어차 버리고 말았다.

"유생체!"

나나가 찢어질 듯 외치며 내 품에서 뛰쳐나갔다. 인파 너머로 공중제비를 넘어서 단숨에 도착했다.

신체강화 이술을 쓴 모양인데 발동이 상당히 빨라졌군.

한편 호랑이 수인이 발을 구르며 아이들을 돌아보았다.

인과응보라고 할 수는 없겠지만. 한눈을 팔던 호랑이 수인에게 말이 돌진했다.

말과 격돌한 호랑이 수인이 개그만화 같은 기세로 인파 너머까지 날아갔다.

호랑이 수인과 말도 신경 쓰이지만, 나나 쪽에 먼저 가야지.

"마스터, 마스터! 유생체가 입에서 체액을 흘리고 있습니다. 긴급 처치를 요청합니다. 지급이 긴급이고 서둘러 달라고 애원합니다!"

나나가 끌어안은 바다사자 수인 아이들에게 주머니를 거쳐서 스토리지에서 꺼낸 마법약을 먹였다.

바다사자 수인 아이들 옆에 AR표시된 체력 게이지가 굉장한 기세로 본래 상태로 돌아갔다.

안 늦어서 다행이군.

어째선지 주위를 둘러싼 구경꾼들이 환성을 질렀다.

바다사자 수인의 인기가 굉장한 모양이군. 나나가 끌릴만해.

방금 전 날뛴 말은 「자유의 날개」 잔당이 타고 있던 것인지 금세 위병이 나타나 포박했다.

호랑이 수인 남자는 피투성이가 되어 기절했지만 목숨에는 지장이 없는지 동족 남자들이 어디론가 데리고 갔다. 아이들에게 사과 한 마디 안 했으니 마법약은 안 준다.

그 밖에도 「자유의 날개」 잔당이 날뛰는 게 싫어서 공도 안을 다시 검색해봤다.

방금 전 포박된 자들 말고는 공작성의 지하감옥이나 첨탑에 수감된 자들밖에 없었다. 검색범위를 좀 넓히자 항구에 입항한 배 한 척에 「자유의 날개」 잔당이 타고 있는 것을 발견했다.

위험한 테러리스트를 방치하는 건 논외지만, 내가 나서는 것도 귀찮— 이 아니라 월권행위가 된다. 이번에는 본업인 사람들에게 맡겨야지.

나는 뒷골목으로 이동하여 복화술 스킬을 써서 큰 길에 선 위병대장에게 속삭였다.

"공작 각하의 전령이다."

"뭣? 어디서 목소리가?"

이건 이미 복화술하고는 다른 뭔가지만, 편리하니까 사소한 건 신경 쓰지 말고 활용해야겠어.

"항구에 입항한 『해방』호에 『자유의 날개』 잔당이 타고 있다.

검문하여 잔당을 포박하라."

대장은 반신반의라기보다 2신8의 정도 표정을 지었지만 「신속하게 행동하라」고 부추기자 방치할 수 없다고 생각했는지 수하 몇 명을 이끌고 항구로 향했다.

우수해 보이니까 뒷일은 맡겨도 되겠지?

"……맛있어."

나나에게 돌아가자, 바다사자 수인 아이들이 마법약을 다 먹고서 여태 병 입구를 핥고 있었다. 마법약에 단 맛을 추가해서 그렇군.

그걸 보고서 크하노우 백작령에서 만난 마녀의 세자 이네가 떠올랐다. 아마 지금도 늙은 마녀 아래서 건강하게 수행하고 있겠지?

"마스터, 이 아이들도 우리 애들로 삼자고 제안합니다."

나나가 두 손으로 바다사자 수인 아이들을 끌어안고 호소했다. 바다사자 수인 아이들은 병을 핥는데 열중하느라 저항하지 않았다.

"안돼."

"마스터, 재고를."

"기각."

나나가 매달렸지만 평소처럼 꺾여줄 수는 없었다.

그때 갑자기 웬 종 소리가 들리자, 아이들이 나나의 팔 안에서 당황하기에 놓아주라고 지시했다.

나나는 조금 망설였지만 아이들의 필사적인 모습을 보고 놔

주었다.

어째선지 아이들이 가는 방향에 우리 애들도 있었기에 아이들 뒤를 따라 갔다.

바다사자 수인 아이들이 간 곳에는 일곱 신전이 늘어선 광장이 있었고, 신관과 유지들이 식사 배급을 하고 있었다.

그건 좋은데—.

"줄 서~ 줄을 서시오~?"

"줄 똑바로 서는 거예요! 새치기는 혼나는 거예요."

어째선지 타마랑 포치가 배급 받는 행렬 정리를 하고 있었다.

두 사람 곁에는 미아도 있었지만 그녀는 행렬 정리는 터치하지 않고 풀피리를 불면서 인파를 신기한 듯 보고 있었다. 행렬이 신기한가 보다.

"줄 끝은 이쪽입니다. 자기 그릇을 가지고 세 줄로 서세요."

"거기! 싸우면 맨 끝에 다시 세울 거야!"

맨 끝은 리자와 아리사가 담당하고 있었다.

바다사자 수인 아이들은 아리사의 유도를 따라 줄 맨 끝에 섰다. 나나가 함께 줄을 서려고 했지만 나나의 어깨를 가볍게 잡아 말렸다.

"어머, 주인님. 나나의 용건은 뭐였어?"

"그 애들 보호."

나는 아리사에게 말 폭주 소동을 대략적으로 설명했다.

"흐~웅. 둘이서 어디 놀러 간 거라고 생각했어."

정말로 실행했다간 미아가 신기할 정도로 정확하게 나를 찾아내겠지.

전에 미아에게 물었을 때 「정령」이라고 대답했으니 정령에게 부탁하여 찾았을지도 모른다. 참으로 엘프다운 판타지한 탐색 방법이었다.

"그쪽은 어떻게 행렬 정리를 하게 됐니?"

"어쩌다 보니? 나잇값도 못하고 새치기하면서 소란을 떠는 수인 남자들에게 포치가 주의를 줬더니 되려 성을 내면서 덤비는 녀석들을 리자 씨랑 애들이 제압해 버렸어. 그 흐름을 타고서 행렬 정리에 나서게 된 거지."

그렇군. 그 광경이 눈에 선하다.

"그건 좋은데, 루루가 부스 안에서 급사를 돕고 있는 이유는?"

"포치보다 먼저 급사하는 아줌마가 말리려고 했는데 남자들 때문에 다쳤거든."

다친 건 미아의 마법으로 금세 고쳤지만 폭력에 쇼크를 받아 집에 돌려보냈다고 한다. 그래서 일손이 부족해진 탓에 루루가 돕겠다고 나섰다.

"중간에 내던지고 갈 수도 없으니 앞으로 1시간 정도 도울 건데 괜찮지?"

"물론이지."

지역 주민과 교류하는 것도 관광의 참맛이다. 그리고 루루 옆에 아는 사람도 있었다.

나나를 데리고 그쪽으로 갈까 했는데 바다사자 수인 아이들

곁에서 떨어지기 싫어하기에 두고 갔다.

"—주인님!"

검은 머리칼에 삼각 두건 같은 천을 쓴 루루가 나를 발견하고 웃었다.

포치처럼 꼬리가 있었다면 붕붕 흔들고 있을 법한 무방비한 기쁨의 표현이었다.

"사토 씨!"

그리고 루루 뒤에서 순백의 무녀복을 입은 세라가 나타났다.

어제까지 「쇠약: 가벼움」 상태로 누워 있었다고 생각하기 어려울 정도로 건강해 보였다. 젊음이란 좋은 거군.

"오랜만입니다, 세라 님—."

무심코 「몸은 좀 어떠신가요?」라고 이어질 뻔했지만 간신히 멈췄다.

"또 만났네요."

세라가 만감이 교차하는 마음을 담아 말했다.

그 눈동자가 내 눈동자를 똑바로 바라보며 붙들고 있었다.

—마치 사랑에 빠진 소녀 같군.

"네, 구를리안 시의 성에서 약속했으니까요."

"……네."

세라의 분위기에 휩쓸려서 나도 조금 감정적인 목소리를 내고 말았다.

그 탓인지 뭐라 표현하기 힘든 미묘한 분위기가 주변을 지배했다.

어느샌가 다가온 아리사와 미아가 발치에서 「으그그」 하는 표정으로 올려다보고 있었다.

세라에겐 미안하지만 연애색으로 물들 것 같은 분위기는 이쯤에서 끝내야지.

두 사람 머리를 톡톡 두드려서 분위기를 리셋했다.

"그러고 보니 신전에서 긴급 소환을 받으셨는데 이제 해결 된 건가요?"

"아, 네……. 그건 잘못된 소식이었다고 해요."

"잘못된 소식인가요?"

"네."

세라가 말하기 어려운 듯 고개를 끄덕였다.

아마 세라를 마왕 부활의 제물로 노린 녀석이 꾸민 일이었겠지.

그런 생각을 하면서 세라와 잡담을 나누었다.

문득 등 뒤에서 시선이 느껴지기에 돌아보았다.

지긋이 시선을 보내는 카리나 양 너머, 배급 부스 근처의 나무 뒤에 신전기사가 있었다.

조금 떨어진 곳에서 지켜보고 있구나. 개중에는 무노 남작령에서 만난 젊은 남자 기사도 있었다. 아마도 집안에서 난리가 났을 케온 보비노 경은 없는 모양이군.

마왕의 제물이 되어 목숨을 잃었던 직후다. 세라의 호위는 그들 말고도 있었고, 시민으로 변장한 공작의 근위병들이 광장을 돌고 있었다.

아마 아인 소녀들이 무뢰배를 막을 때 그들이 개입하지 않은

것은 세라에게 직접적인 위험이 없었기 때문이든지, 아인 소녀들의 행동이 그보다 빨랐던 거겠지.

"세라 님, 배급을 받으러 줄을 선 사람들이 기다리고 있습니다."

"어머, 이럼 안 되죠."

"방해를 해버려서 죄송합니다. 저는 저쪽에서 요리라도 도울 테니 세라 님도 봉사활동에 돌아가시죠."

배급을 기다리는 사람들에게 미안하니, 나도 세라에게 급사 일로 돌아가도록 권했다.

세라와 루루가 나란히 배급하는 뒷모습을 보고 있자니 눈이 참 행복하군. 마치 아이돌 악수회를 지켜보는 스탭이 된 기분이야.

두 사람이 나눠주는 배급식은 미역 같은 수초 수프에 작은 경단을 넣어 찐 것이었다. 경단을 만드는 사람 수가 모자라 보이니 그쪽으로 갔다.

"도울게요."

"아니, 괜찮아, 습니다. 귀족님이 도와주는 건 황송해서, 말이죠."

조리하는 아줌마 한 사람에게 돕겠다고 했지만 황송해하며 거절해 버렸다. 미묘하게 존댓말이 이상한 사람이군.

"사작님은 스스럼없는 분이라 괜찮아요. 우리 동네에서도 마을 아이들에게 손수 만든 과자를 나눠주셨어요."

"피, 피나가 그렇게 말한다면 부탁을 해볼까?"

조리에 참가하고 있던 카리나 양의 호위 메이드 피나가 말을 보태줘서 나도 GO 사인을 받았다.

또 한 사람의 호위 메이드 에리나는 카리나 양과 함께 배급 부스 끝자락에서 견학하고 있었다. 어느 틈엔가 사라진 미아도 두 사람과 함께 앉아서 풀피리를 불고 있었다.

나는 조리하고 있는 사람들에게 짧게 인사를 마치고 돕기 시작했다.

"젊은 나리, 이걸 쓰시우."

젊은 새댁 같은 사람이 옷이 지저분해지면 안 된다고 하면서 앞치마를 빌려주었다.

그녀가 하고 있던 생선살을 으깨는 작업이 제일 힘들어 보이기에 교대해주었다. 방금 전까지 한가해 보이던 미아가 어느샌가 내 옆으로 와서 구경하고 있었다.

"아가씨, 이리 와서 경단 같이 안 만들래?"

"응, 할래."

아줌마들이 권하자 미아도 경단 만들기에 참가했다.

"카리나 님도 미아랑 같이 해보시겠어요?"

"저, 저는— 그것이…… 사, 사양해 두겠답니다!"

카리나 양이 하고 싶은 듯 보이기에 권해봤지만 모르는 사람들 틈에 섞이는 것에 저항이 있었는지 거부해 버렸다.

뭐 억지로 권하는 건 안 좋지.

"당신 귀족 치고는 소질이 좋네."

아줌마 한 명이 내 솜씨를 칭찬했다.

"집안을 이을 셈이 없다면 우리 가게에서 일 안 할래? 우리 딸을 색시로 줄게."

어째서 아줌마들은 중매를 서고 싶어 안달인 것인가?

"안돼."

"""아, 안돼요."""

미아랑 루루가 「색시」란 말에 반응하여 부정하는 말을 했는데, 어째선지 세라와 카리나 양까지 루루랑 목소리가 겹쳤다.

"""—어?"""

그 사실에 루루뿐 아니라 다른 두 사람도 놀랐다.

루루와 세라가 입에 두 손을 대고서 깜짝 놀란 모습이 귀엽긴 하지만, 배급을 기다리는 사람들의 시선이 따가우니 급사 작업에 돌아가도록 재촉했다.

카리나 양은 딱히 폐가 되지 않으니까 그대로 놀란 포즈를 계속하세요.

그건 그렇고 세라와 루루의 조합은 연애대상으로는 너무 젊지만 눈보신에는 참 좋아. 5년 뒤에 듀오를 결성해줬으면 좋겠다.

아니, 카리나 양도 미인이니까 셋이 함께 유닛을 짜는 것도 좋을지 모르겠군.

애당초 그럴 경우 카리나 양의 낯가림을 어떻게든 해야겠지만 말야.

그리고 별다른 트러블 없이 배급이 끝났다.

다만 중간부터 고기 경단이 고급으로 바뀌었다고 소란을 떠는 사람들이 있었지만 리자가 한 번 노려보자 소동이 일어나기 전에 조용해졌다.

역시 소란의 원인은 조리 스킬 최대인 내 탓인가?

"돕는 건 좋지만 적당히 힘 빼."

그때 아리사가 작은 목소리로 야단을 쳤다.

이거 참, 절구로 생선살 으깨는 것밖에 안 했는데 적당히 해야 할 줄은 몰랐군.

어느 정도 익숙해진 스킬은 무효로 바꿔도 효과가 별로 안 바뀐다. 연성이나 조합처럼 익숙해질 정도로 반복한 스킬은 의도적으로 품질을 떨어뜨리는 것도 가능하니까 아마 조리도 가능하겠지.

하지만 일부러 맛없게 만드는 건 사양해야지. 역시 맛있는 편이 좋다니까.

배급하는 동안 도우미 아줌마들 — 근처의 주부나 신전의 잡역부라고 한다 — 이랑 잡담을 통해 배급이나 서민가의 생활에 대해서 배웠다.

이 배급은 서민가에 있는 신전 5개가 교대로 하고 있는데 이틀에 한 끼를 배급하며 비용은 신전뿐 아니라 귀족이나 도시의 명사들이 기부하여 운영되고 있었다.

그 이야기를 할 때 기부를 관리하는 신관이 있기에 금화 10닢을 기부했더니 엄청나게 놀랐다. 하급 귀족의 기부는 은화 몇 닢이면 되는 모양이다.

회상을 하는 동안 조리 관련 정리가 어느 정도 끝났기에 다함께 코앞에 있는 테니온 신전까지 기재 나르는 걸 도왔다.

참고로 무녀장이 있는 테니온 신전은 귀족구역에 있다. 이 신전은 평민용이었다.

"정리~."

"하는 거예요."

타마랑 포치가 둘이서 긴 책상을 머리 위로 들고 나르는 모습이 귀엽다.

아리사는 어디서 주웠는지 나뭇가지를 휘두르며 「하낫두울」이라고 외치면서 두 사람을 선도하고 있었다.

"죄송해요, 정리까지 도와주시다니."

"아뇨, 대단한 일도 아니니까 신경 쓰지 마세요."

세라와 평범하게 대화를 하고 있을 뿐인데 어째선지 미아가 내 엉덩이를 걷어찼다.

루루는 다 씻은 묵직해 보이는 **대형 솥**을 가볍게 들고 따라왔다. 지금은 루루도 레벨 업의 은혜로 일반적인 남성보다 힘이 좋았다.

그때, 젊은 신전기사 남녀가 하늘을 가리키며 외쳤다.

"저기 좀 봐!"

"린그란데 님이다!"

—아아, 이 흐름은 겪어본 적 있어.

가벼운 기시감을 느끼면서 하늘을 올려다보니, 하늘을 나는 목마에 타고 이쪽으로 내려오는 미녀가 보였다.

"린 언니……."

세라가 어린애처럼 표정을 찌푸렸다. 그녀치고는 드문 표정이군.

주변에서 「린그란데」 콜이 끓어오르는 가운데, 그녀는 기분이 틀어진 기색으로 내 손을 잡아끌고 신전의 창고에 들어가 버렸다. 다른 애들은 기재를 끌어안고 황급히 뒤따라왔다.

"세라 님, 언니를 마중하지 않아도 되나요?"

"사, 상관없어요. 저는 오유고크 공작가를 나온 몸이니까요……."

조금이라도 자매 사이를 중재해보려고 말을 걸었지만 세라의 태도는 완고했다.

역시 세라는 언니인 린그란데가 거북한 모양이군.

"세라! 이런 곳에 있었구나!"

신전의 성당쪽 문을 호쾌하게 열면서 창고에 들어온 갑옷 차림의 린그란데 양이 발랄하게 웃으며 세라를 불렀다.

그녀는 세라를 좋아하는군.

"전에 만났을 때는 참 작았는데 많이 컸네— 어머? 사토?"

세라와 회포를 풀려던 린그란데 양이 내 모습을 보고 눈이 동그래졌다.

그녀의 시선이 세라가 쥐고 있는 내 손으로 내려갔다.

아마 아리사랑 미아 둘이 세라와 내 손 앞에 얼굴을 바싹 붙이고 원망스런 눈으로 보고 있으니까 눈치챘을 거야.

참고로 내 감시를 위해 남은 아리사와 미아를 제외한 애들은 이미 다음 기재를 운반하러 돌아갔다.

"사토, 세라와 상당히 사이가 좋은걸?"

"사토 씨. 린 언니와 아는 사이였나요?"

린그란데 양과 세라가 험악한 어조로 나를 추궁했다.

─어라? 이 수라장 같은 상황은 뭐죠?

미인 두 사람에게 추궁 받는 보기 드문 상황이라 약간 가슴이 설레는 걸 느끼며 순서대로 대답했다.

"공도에 오는 도중에 린그란데 님이 승선했을 때 만났습니다."

"어머나, 그렇게 뜨거운 한때를 보냈는데 사토도 참 서먹하게 구네?"

내 간소한 설명에 린그란데 양이 오해를 일으키는 어조로 속 삭였다.

"······뜨, 뜨거운 한때?"

세라가 중얼거리더니 언니에게 적의를 담은 시선을 보냈다. 황급히 인터셉트.

"배 위에서 검술 훈련을 받은 겁니다."

"어머, 요리도 대접해줬는걸. 왕성이나 사가 제국의 궁정에서 나 먹을 법한 맛이었어."

기껏 세라의 시선이 누그러졌는데 왜 괜한 정보를 보태십니까?

"호, 혹시 그 투명한 수프 말인가요?"

"아뇨, 그건 만드는데 시간이 걸려서 안 만들었어요."

"그랬군요······."

세라의 표정에 여유가 돌아오더니, 내 손을 쥐는 힘이 약간 약해졌다.

"투명한 수프라는 건, 할아버님이 다음 야회에서 사토에게 만들라고 했던 콘소메 수프 말야?"

아이고. 괜히 이야기를 벌리지 말고 이 화제는 이제 그만 끝내죠?

생각은 그랬지만 상위 귀족인 그녀의 말을 매몰차게 튕겨낼 수도 없으니 순순히 수긍했다.

"야회, 말인가요……?"

세라가 복잡한 표정으로 눈썹을 찌푸렸다.

먹고 싶은 모양이지만, 귀족의 신분을 버린 몸으로서 야회에 참가하긴 어렵겠지.

친구로서 도와줘야겠다.

"다음에 무녀장님의 문병을 하면서 테니온 신전 여러분께도 콘소메 수프를 대접할까 생각하는데 괜찮으신가요?"

"네! 분명히 다들 기뻐할 거예요!"

세라가 내 제안을 예상보다 훨씬 기뻐하며 받아 주었다.

무녀장님은 많이 못 먹을 것 같지만 콘소메 수프 정도는 먹을 수 있겠지.

그런데 이번에는 린그란데 양의 기분이 좀 틀어졌다.

"사토, 너는 세라를 노리고 있어? 이 애는 귀족의 생활이 싫어서 집을 나와 신전에 들어간 거야. 네가 세라를 출세의 도구로 삼을 셈이라면 나는 전력으로 너를 쫓아내겠어."

"린 언니!"

린그란데 양이 견제하자 세라가 눈썹을 치켜 올렸다.

내 탓에 자매 싸움이 나면 안 되니까 세라에게 웃음 짓고서 린그란데 양의 오해를 풀었다.

"린그란데 님, 그런 걱정은 하실 필요 없습니다. 세라 님은 친구처럼 대해주시지만, 그런 분에 넘치는 바람은 품지 않았어요."

덤으로 「출세도 바라지 않는다」라고 덧붙였다.

"그래……. 그렇다면 좋아."

아직 납득 못한 것 같은데. 감정을 정리하기 어려운 모양이다.

세라는 「친구」라는 단어를 듣고 기쁜 듯 미소를 지었다. 공작의 손녀이며 「신탁의 무녀」로 선택된 존재인 그녀는 지금껏 「친구」라는 것과는 인연이 멀었을지도 모르겠다.

"일단 믿어줄게. 그런데 세라하고는 어디서 그렇게 친해졌지?"

"세라 님이 무노 남작령으로 시찰 오셨을 때 안내를 맡았습니다. 그 인연으로 가까워졌어요."

린그란데 양과 세라가 「가깝다」고 중얼거렸다.

같은 말을 하면서도 반응이 각자 조금 달랐다.

세라는 미묘하게 기쁜 기색으로 입가를 끌어올렸고, 린그란데 양은 어린애를 지켜보는 어미 개처럼 경계심을 드러냈다.

표현을 좀 더 고르는 게 좋았을까?

하지만 내 작은 후회는 방으로 뛰어들어온 여신관의 말에 날아가 버렸다.

"세라 님, 큰일 났어요! 전하가! 샤로릭 전하가 오셨습니다!"

그 위험한 왕자가 세라한테 무슨 용건이지?

여성관계도 칠칠치 못한 것 같으니 좀 걱정이군.

공도의 소동

"사토입니다. 옛날에 읽은 사회 만화에서 「절대적인 권력은 사람의 성격을 일그러뜨린다」라는 말이 나왔습니다. 그 문구는 이세계에서도 해당되는 경우가 있나 보네요."

"전하는 내가 상대할 테니까 세라는 여기서 기다려."

린그란데 양이 세라 양 대신 나서려고 했지만 세라도 오기가 있는지 순순히 보호 받을 생각이 없어 보였다.

"아뇨, 저도 가겠어요."

세라가 내 손을 놓아주지 않아서 나도 같이 성당으로 통하는 문을 향했다.

아리사와 미아에겐 다른 애들이랑 합류하라고 지시했다.

타이밍이 안 좋았는지 응접실로 가는 도중에 성당에서 왕자 일행과 딱 마주치고 말았다.

왕자는 소년 기사와 종자 1명을 데리고 있었다. 억제기 역할을 하는 대형 방패의 기사가 부재중이군.

"샤로릭 전하가 신전에 발을 들이다니, 희한한 일이네요."

"린! 역시 그 비상목마에는 네가 타고 있었군!"

린그란데 양은 질색하는 표정인데 왕자의 표정은 희색이 만면한 것이 차이가 굉장하군.

"전하, 저를 애칭으로 부르지 말아 주세요."

"어째서? 약혼자를 이름으로 부르는 게 뭐가 잘못이지?"

"**전(前)** 약혼자입니다. 왕국을 나서기 전에 폐하의 허가를 받았어요."

그렇군. 왕자의 여자 버릇이 나빠서 정이 떨어졌구나.

한편으로 왕자는 린그란데에게 미련이 잔뜩 남아 있나 보다.

"네가 일방적으로 파기한 것뿐이지, 나는 승낙한 기억이 없어. 서자는 한꺼번에 처분했고, 유린과 데메티나도 너를 환영한다고 했어. 아무 문제없다니까?"

뭐랄까. 옆에서 듣기만 했는데도 문제투성이인 것 같은데?

그리고 「처분」이란 무서운 단어는 쓰지 마시죠. 그런 권력자의 어둠은 보기 싫거든.

"다른 집안에 시집가는 결혼전야의 신부를 건드려서 백작령하나가 왕국에서 등을 돌릴뻔했다는 걸 잊으셨나요?"

"라제나 일은 이미 해결됐어. 칭얼대던 백작도 대가 바뀌었지."

만사 해결됐다는 듯 웃고 있는 왕자가 무섭군.

뭐랄까, 사람으로서 뭔가 결핍된 미소다.

"—그런데 오늘은 어떤 용건으로 찾아오셨는지요?"

왕자를 불쾌한 듯 보고 있던 세라가 대화에 끼어들었다. 그러자—.

"이 무례한 것—."

왕자의 주먹이 세라의 얼굴로 날아갔다.

"꺅."

퍽하는 묵직한 소리가 세라의 비명과 겹쳤다.

―옆에 있는 내가 세라를 지키지 않을 리 없잖아.

마법 금속 장갑에 싸인 왕자의 주먹을 내 손바닥이 받아냈다.

잘라 말해서 왕자의 주먹은 전혀 봐줄 생각이 없었다.

보통 여자애라면 틀림없이 일격으로 목 뼈가 부러져 즉사했을 것이다. 레벨 30인 세라라도 틀림없이 크게 다쳤을 것이다.

"전하!"

린그란데 양이 왕자에게 다가가려 했지만, 그는 한 손을 들어 그녀를 막고 나를 노려보았다.

"나와 린의 대화에 끼어들었을 뿐 아니라 왕족의 옥체를 건드리다니 만 번 죽어 마땅하다, 천한 놈."

우와, 천한 놈이란 말 리얼로 처음 들었어.

"해치워라."

"네~에! 둘 다 해치워도 괜찮은 거죠~?"

소년 기사가 검을 뽑아 공격했다.

신전 안에서 칼부림을 일으키다니, 신이 실재하는 세계의 주민 같지 않은 놈들이군.

"그만두세요!"

"미안해~, 전하의 명령이거든~."

소년 기사가 린그란데 양의 말을 무시하고 칼을 뽑아 찔러 들어왔다.

내 공개 레벨을 생각하면 소년 기사를 해치워도 문제없지만,

왕족을 향해 검을 뽑으면 좀 난처해지겠지?

일본인답게 전수방어를 해야지.

세라의 몸을 뒤로 감추고, 덤벼드는 소년 기사의 검을 격납 가방 경유해 스토리지에서 꺼낸 젖은 타월로 요격했다.

어제 목욕한 다음에 세탁을 깜빡 했단 말이지.

"그거 뭐야? 무슨 마법 도구?"

"그냥 타월이야."

"—타월? 바, 바보 취급 하다니!"

질문에 솔직하게 대답했는데, 어째선지 소년기사가 흥분하며 광전사처럼 덤벼들었다. 어쩌라고?

"그만 두라고, 말했을 텐데?"

갑자기 린그란데 양의 검이 끼어들었다.

다행이군. 이 타월 마음에 드는 거라 찢어지는 게 싫었거든.

"칫, 싸움에 끼어들다니 너무하잖아. 하지만 『천파의 마녀』랑 싸울 수 있다면 이런 잔챙이 상대는 나중에 해도 되지."

소년 기사는 입술을 핥으며 기뻐했지만 상대가 안 좋았다.

내 예상대로 소년 기사는 불과 몇 합 지나기도 전에 열세에 빠지더니 검이 부러지고 성당 바닥에 널브러졌다.

"—무슨 생각이지?"

"그건 이쪽이 묻고 싶군요. 내 여동생을 죽이려고 한데다가, 그걸 지킨 내 제자까지 죽이려 하다니. 이번에는 오유고크 공작 령이 시가 왕국을 등지게 만들 셈인가요?"

무슨 생각인지 묻는 왕자를 린그란데 양이 한껏 비꼬는 기색으로 비난했다.

"이게 린의 여동생이라고? 수수하고 재미없는 여자로군. 이런 여자를 아내로 맞아야 하다니—."

"뭐라고요? 당신 제정신인가요?"

왕자의 폭탄 발언에 린그란데 양이 불경죄가 될 법한 말을 해 버렸다.

세라는 상황 변화를 쫓아가지 못하고 내 소매를 붙잡은 채 두 사람의 대화에 귀를 기울이고 있었다.

"물론 제정신이다. 나는 3공작의 딸을 아내로 맞아 지존의 지위를 노려야 한다."

"찬탈이라도 할 셈인가요? 다들 문무가 모두 뛰어난 솔트릭 제1왕자를 후계자로 인정하고 있을 텐데요?"

"찬탈이라고? 흥, 너도 결국은 그저 수재에 머무르는군."

왕자가 린그란데 양의 노여움을 깔보는 기색으로 조소했다.

"각각의 신전에서 신탁이 갈라진 의미를 알아라."

어라? 왕자는 이유를 알고 있나?

왕자의 자신 있는 말에 린그란데 양이 동요했다.

"무슨—."

"이윽고 『대란의 세상』이 시작된다. 왕조 님이나 사가 제국의 초대 용사가 나라를 일으켰을 때처럼 파란만장한 시대가 시작되는 것이다."

왕자가 배우처럼 또박또박 말했다.

린그란데 양도 그의 말에 휩쓸려 움직이지 못했다.

일단 「대란의 세상」이나 「파란만장한 시대」 같은 어수선한 플래그는 좀 세우지 말아줘.

"그리고 마왕을 꺾고 그 파란의 시대를 헤쳐나가 새로운 왕국 — 아니, 인간족을 모두 모아 새로운 제국을 세우는 것이 바로 나 샤로릭 시가다."

이 나라에는 미들 네임이 없어서 가문명이 짧으면 이름을 밝힐 때 폼이 안 나는군.

"린! 사가 제국의 용사 따위 버리고 내 곁으로 돌아와라! 지금이라면 과거는 잊고서 흔쾌히 맞이해 주마!"

왕자가 과거를 세쳐두고 린그란데 양과 다시 시작하자고 말했다.

왕자는 뜨거웠지만, 린그란데 양의 시선은 모닥불이 얼어붙을 정도로 차가웠다.

린그란데 양이 신랄한 말로 왕자를 때려 눕히고자 입을 열려고 했을 때 레이더에 빨간 광점이 늘었다.

본래 있었던 왕자와 소년 기사는 빼고서 10개의 광점이 늘었다.

신전 앞 광장에 일곱, 테니온 신전 뒤쪽에 셋.

맵 검색을 해보니 전자가 「자유의 날개」 잔당, 후자가 암살 길드 「돼지 발톱」 녀석들이었다.

전자는 배에 타고 있던 놈들이겠지. 위병은 뭐하고 있나 해서 배를 확인했더니 배 위에서 잔당과 위병들이 격렬하게 싸우고 있었다.

정말이지, 두 군데서 동시에 이벤트 발생시키지 말아주세요.

"세라 님! 도적이 접근해—."

성당에 뛰어 들어온 신전기사가 이곳의 카오스한 상황을 보고 말문이 막혔다.

신전 바깥에서는 잔당과 신전기사가 칼을 섞었고, 암살자들이 신전 뒤쪽에서 침입하고 있었다.

우리 애들은 싸움에 참가하지 않고 나랑 합류하고자 신전 창고를 향해 이동하고 있었다.

여기에는 레벨이 높은 린그란데 양과 왕자가 있으니 적을 격퇴하는 건 맡기자. 나는 세라를 데리고 애들이랑 합류해야지.

"린그란데 님! 세라 님은 저에게 맡기고 도적 토벌을……!"

"하는 수 없네—."

린그란데 양이 망토 아래의 호부(護符) 같은 것에 마력을 주입하여 「화살 방어」와 「신체 강화」의 지원 효과를 발생시켰다.

꽤 편리한 마법 도구 같았다.

성당 입구에서 신전 기사 한 사람이 날아왔다.

마치 덤프 트럭에 치인 것 같은 기세였다.

—GROOROROWN.

머리에서 거뭇한 촉수가 난 거한 마족이 기이한 포효를 지르며 입구에서 나타났다.

레벨 30밖에 안 되는 하급 마족이지만 「신축」, 「강철 몸」, 「재생」이란 종족 능력을 가졌다. 평범한 무기로 근접 전투를 하면 불리하지만 왕자의 성검이나 린그란데 양의 마법이 있으면 여유가 있겠지.

그 마족 뒤에서 은색 기계 같은 모양의 날벌레가 몇 마리 날아왔다.

신전 입구를 보자 바깥에 있는 또 하나의 하급 마족이 새 둥지 같은 머리에서 날벌레를 만들고 있었다.

이쪽은 「생산」, 「방어벽」이란 종족 능력과 「벼락 마법」, 「지휘」 스킬을 가졌다.

"있다! 세라 공녀다! 저 소녀를 잡으면 동지 구출과 마왕 폐하의 부활도 모두 가능하다! 주위의 잔챙이들은 마족으로 전생한 동지들에게 맡겨라."

마족 뒤에서 나타난 인텔리풍 보라색 로브를 입은 남자가 설명조로 노림수를 가르쳐 주었다.

참 친절한 녀석이야. 저 녀석만 봐줘야지.

"주인님! 지시를……!"

창고로 이어지는 문에서 리자가 고개를 내밀었다.

갑자기 뛰어들어오지 않는 점을 칭찬하고 싶군.

"나랑 같이 세라 님을 지키자. 세라 님, 실례합니다."

나는 세라를 공주님 안기로 들어 올려 창고로 달렸다.

"도망쳤다, 쫓아라!"

"쫓아가게 놔둘 것 같아?"

"쫓아가겠다!"

린그란데 양이 우리들을 향해 달리던 잔당에게 검을 한 번 휘둘러 시체로 만들었다.

"—벼락의 대검? 설마 『천파의 마녀』인가?! 용사의 종자가 어째서 이런 곳에……?!"

린그란데 양의 마검에서 흘러나오는 번갯불을 보고서 인텔리 잔당의 얼굴이 공포로 물들었다.

린그란데 양의 검에서 인텔리 잔당을 향해 전격이 날아갔지만, 그건 그의 뒤에서 들어온 고릴라 같은 마초가 대신 맞았다.

왕자를 견제하던 남자들도 왕자와 소년 기사에게 베여서 피웅덩이에 쓰러졌다.

이쪽 사람들은 가차 없이 죽인다니까…….

조금 기분이 나빠졌지만 세라 양을 안고서 창고로 뛰어들어갔다.

뒤에서 은날벌레가 쫓아오는 걸 레이더로 포착했다. 은날벌레의 레벨은 15쯤 되니까 동료들에게 맡겨야지.

"리자! 창고 안으로 날벌레를 끌어들여서 쓰러뜨려."

"알겠습니다!"

쫓아오는 은날벌레의 수는 다섯 마리였다. 리자 한 사람에게 맡기기엔 좀 많군.

"타마랑 포치는 둘이서 한 마리를 노려. 나나는 다른 애들의 호위다."

"네엡~?"

"알겠사옵니인 거예요!"

"예스, 마스터."

무기를 쥔 아인 소녀들이 은날벌레를 향해 달려갔다.

"저, 저도 싸울 수 있답니다!"

"그러면 카리나 님도 한 마리 부탁드립니다."

카리나 양에게도 재빨리 한 마리를 배당했다. 그녀의 레벨을 보면 쓰러뜨리는 건 무리겠지만, 라카의 철벽 방어가 있으면 시간 벌이는 여유롭게 할 수 있을 거다.

세라를 내려놓고 손을 뒤로 돌려 스토리지에서 꺼낸 자갈을 몰래 던져서 비어 있는 두 마리를 관통했다.

내 자갈 직격을 받은 두 마리가 폭발하듯 사방으로 비산하면서 주위에 잔해를 뿌렸다.

나중에 청소하기 힘들겠군.

"세라 님, 나나 가까이 있어 주세요."

"네, 네."

나나가 격납 가방에서 꺼낸 연 방패를 팔에 장비했다.

평소 쓰는 대형 방패는 너무 커서 격납 가방에 안 들어갔거든.

"아리사, 이걸!"

"오케이!"

카리나 양이 가슴팍에서 「마를 봉하는 방울」을 꺼내 아리사에게 던졌다.

방울을 받은 아리사가 마력을 담아 파랗게 빛나는 방울을 흔들자 은날벌레들의 움직임이 곧바로 둔해졌다.

"사토."

"주인님, 새로운 적입니다!"

미아와 루루의 말에 돌아보니, 입구에 은날벌레 두 마리의 보호를 받는 남자가 서 있었다. 아까 인텔리 잔당 대신에 전격을 맞은 마초 잔당이었다.

"거짓말, 효과가 없어?!"

아리사가 갑자기 놀라서 외쳤다.

아마도 마초 잔당에게 무영창 정신 마법을 썼겠지.

"아리사, 미아랑 같이 나나 뒤에 숨어—."

나는 두 사람에게 명령하면서 나나 앞으로 나서 마초 잔당의 정체를 말했다.

"—저건 마족이야."

내 말이 방아쇠가 된 것처럼 남자의 몸이 폭발적으로 부풀어 올랐다. 거대화하는 것과 동시에 성당과 창고 사이의 담장을 부수며 석재와 흙먼지를 주위에 뿌렸다.

AR표시를 보니 레벨 45의 중급 마족이었다. 엷은 보라색 피부의 직립보행을 하는 수소 같은 모습이었다.

나는 격납 가방에서 꺼낸 요정검을 한 손에 들고 마족에게 아무렇게나 걸어갔다.

마족이 이쪽을 견제하듯 코를 울리더니, 반쯤 열린 입에서 나오는 숨결이 중간부터 빨간 불꽃으로 변했다.

—GELWBAOOOWN.

마족의 외침과 함께 주위에 불덩이 몇 개가 생겼다.

미안하지만 그거 쏘게 둘 생각 없어. 나는 곧장 마법란에서 고른 「마법 파괴」로 불꽃 덩어리를 흩어 버렸다.

그리고는 그대로 대충 방어하려던 마족의 팔과 함께 목을 베었다.

마족이 맥 빠질 정도로 간단하게 검은 먼지가 되어 흙먼지에 섞여 사라졌다. 남은 건 사용한 긴 뿔[롱 혼]이란 아이템과 등급이 낮은 커다란 마핵 뿐이었다.

"어? 마족이 그렇게 간단히?"

"저 마족은 전에 싸워본 적이 있는데 양동용 잔챙이입니다. 보기에는 무섭지만 잔챙이 중의 잔챙이죠."

내가 그냥 겉모습만 무서운 적이라고 하자 세라도 납득한 듯 고개를 끄덕였다.

"주인님, 이쪽은 끝났습니다."

리자가 보고했다. 은날벌레 퇴치가 빨리 끝났군.

"드레스가 조금 찢어져 버렸네요……."

『미안하오, 카리나 님. 방어 범위를 너무 좁게 한 모양이오.』

카리나 양의 스커트 끝이 몇 센티미터 정도 찢어져 있었다.

"저택에 돌아가면 꿰매드릴게요."

풀이 죽은 카리나 양을 호위 메이드 피나가 위로했다.

"포치 괜찮아~?"

"이 정도는 말짱한 거예요."

"치료."

돌아보자 팔을 다친 포치가 미아에게 치료를 받고 있었다.

나도 포치 곁으로 다가가 얼굴을 들여다보았다.

"포치, 괜찮니?"

"네, 인 거예요. 방심한 포치가 잘못한 거예요. 저택에 돌아가면 더 수행하는 거예요!"

"타마도 수행해~?"

"응, 착하다."

나는 포치랑 타마 머리를 쓰다듬고서 일어섰다.

은날벌레 상대로 포치가 다친 것은 계산 밖이었다. 나머지 적은 내가 정리해야지.

"주인님, 건너편에 가세하러 갈까요?"

"아니, 여기 있자. 우리가 가도 발목만 잡을 거야."

나는 격납 가방에 요정검을 수납하고, 대신 단궁과 싸구려 돌촉 화살을 꺼냈다. 새를 사냥할 때 쓰는 살상력이 낮은 세트다.

나는 애들한테 다른 쪽 출입구를 경계하도록 지시하고 활을 든 채 성당 상황을 확인하러 갔다.

레이더로 알고는 있었지만 린그란데 양이나 왕자는 아직도 하급 마족이랑 싸우고 있었다.

우리가 자리를 벗어난 지 1분도 안 지났으니 무리도 아니다.

성당 천정을 날아다니는 은날벌레가 끊임없이 습격을 해서 둘 다 눈앞의 마족이랑 싸우는데 집중하지 못하고 있었다.

그리고 린그란데 양은 갑옷을 입지 않아서 자유자재로 변하는 촉수 공격에서 몸을 지키는데 검을 쓰고, 영창이 빠른 마법으로 은날벌레를 쓰러뜨리고 있었다.

성당의 천정 한쪽에서 고개를 내민 **2명**의 암살자가, 크로스보우로 왕자를 노리고 있기에 재빨리 노려서 화살을 쏘았다.

화살을 맞은 암살자가 천정에서 떨어져 바닥 부근에 피어 오른 흙먼지 아래로 사라졌다.

엿듣기 스킬이 뼈가 부러지는 소리를 2번 포착했다. 그들의 체력 게이지가 줄어드는 걸 보면 목숨에 지장은 없을 거다.

하지만 질리지도 않고 바람총으로 왕자를 노리려고 하기에 발치의 폐자재를 던져서 남자들을 기절시켰다.

왕자를 지킬 의리는 없지만 테니온 신전에서 왕자가 죽었다가 세라나 무녀장에게 폐가 가면 곤란하니까 말이지.

내가 구해준 것을 깨달은 왕자가 새 둥지 머리 마족의 공격을 막아내면서 입가를 일그러뜨렸다.

딱히 은혜 갚으라고는 안 할 테니까 얼른 마족이나 쓰러뜨려주시지?

화살도 잔뜩 있으니까 좀 도와야지.

쓰러뜨리는 건 간단하지만 조금 연구를 해서 은날벌레의 날개를 꿰뚫어 떨어뜨려야겠다.

은날벌레들은 불규칙하게 움직이지만, 방향을 반전할 때 0.1초 정도 정지하는 순간이 있어서 간단히 노릴 수 있었다.

팍팍 노려 쏴서 땅에 떨어뜨렸다.

비틀거리며 전선에 복귀한 소년 기사가 땅에 떨어져 버둥거리는 은날벌레에게 짧아진 미스릴 합금 검을 찔러서 마무리를 했다.

가끔 은날벌레들이 칼날 같은 날개를 뻗어 반격을 했는데, 소년 기사가 그걸 몇 번 맞고서 피투성이가 되어갔다.

나중에 떨어뜨린 은날벌레들을 우리 애들 레벨 올리는데 쓰려고 했는데 저걸 보니 안 그러길 다행이군.

"잘 했다! 거슬리는 잔챙이들만 없으면 이쪽이 위지! 성검의 힘을 보여주마."

소년 기사를 칭찬한 왕자가 성검 클라우 솔라스에 마력을 주입하며 외쳤다.

―긴 서론은 필요 없고 얼른 쓰러뜨려주시죠.

반딧불이처럼 희미한 파란 빛을 뿜는 성검이 새 둥지 머리 마족이 친 마법 장벽을 일격으로 파괴했다.

"과연 마족! 성검의 일격을 버티는구나!"

왕자가 감탄한 듯 외치면서 내리친 성검을 올려 베었다.

새 둥지 머리 마족이 나뭇가지 같은 팔을 교차시켜 성검을 받아냈다.

성검에 베여서 잔가지가 후두둑 흩어졌지만 막은 팔을 베어내지 못하고 붙들려 버렸다.

성검 클라우 솔라스는 다른 성검이랑 비교해서 약한가?

혹시 「용사」 칭호가 없으면 성검의 힘을 제대로 못 쓰는 걸지도 모르겠다.

한편 린그란데 양은 덮쳐오는 촉수를 작은 폭발을 일으키는 마법으로 튕겨내고, 그 틈에 마인을 두른 마검으로 마족의 목을 잘라냈다.

그리고는 린그란데 양이 왕자를 엄호하러 가려던 차에 내가 주의를 주었다.

"린! 방심하지마! 아직이다!"

긴 이름을 부를 틈이 없어서 애칭으로 불렀지만 그건 용서해

169

주시죠.

　머리만 남아서도 린그란데 양의 다리를 베려고 하는 검은 촉수를 향해 단궁을 쏘아 땅바닥에 꿰었다.

　린그란데 양은 목 없이도 공격하는 마족의 몸통을 마검의 연속 공격으로 해치우고, 그대로 성당의 바닥째로 마족의 머리를 양단하여 검은 먼지로 바꾸었다.

　"고마워, 사토. 저쪽도 끝난 모양이네."

　린그란데 양이 나에게 감사를 표하며 왕자 쪽을 한 번 보고 싸움이 끝난 것을 알렸다.

　"네, 그런 것 같네요."

　나는 거기에 대답하면서 마지막으로 한 번 더 활시위를 튕겼다.

　—화살이 왕자의 볼을 스치고 등 뒤로 날아갔다.

　"무슨 짓이냐 천한—."

　그러나 왕자의 매도는 등 뒤에서 들린 암살자의 목소리에 묻혀 버렸다.

　이 암살자가 3명째였다. 가까이 있던 신전기사가 황급히 암살자를 포박하러 갔다.

　"죄송합니다, 전하. 아무래도 급박한 상황이라 미리 한 마디 드릴 틈이 없었습니다."

　"흥, 린의 제자라 하더니 실력은 있군. 내 볼에 상처를 남긴 벌은 네놈에 대한 포상과 상쇄해주지."

　"관대한 전하의 배려에 감사드립니다."

　괜히 정중한 태도로 왕자의 말을 받아 흘렸다.

본래 그에게 포상 따위 기대하지 않았으니 문제없다.

"이것도 주마."

왕자가 발치에 떨어진 마핵을 주워서 나에게 던졌다.

내 안면을 향해 날아온 것은 우연이라고 생각하고 싶군.

가볍게 받아냈더니 왕자가 못마땅해 하는 표정을 지으며 린그란데 양을 향해 고개를 돌렸다.

"린, 아까 하던 이야기는 공작성에서 마저 하지. 성에 돌아오면 내 방으로 와라."

일방적으로 전한 왕자는 그 말을 끝으로 물러갔다.

……이 왕자, 세라는 신경도 안 쓰네.

"바보네. 갈 리가 없잖아."

린그란데 양이 왕자가 나간 문 너머를 노려보며 조용히 말했다.

나는 땅에 남아 있던 짧은 뿔을 모아 내가 가진 1개를 섞어 3개를 만들어 린그란데 양에게 내밀었다.

이건 중급 마족이 떨어뜨린 긴 뿔을 얼버무리기 위해서다.

내가 쓰러뜨린 상대가 중급 마족이라는 게 알려지면 곤란하니까.

"린그란데 님, 이것을 공작 각하께 전해 주세요."

그러자 린그란데 양이 내 턱을 손가락으로 쓰다듬으며 요염하게 속삭였다.

"어머? 아까처럼 린이라고 불러주지 않네?"

기억하고 있었군.

"방금 전에는 실례했습니다. 긴급 상황이었으니 용서해 주세

171

요."

"그래, 덕분에 살았어. 그래, 은인을 놀리면 안 되지. 하지만 너라면 린이라고 불러도 좋아. 물론 용사 하야토를 이길 정도로 강해지면 말이지."

"그건 꽤 오래 걸리겠네요."

장난꾸러기처럼 웃는 린그란데 양에게 대답하고서, 나는 창고 입구에서 고개를 내민 우리 애들에게 손짓을 했다.

이제 안전하고, 성가신 왕자도 사라졌으니 우리도 방해되지 않게 돌아가야지.

가능하면「소생의 비보」사용 조건을 만족하기 위해서 동료들에게「테니온 신전의 세례」를 해주고 싶었지만, 이 상황에서 이야기를 꺼내는 것도 부자연스러우니 다음에 해야지.

우리는 감사를 표하는 세라의 배웅을 받으며 서민가 테니온 신전을 떠났다.

◆

방금 전 마족 소동 탓인지 큰 길의 노점은 일찍 닫은 곳이 많았다. 우리도 다른 장소에 이동하기로 했다.

아쉬워 보이는 나나를 설득하여 바다사자 수인 아이들을 돌려보냈다. 나나랑 놀아준 답례로 맛있는 과자를 선물했다.

그리고 우리가 마차로 이동한 곳은 대성벽 안쪽, 귀족 구역과 상업 구역 중간에 있는 박물관이었다.

박물관 너머에 있는 음악당이란 선택지가 있었지만, 다수결로 박물관이 선택됐다.

여기도 일단 귀족 구역이지만 박물관은 몸가짐만 좋으면 평민이라도 들어갈 수 있었다.

물론 아인의 입장 제한도 없었다.

그러나 쾌적하게 관람하려면 배려가 필요하지.

"야마토~?"

"왕, 인 거예요."

꼬리와 귀를 가리는 후드가 달린 외투를 입은 타마랑 포치가 박물관 입구의 간판을 읽었다.

박물관은 메인 홀에 접속된 3개 구역으로 구성돼 있었다. 그중 가장 넓은 구역에서 기간 한정으로 「왕조 야마토 전」이란 것이 개최되고 있었다.

"저쪽은 상당히 혼잡하네."

아리사가 질린 표정으로 중얼거린 것처럼, 기간 한정으로 개최되는 왕조 야마토 전은 놀이 공원의 인기 놀이 기구만큼이나 혼잡했다.

"그러게. 우대권도 없는 것 같으니까 다른 곳부터 보러 다니자."

"찬성~?"

"네, 인 거예요."

돌아보는 순서가 설정돼 있는 모양이라 그 순서를 따라 돌아보기로 했다.

가장 처음에는 박제나 골격 표본 구역이었다.

귀중한 표본은 유리 너머로 격리돼 있고, 그런 보호가 없는 박제나 표본은 손으로 만져도 상관없다고 입간판에 쓰여 있었다.

"위험한 거예요! 여기는 포치가 막을 테니까 다들 먼저 가는 거예요!"

"뒷일은 **막힌다**~."

"포치, 먼저 마왕을 쓰러뜨리고 기다릴게!"

너희들, 좀 평범하게 견학해라. 어째서 꽁트를 하는데.

그리고 타마, 「막으면」 어떡하니. 거기서는 「맡긴다」지.

"마스터, 이건 움직이지 않는 건가요?"

나나가 가리킨 박제는 작은 물총새와 다람쥐의 친척 같은 동물이었다.

"응, 박제니까."

언데드로 만들면 움직이긴 하겠네.

"우와아, 주인님 보세요! 굉장히 귀여워요."

나를 부르는 루루가 몇 배는 더 귀여워⋯⋯.

"기묘한 생물이군요. 새 치고는 날개가 작은 것 같습니다."

"펭귄."

루루, 리자, 미아가 보고 있는 건 펭귄 박제였다.

이세계에도 펭귄이 있나 보다. 펭귄 수인족 같은 박제가 아니길 빌어야지.

그건 그렇고 우리 말고 아무도 없군. 너무 인기가 없는 거 아냐?

기본적으로 일본에 있는 박물관과 별 다를 바 없는 분위기였지만, 전시된 박제에 마물이 포함돼 있으니 박력이 상당했다.

"당장이라도 덤빌 것 같습니다."

"박력~?"

"이건 박제니까 포치는 안 무서운 거예요."

아인 소녀들이 꽁트에 질렸는지 거대한 성채 호랑이란 마물 포트리스 타이거
의 박제 앞에서 각자의 감상을 나누었다.

—그렇지.

"포치, 잠깐 와볼래?"

"네, 인 거예요."

터덜터덜 걸어온 포치를 끌어안아 흉폭해 보이는 얼굴의 마물 입에 접근시켰다.

"그래 봤자 포치는 안 무서운 거예요."

포치가 여유 있는 표정이었다.

"이 몸, 너, 통째로 꿀꺽."

복화술로 이상한 소리를 내면서 포치를 놀렸다.

포치의 여유가 곧장 사라지더니 내 팔 안에서 부들부들 떨기 시작했다.

"아, 안 되는 거예요. 포치는 맛없는 거예요."

"고기, 맛있다."

"고기는 맛있는 거지만, 포, 포치는 고기가 아닌 거예요. 그러니까 먹으면, 혼나는 거예요."

포치가 진심으로 무서워하기에 중단하고 눈물 짓는 포치에게 복화술 속임수를 밝혔다.

"포치, 미안하다."

"주인님, 너무한 거예요. 포치는 무서웠던 거예요."

장난이 좀 지나쳤나 보군.

아리사가 포치에게 귓속말을 했다. 무슨 나쁜 지혜를 주입하는군.

"정신적 피해에 대한 손해배상을 요구하는 거예요."

"그럼 손해배상은 역시 고기 요리니?"

내가 말하자, 포치가 눈을 반짝거리며 긍정했다.

물론 타마랑 리자도 초고속으로 이쪽에 날카로운 시선을 보냈다.

"기쁜 거예요! 포치는 햄버그가 좋은 거예요!"

"어제 먹었었는데 똑같은 걸로 괜찮아?"

"햄버그는 다른 배니까 괜찮은 거예요!"

그건 표현이 좀 틀린 것 같기도 하지만 태클 거는 건 못난 짓이다.

딱히 반대도 없기에 만찬은 햄버그로 결정됐다. 물론 미아는 두부 햄버그 예정이었다.

그런 이야기를 하면서 이번에는 민족의상 코너로 이동했다.

여러 나라의 옷이 늘어선 가운데 간호사복이나 아오자이풍[8] 의상을 발견했다. 어째선지 바니걸 의상도 있었다. 나나랑 카리나 양에게 입혀보고 싶군.

#8 아오자이 베트남 여성이 착용하는 전통의상. 양옆에 단에서 허리까지의 깊은 슬릿이 있고 바지가 보인다.

유감이지만 고스로리나 메이드복은 없었다.

이 의류를 전한 일본인은 취향이 기울어져 있나 보군.

아오자이 앞에서 그런 생각을 하고 있는데 먼저 간 아리사가 통로 너머에서 불렀다.

"주인님! 이쪽에 와봐!"

그쪽으로 가니 동료들이 일본풍 의상을 입고 있었다.

"사―, ……펜드래건 경. 어, 어울리나요?"

"네. 참 잘 어울립니다."

신선조 풍 하오리를 입은 카리나 양이 어색한 포즈로 묻기에 립서비스를 날렸다.

"소이다~."

"소이다인 거예요!"

카리나 양과 같은 차림을 한 타마랑 포치가 일본도를 모방한 목도를 들고 포즈를 취했다. 귀를 감추기 위해 일본풍 두건도 쓰고 있었다.

"저건 신선조#9라기보다 쿠라마텐구#10 같아."

―미안, 아리사. 너무 오래된 소재라 나도 뭔지 모르겠다.

나는 애매한 미소를 짓고서 아리사의 말을 흘렸다.

"그보다, 저건 전시물 아냐?"

"아니야. 저쪽 선물 코너에서 샀어."

과연, 분명히 이것저것 파는군. 나도 선물 코너에 가서 부채

#9 신선조 일본 개화기에 활동했던 검객 집단. 교토의 치안을 지키며 막부에 반대하는 세력과 싸웠다.
#10 쿠라마텐구 일본의 요괴인 텐구의 일종. 쿠라마텐구는 쿠라마 산에 사는 이름난 텐구.

같은 소품을 이것저것 물색했다. 세류 시의 제나 씨에게 편지를 보낼 때 선물로 좋아 보이네.

"이거 봐봐! 비녀도 있어! ……사 버릴까나~?"

"아리사, 낭비를 하면 안 됩니다."

비녀를 보고 고민하는 아리사를 리자가 타일렀다.

"니나 씨에게 받은 급료가 꽤 많으니까 괜찮아!"

"노예의 소유물은 주인님 것입니다. 멋대로 재물을 써선 안 돼요."

리자가 말하는 「노예의 것은 주인의 것」은 시가 왕국에서는 일반적인 사고방식이지만, 일본인의 감성을 가진 나는 아무래도 위화감이 있었다.

"리자, 용돈은 각자 자유롭게 써도 돼."

리자는 복잡한 표정이었지만 내 말에 이견을 제시하지 않고 물러났다.

"네, 주인님이 그렇게 말씀하신다면……."

자기가 좋아하는 걸 사봐야지 금전감각이 성장하는 법이거든.

선물 너머에 일본도 전시 코너도 있었지만 「옛날 무기」 취급이었다. 마물에게 쓰기 힘든 가는 일본도는 무기로서 보급되지 못한 모양이다.

"—아름다워."

그 소리를 듣고 시선을 돌리자 낯익은 남녀가 전시된 일본도를 보고 있었다.

무술 대회 예선에 출전했던 사가 제국 출신의 사무라이, 카지로 씨와 나가마키를 썼던 여자 사무라이였다.

"아! 사무라이님인 거예요!"

포치가 무심코 흘린 말에 두 사람이 돌아보았다.

"어머? 조그만 사무라이가 둘이나 있네."

"제법 용맹한 모습이군."

코스프레 차림의 타마랑 포치를 보고서 여자 사무라이와 카지로 씨가 웃음을 지었다.

"일행이 실례했습니다."

"아니, 상관없소. 그건 그렇고 칼도 없는데 용케 사무라이라고 알아봤군."

포치의 버릇없는 발언을 사과하자, 카지로 씨가 까탈스러워 보이는 얼굴에 어울리지 않게 웃으며 용서해 주었다.

"시합 봤어~?"

"어엄청 강한 거예요."

"하하, 그랬구만."

카지로 씨는 아이들을 좋아하는지, 타마와 포치의 찬사를 듣고 너그럽게 웃었다.

"포치도 그런 식으로 강해지고 싶은 거예요!"

"타마도~?"

뿅 점프한 타마의 머리에서 두건이 풀어져 떨어졌다.

타마가 황급히 손으로 가렸지만 정면에 있던 카지로 씨는 고양이 귀를 목격해 버렸다.

"고양이 귀? 혹시 귀 종족인가?"

카지로 씨가 놀란 목소리로 묻자, 타마가 울먹이는 작은 소리로 긍정했다.

"……네잉."

"아아, 미안하구나. 탓하는 것이 아니야. 사가 제국의 귀 종족 보호구역이 아닌 곳에서 본 일이 없어 놀란 거다……."

어허? 보호 구역이란 게 있구나?

미궁도시에서 수행한 다음에 포치랑 타마의 동족을 찾으러 가보는 것도 좋겠다.

"그런데 젊은 귀족 나리. 한 가지 제안을 하고 싶은데—."

나는 그에게 자기소개를 하고서 제안이란 것을 들었다.

"—무술지도 말인가요?"

"아아, 그래. 무거운 목도를 한 손으로 가볍게 휘두르는 모습을 보니 이 아이들은 제법 레벨이 높겠지? 그런 것치고는 발놀림이 정식 훈련을 받지 못한 티가 나는군. 전투민족이라고도 불리는 귀 종족이라면 내 유파의 기술을 지도해주는 것도 나쁘지 않지."

여비도 벌어야 하고 말이야. 카지로 씨가 덧붙이며 웃었다.

그들은 미궁도시 세리빌라까지 무사수행을 가는 도중이었다고 한다.

게다가 대회에서 손상된 무구가 수리중이라서 마물 퇴치나 호위 임무로 돈을 벌수가 없었다.

마침 아인 소녀들의 선생님을 찾던 중이라 잘 됐다. 나는 카지로 씨의 제안을 받아들여 공도에 머무르는 동안 고용계약을 맺었다.

선대 백작의 허가를 받기 전까지는 저택에 오고 가면서 가르치고, 허가가 떨어지면 저택의 빈 방에서 머무르기로 했다.

박물관에 시각을 알리는 종소리가 울리자 카지로 씨는 「대회 본선이 시작되니 오늘은 실례하지」라면서 가 버렸다. 교련은 내일부터 하기로 약속했으니 문제없었다.

카지로 씨처럼 대회가 시작되기 전까지 시간을 때우려고 온 손님이 많았었는지, 그렇게 붐비던 왕조 야마토 전 회장이 텅텅 비었다.

"옛날에는 여기에 왕도가 있었군요."

루루가 벽에 적힌 시가 왕국의 연표를 보면서 말했다.

"천도~?"

"어려운 거예요."

나는 「천도(遷都)」의 뜻을 타마랑 포치에게 가르쳐줬다.

시가 왕국은 이 공도에서 건국하고, 현재의 왕도가 있는 곳으로 천도한 다음 2대 인왕(仁王) 샤로릭 1세가 왕위를 이었다. 그 제3왕자와 같은 이름인데 꽤 다르군.

연대별로 갖가지 전시물이 놓인 통로를 나아갔다.

"아! 이거 알아. 광왕(狂王) 가르타프트의 아인 전쟁 그림이야."

아리사가 가리키는 곳에 갖가지 모습을 한 아인들과 인간족이 서로를 죽이는 그림이 있었다. 그녀의 조국에도 그것을 베낀 그림이 장식돼 있었다고 한다.

400년 정도 전에 대규모 아인 박해가 있었고, 시가 왕국의 동쪽과 북북서에 있던 아인의 나라들과 대전쟁이 일어났다.

마왕이나 마족이 연관되지 않은 전쟁 중에서 과거 1천년동안 최대의 사상자가 나왔다고 하며, 마지막에는 사가 제국의 용사와 엘프들까지 사태를 수습하려고 움직였다.

이 그림은 광왕 다음으로 옥좌에 앉은 시가 왕국 중흥의 시조 현왕(賢王) 자라 시대에 그려진 것이며, 지나친 박해가 비극을 낳는다고 후세에 전하기 위한 것이었다.

지금도 박해나 차별은 뿌리가 깊지만, 당시처럼 「아인이다」라는 이유만으로 살해당하지는 않으니 그나마 나은 것일지도 모르겠다.

그런 살벌한 분위기의 그림 몇 장이 이어진 다음, 벽에 세워놓은 그림 한 장이 눈에 들어왔다.

언덕 위에 문 하나가 그려진 심플한 그림이었다.

—호오?

어쩐지 신경 쓰여서 잠깐 보고 있었더니 그림 안의 문이 열리며 작은 여자애가 고개를 내밀고 손을 흔들었다. 유화가 움직이다니, 상당히 판타지한걸.

거기에 이끌려 손을 마주 흔들자, 여자애가 기뻐했다. 상호작용 설정이 좋네.

문 안에서 여자애가 손짓해 불렀다.

무심코 그림 쪽으로 한 걸음 가려고 했을 때—.

"콰~앙?"

"인 거예요."

―타마랑 포치가 옆에서 돌격해왔다.

허를 찔려서 놀라긴 했지만 둘은 몸이 가벼워서 몸이 휘청거리지도 않았다.

"둘 다 왜 그러니?"

"와봐와봐~."

"이쪽에 굉장한 게 있는 거예요!"

둘이 흥분한 기색으로 손을 잡아끌기에 다음 방으로 갔다.

방을 나설 때 무심코 돌아봤는데 방금 전까지 있던 그 그림이 없었다.

바닥에 있었으니까 아마 운반하던 도중이었겠지. 또 다른 그림이 있으면 애들한테도 보여주고 싶다.

"저거 봐~?"

"굉장히, 굉장한 거예요!"

타마와 포치 손에 이끌려서 거대 태피스트리가 있는 홀로 들어갔다.

높이 5미터, 폭 50미터나 되는 거대한 것이었다. 입간판의 설명을 보니 40년에 걸쳐 만들었다고 한다.

"마스터, 마왕이 거대해서 위험하다고 보고합니다."

나나가 태피스트리 한 구석을 가리키며 진지한 표정으로 말했다.

성에 발을 올린 성보다 커다란 멧돼지 머리의 괴물이 그려져 있었다.

『왕조 야마토 님 앞에 나타난 것은 성을 짓밟는 거구의 마왕—.』

등 뒤에서 낭랑한 목소리가 들렸다. 돌아보니 홀 안쪽에 무대가 있었다.

전속 악단이 BGM을 연주하고 그 앞에서 음유시인이 태피스트리의 정경을 노래하는 모양이다.

음유시인의 목소리에 귀를 기울이면서 태피스트리를 보았다.

『마왕의 앞잡이인 6색의 고참 마족이 인간족의 연합군을 희롱하노라—.』

마왕 앞에는 녹색 뱀, 분홍색 찹쌀떡 모양 슬라임에 더해서 눈에 익은 파란색과 빨간색 상급 마족의 모습이 있고, 가장 앞에는 팔이 4개 달린 노란 마족이 있었다.

6색이라면 노란색 마족의 그림자처럼 그려진 검은 게 마지막 하나인가?

음유시인이 고참 마족 각자의 특징을 노래했다. 녹색은 변환 자유, 분홍색은 방어 특화, 검은 색은 신출귀몰, 노란색은 리더 같은 존재로 어지간한 마왕보다 강하다고 한다.

음유시인의 노래는 더욱 이어졌다.

『마왕이 조종하는 돼지 수인족 군세, 망사맹병이 되어 기사들과 싸우노라.』

망사맹병(忘死盲兵)이란 단어는 들어본 적이 없군. 이쪽 단어를 억지로 한자에 맞춘 건가?

아마 노란 마족의 발치에 있는 작은 그림자들이 오크겠군.

그러고 보니 오크는 만난 적이 없기에 맵 검색을 해봤는데, 공도의 서민가에 2명 정도 있었다.

오크는 거인의 마을에서 만난 코볼트와 마찬가지로 마물이 아니라 요정족이었다.

그들은 슬럼가의 한구석에서 연금술 가게를 경영하고 있었다.

딱히 죄과도 없으니 공도에 머무르는 동안 한 번 만나러 가야지.

『그리폰을 탄 플루 제국의 환수기사가 참전하나, 마왕은 공중 요새 대괴어(大怪魚) 토부케제라를 소환하여 하늘을 괴어들이 휘저었노라.』

뭘 말하는 걸까?

토부케제라란 것을 찾았지만 뭔지 잘 모르겠다.

혹시 태피스트리 왼쪽 위의 비행선이나 향유고래 같은 건가?

비행선 전방에 있는 마법진에서 하늘을 나는 상어같이 생긴 마물 무리가 나타나, 해일처럼 도시와 병사들을 유린하는 모습이 그려져 있었다.

그리폰도 멋지게 그려놨지만 수가 너무 적어 전투가 되질 않았나 보다.

『나라들이 멸망에 처했을 그 때, 하늘 너머에서 천룡을 타고 나타나신 구원의 손길, 그것이 우리들의 왕조 야마토 님이시며—.』

태피스트리 오른쪽에 백은색 용의 머리가 그려져 있고, 머리에 난 뿔 사이로 파란 갑주를 입은 기사가 그려져 있었다. 아마이 기사가 왕조 야마토겠군.

기사는 커다란 방패와 지팡이를 들었고, 주위에는 파란 빛에 휩싸인 몇 개의 검이 떠 있었다.

검이 공중에 몇 개나 떠 있는 것은 화가의 창작이겠지. 애니메이션에 나올 법한 장면이었다.

실제로 마족전에서 왕자가 쓰던 성검 클라우 솔라스는 하늘을 날지도 않았다.

"이게 왕조 야마토 님의 모습이군요."

"아무리 위대한 왕이라도, 용이 머리에 태워줄 거라 생각하긴 어렵습니다."

감탄하는 카리나 님과 과장이라고 말하는 듯한 리자가 대조적이다. 리자의 부족은 용을 신성시했을지도 모르겠군.

"오~, 용기사 불타오르지 않아?"

아리사의 「불타오른다」가 이른바 액면 그대로의 뜻이 아니란 건 어쩐지 이해할 수 있었다. 아리사 옆에서 미아가 고개를 끄덕였지만, 끄덕이는 이유는 추궁하지 말아야겠다.

아리사, 문화 해저드 좀 적당히 해라.

"마스터, 건너편에 성검의 모조품이 있다고 보고합니다."

나나가 부르는 쪽에 시선을 돌리자, 높이 3미터쯤 되는 왕조 야마토의 청동상과 그 몸에 맞춘 거대한 성검 클라우 솔라스가 장식돼 있었다.

내가 본 성검 클라우 솔라스의 차이를 생각하면, 이 체구는 왕조 야마토의 위대함을 표현하기 위해서 과장한 거겠지.

돌이켜보면 크하노우 백작령의 세담 시에서 본 왕조상도 이런 느낌의 대장부였다. 이 거구가 왕조 야마토상의 기본 사양인가 보군.

왕조 야마토 상을 다 함께 보고 있자니, 마부가 마중을 왔다. 이제 그만 토르마의 친가인 시멘 자작가에 갈 시간이 됐군.

나는 일단 돌아가서 모두 내려주고, 동행을 희망한 아리사와 나나만 데리고 자작 저택으로 갔다.

◆

매부리코에 미간의 주름, 잘 정돈된 수염에 올백으로 성돈한 풍성한 금발. 그의 눈동자에서는 강한 의지가 힘차게 넘치고 있었다.

정말로 토르마랑 형제인지 의문이 들 정도로 고지식한 표정이었다.

약간 노안이라 토르마 옆에 나란히 서자 그의 아버지처럼 보일 정도였다. 아직 34세 같지가 않군.

"토르마를 구해준 것에 감사한다."

신기하네. 감사 인사를 받고 있는데 상사에게 혼나는 기분이야.

그가 바로 토르마의 형인 호사리스 시멘 자작이었다.

이 방에는 나와 토르마 형제, 그리고 동행을 희망한 아리사가 있었다.

나나는 도착하자마자 토르마 일가가 사는 별채에 가고 싶다고 하기에 보내줬다. 지금쯤 아기 마유나를 이뻐라 하고 있겠지.

"미안해, 사토 공. 형은 이렇게밖에 말을 못하거든."

"실례구나. 토르마, 내 말이 어디가 이상하다는 거냐?"

말 자체는 평범했지만 호사리스 씨의 어조는 모자란 학생을 꾸짖는 목석 교사 같은 느낌이었다.

어째선지 아리사가 옆에서 침이라도 흘릴 법한 기척을 뿜었다. 묘하게 번들거리는 오오라가 흘러나올 것 같은 기색이야. 무슨 망상을 하고 있는지 모르지만 좀 적당히 해주라.

응접실에서 환대를 받고 있는데 취직 면접을 받는 기분을 느끼면서 대화를 이었다.

가장 우려했던 두루마리 발주와 창고에 있는 두루마리 구입은 토르마가 사전에 이야기를 해줬는지 문제없이 승낙을 받았다. 물론 공작의 허가증도 보였다.

"두루마리 수집이 취미라면 공방 견학을 해보겠나?"

"괜찮은가요?"

설마 했던 운 좋은 전개를 만나서 무심코 테이블에 손을 올리고 몸을 내밀었다.

"아아, 문제없다. 철혈의 니나 여사가『신뢰할 수 있다』는 소개장을 써줬을 정도야. 그리고 토르마가 사람 보는 눈은 믿을 만 하지."

꽤 남자다운 사람이군. 현대 일본에서도 카리스마 사장이 될 수 있겠어.

엿듣기 스킬이 복도로 통하는 문 너머에서 사람 목소리를 포착했다.

"그러니까 반딧불이 은방울꽃의 이슬을 사용한 잉크를 말이죠~."

"분명히 그 잉크라면 부여대에서 정밀조작이 가능하지만 가격이 얼마라고 생각하냐?"

"그건 쟝 씨가 말한 용린분이나 염각분도 채산이 안 맞잖아요!"

호사리스 씨가 부른 두루마리 장인들이겠지.

"주인나리, 부르심 받고 왔습니다."

"호사리스 님, 용건 있으십까?"

인덕이란 말에 코웃음을 칠 법한 비만체 중년 남성과, 안경을 쓴 주근깨 소녀가 방으로 들어왔다.

소녀는 도저히 예쁘다고 말할 수는 없지만, 못생겼다고 말할 수도 없는 평범한 외모의 노움 여성이었다. 노움이라 그런지 아리사보다도 키가 작았다.

"그가 공장장인 쟝이야. 보기엔 저래도 두루마리에 관해서는 시가 왕국 제일의 기술자다. 그 소녀는 나탈리나. **창의적인 생각**은 공방 제일이지. 반드시 펜드래건 경의 기대에 부응해 줄 거야."

호사리스 씨의 말에서 「창의적인 생각」에 뭔가 속뜻이 느껴졌다.

잘 팔리지도 않는 취미를 우선으로 하는 두루마리를 만들거나, 연구를 위해서 예산을 물처럼 쓰는 사람일지도 모르겠다.

호사리스 씨는 두 사람을 소개해준 다음 토르마를 데리고 외출했다.

　방문했을 때 시간을 오래 낼 수 없다고 했고, 장인들을 소개해준 다음이니 문제없었다.

　희망하는 두루마리 목록을 쟝 씨에게 보여주고 의논해 봤다.

　아쉽지만 상급 마법은 두루마리로 만들 수가 없다고 한다.

　또한 「위장 정보」나 「잠금 풀기」처럼 범죄나 첩보에 쓸 수 있는 마법도 의뢰를 할 수 없었다. 이건 키키누 점장의 마법 가게나 토르마에게 들은 이야기랑 같군.

　그 밖에도 두루마리 제작은 두루마리를 만드는 사람이 그 마법 스킬을 가지고 있어야 한다. 그래서 「중력」, 「그림자」, 「정신」, 「사령」 같은 마법은 제작이 불가능했다.

　공간 마법을 쓰는 사람은 현재 왕도에 출장중이라서 한 달 정도 두루마리 주문을 받을 수 없지만, 중급에서 유일하게 존재하는 전이 마법 「귀환 전이」 두루마리 재고가 있으니 문제없었다.

　파는 걸 조금 망설였지만 금화 100닢을 그 자리에서 지불하자 판매해주기로 했다.

　시세는 금화 30닢이지만 고작 금화 100닢으로 전이할 수 있다면 싼 거지. 스토리지에 있는 금화가 시가 왕국으로 한정하지 않으면 1천만닢 이상 있거든.

　또한 신성 마법 두루마리는 기술적으로는 가능하지만 종교적인 이유로 못한다고 한다.

　"저기, 사작님. 수집가라는 건 알겠는데, 이 표에 있는 마법은 두루마리로 써도 대단한 효과가 없는 것들뿐이거든? 정말로 괜찮아?"

"나탈리나, 존댓말을 제대로 써야지."

"에~, 존댓말 쓰고 있죠? 사작님."

"저는 평민 출신이라서 존댓말을 쓰기 힘들다면 평범하게 이야기해도 상관없어요."

"정말? 야호."

그걸 들은 나탈리나 씨가 만세를 하면서 말했다가 쟝 씨에게 머리를 쥐어 박혔다. 태클 거는 역할의 쟝 씨에게 쥘부채를 선물하고 싶군.

나탈리나 씨의 염려에 대해서 나는 수집이 목적이니까 효과가 약해도 발동할 수 있으면 불만 없다고 약속했다.

재고에 있는 두루마리 매매 계약을 끝내고 수주한 두루마리의 우선순위를 매긴 뒤에 의뢰를 완료했다.

"이상한 주문이네? 알아보기는 쉽지만 이상하게 효율이 나빠~. 하급으로 만들 수 있겠지만 영창이 길어서 쓰기 어렵지 않을까?"

나탈리나 씨가 내 자작 주문을 보고 고개를 갸웃거렸다.

내 주문은 구조화 프로그래밍 방식을 도입한 거라 이 세계의 표준적인 주문과 크게 다르다.

가독성이나 생산성이 높은 대신 마력 효율이나 주문 용량은 종래의 마법만 못하다.

이건 뭐 트레이드오프 관련이니까 어쩔 수 없다. 나는 후자의 디메리트가 거의 상관없으니까 메리트가 훨씬 크다.

"두루마리로 만들 수 없나요?"

^{스크롤}

"아아, 그건 괜찮아. 좀 이상하지만 마법의 작법에서 일탈되진 않았으니까 어떻게든 될 거, 입니다."

쟝 씨가 나탈리나 씨를 노려본 탓인지 마지막에 존댓말 같은 어미를 붙였다.

"그러면 사작님. 재고를 꺼내오는데 잠시 시간이 필요하니 그동안 공방을 보시겠습니까?"

"네, 부탁해요."

한가해 보이는 아리사를 데리고 공방 견학을 하러 갔다.

공방은 자작 가문 부지 안 지하에 있는데, 사람과 마법 장치에 의한 엄중한 경비망이 깔려 있었다.

경비원은 모두 레벨 20 이상이고, 「간파」나 「감시」 같은 밀정 대책 스킬을 가진 사람들로 구성돼 있었다. 탐지 계열과 경보 기능을 가진 마법 장치도 설치했고 소형 감시용 골렘이 환기구 통로를 배회하고 있었다.

상세하게 가르쳐주진 않았지만 첩보용 마법에 대한 대책도 만전으로 갖추고 있었다.

또 공방은 몇 개의 작은 방으로 나뉘어 있는데 각 방마다 특정 공정만 하고 있었다.

그래서 전체 공정을 아는 사람은 극소수라고 한다. 비효율적으로 보이지만 기술 은닉을 중요시하는지 상당히 철저하다.

두루마리의 종이는 다른 장소에서 만드는지 「두루마리 용지을」이란 감정 결과가 나왔다.

기술자들의 대화를 들어보니 잉크에 마핵 분말이 필요하다는 건 알겠다. 호사리스 씨가 왕도에 간 것도 등급이 높은 마핵을 사들이기 위해서였다. 중급 마법의 두루마리 제작에 필요한 마핵은 레벨 30 이상의 강력한 마물에게서만 얻을 수 있었다.

가공하기 전에 한 번 봤는데, 요전에 본 갑각 도룡뇽^{하드 뉴트}에서 얻은 마핵보다 조금 색이 진했다.

"이 방에서 잉크를 만듭니다."

쟝 씨가 문을 조금 열고 안을 보여줬지만 안에 들여보내주지는 않았다. 여기서 「두루마리용 잉크 깁」을 만들고 있구나. 대강의 재료는 알았지만 소재 중 하나가 「두루마리용 잉크 을」이었다. 만만치 않군.

두루마리 만들기는 전용 종이와 잉크로 주문을 적기만 하면 되는 게 아니라서 몇 가지 공정이 필요했다.

그래서 기존 제품이라도 이틀에서 나흘, 오더메이드의 경우 더욱이 며칠 더 기다려야 한다.

공방 견학을 끝내고 응접실로 돌아오자, 두루마리가 작은 산만큼 쌓여 있었다.

재고가 존재하는 주문은 아까 말했던 「귀환 전이」 말고도 여러 가지 있었다.

중급 공격 마법인 「빙설 폭풍^{아이스 스톰}」, 「전격 폭풍^{썬더 스톰}」, 「폭축^{임플로전}」 3종류. 하급 공격 마법은 「석순^{토스 스톤}」과 「공기 대포^{에어 캐논}」를 비롯하여 15종 정도. 방어 마법은 「자유 방패^{플렉시블 실드}」, 「방풍^{캐노피}」, 「공기 벽^{에어 쿠션}」, 「이력 결계」 4종류. 마법 간섭 계열인 「마력 양도(마나 트랜스퍼)」, 「마력 강탈(마나 드레인)」 2종류, 조작계열인 「이력의 손」, 「이력의 실(매직 스트링)」, 「부유 걸음(플로트 워크)」 3종류. 치료 계열 「가벼운 치유: 물(워터 힐)」, 「치유: 물(아쿠아 힐)」 2종류. 보안용으로 「밀담 공간(시크릿 필드)」, 그리고 마지막으로 동료들 서포트 용으로 「마법 방어 부여(인챈트 매직 프로텍션)」, 「물리 방어 부여(인챈트 피지컬 프로텍션)」, 「벼락 칼날 부여(인챈트 스파킹 블레이드)」, 「술리 방패 부여(인챈트 실드)」 4종류를 구입했다.

이걸 소화해 내면 앞으로 여행이 상당히 편해지겠군.

그리고 발주한 것들은 다음과 같았다.

기존의 마법서에서 고른 것들로 생활 마법 「가벼운 세정(소프트 워시)」, 「건조(드라이)」, 「지혈(밴디지)」 3종류. 치료용으로 「해독(리무브 포이즌)」, 「질병 치유(큐어 디지즈)」 2종류. 정련용으로 「금속 추출(샘플링 메탈)」, 「금속 융해(멜트 메탈)」 2종류다.

오리지널 마법은 대인 제압용 「가벼운 기절탄(라이트 스턴)」, 「유도 기절탄(리모트 스턴)」 2종류. 마법 도구 제작에 쓰는 「액체 조작(리퀴드 컨트롤)」, 「기체 조작(에어 컨트롤)」, 「전기 조작(일렉트로닉 컨트롤)」 3종류. 놀이용으로 불 마법 「불꽃놀이(파이어웍스)」랑 빛 마법 「환영 불꽃놀이(파이어웍스 일루전)」 2종류. 그리고 실험용으로 「탄체 사출(슈터)」, 「표준 출력(스탠다드 아웃)」, 「영상 출력(그래픽 뷰)」 3종류다.

이 「표준 출력」은 메뉴의 로그에 「Hello World」를 표시하기만 하는 마법이고, 「영상 출력」은 메뉴 화면에 직사각형을 표시하고 「Hello World」를 그리는 마법이다.

둘 다 내가 아니면 의미가 없는 마법이지만, 이 실험이 잘 되면 「녹음(사운드 레코더)」이나 「촬영(포토)」같은 마법 개발을 시작할 예정이었다.

그리고 「탄체 사출」은 폭렬 마법과 술리 마법의 복합 주문인데, 작은 돌부터 야구공 사이즈의 탄환을 쏘아내는 것이다.

총처럼 쓸 수 있긴 하지만, 마력 효율과 위력 양면에서 하급 공격 마법보다 떨어진다.

주 목적은 마왕전 같은 때에 마력 과충전된 성시를 쏘아내기 위해서 개발했다.

마왕전에서 실감한 건데, 활은 양손이 필요하니까 검이랑 무기 교환을 하느라 귀찮았거든.

크로스보우를 쓸까도 생각했지만 전력으로 기동하면 짧은 화살^{볼트}이 떨어질 가능성이 높기에 새로운 마법을 개발했다.

계약이 끝난 다음 안뜰에 가서 쟝 씨가 입회한 자리에서 오리지널 마법을 시험했다.

시험할 때 몇 가지 오리지널 마법의 문제섬이 발견되어 그 자리에서 수정했다.

"우우와아~, 굉장해! 이거 굉장해요!"

불꽃놀이 마법을 본 나탈리나 씨가 뿅뿅 뛰면서 기뻐했다.

"예쁘다. 도쿄 만의 불꽃놀이 축제가 생각나~."

함께 있던 아리사의 반응도 좋았다. 두루마리가 완성되면 다 함께 불꽃놀이를 해야지.

"사작님! 이 마법 팔아주세요! 꼭 좀!"

"어이, 나탈리나! 주인 나리께 허락도 받지 않고 무단으로 무슨 말을 하나."

나에게 달려드는 나탈리나 씨를 쟝 씨가 타일렀지만, 그 정도로 그녀의 열기는 식지 않아서 호사리스 씨가 돌아오면 이야기해 보겠다고 했다.

나는 그냥 한가한 시간에 만든 마법이니까 공짜라도 괜찮지만,

아리사가 잘 교섭해준 덕분에 내가 발주한 두루마리에 인원을 넉넉하게 할당해주면 판매를 생각해보겠다는 선으로 정리됐다.

구입한 두루마리의 가격이 상당한 금액이었지만, 이 정도 지출은 아무 것도 아닌지라 즉시 현금으로 지불했다.

나는 구입한 두루마리를 격납 가방에 넣고 나나를 데리러 토르마 일가가 사는 별채로 갔다.

나나를 아기 마유나에게서 떼어내는 건 꽤 힘들었다.

◆

"후우, 기껏 먹은 저녁이 리버스할 뻔 했네."

"저녁을 그렇게 많이 먹으니 그렇지."

"하지만 맛있었는걸."

식사 뒤에 아리사를 데리고 공도 지하의 미궁 유적에 왔다. 마법 시험을 위해서다.

사실은 혼자 올 셈이었지만, 아리사가 꼭 데려가 달라고 부탁했다.

"그래서, 미궁에는 뭣 때문에 온 건데? 여기는 유적이니까 레벨 업은 못하거든?"

"에~이, 아니야."

내가 확인하자, 아리사가 고개를 옆으로 저어 부정했다.

"공간 마법을 배우려고 레벨 올리려고 한 거 아냐?"

"오브코스! 물론 배울 거야!"

아리사가 이상한 포즈로 선언했다.

이게 뭔 소리야?

어젯밤에 공간 마법 스킬 레벨을 올리는 스킬 포인트가 부족하다고 했었다.

"이해가 되도록 설명을 해봐."

내가 말하자 아리사가 근처에 있는 잔해 위로 올라가 나를 내려다 봤다.

"후하하하, 언제부터 스킬 포인트가 고정된 거라고 착각하고 있었나!"

아리사가 잔해 위에 버티고 서서 재는 표정으로 내려다 보았다.

"무슨 소리야? 설마 한 번 분배한 스킬 포인트를 재분배할 수 있어?"

"할 수 있어. 말 안 했나?"

―당연히 처음 듣죠.

스킬 포인트가 엄청 남아 돌지만, 다음 레벨 업이 언제가 될 지 모르는 이상 언젠가는「포인트 재분배」가 필요할 지도 모른다.

"어떻게 하는데?"

"스킬 리스트에 있는『리셋』을 배워서 실행하면 돼. 유니크나 기프트가 아닌 스킬을 모두 포인트로 되돌려주거든."

거 참 편리하군―.

그리고 거 참 부조리하군…….

리스트에서 고를 수 없는 나하고는 인연이 없는 스킬이잖아.

"물론 리셋도 만능은 아니야~."

만능이었으면 싸울 때마다 스킬 구성을 변경할 수 있겠지. 그러고 보니 「에스퍼 세노 군」이란 애니에서 비슷한 짓을 했었는데.

내 주의가 흐트러진 동안에도 아리사의 설명이 이어졌다.

"한 번 쓰면 5퍼센트에서 20퍼센트 정도 스킬 포인트가 유실되거든. 게다가 회복수단이 없어."

내가 쓸 수 있어도 155포인트에서 620포인트나 유실되는 거구나……. 대가가 너무 크다. 아리사가 지금까지 안 쓴 이유를 알겠어.

"그리고, 이걸 쓰기 싫은 이유가 있어~."

뭐냐고 물었더니 「엄청, 아파」라고 대답했다.

그렇군. 이런 곳까지 온 이유는 고통에 비명을 질러서 다른 애들이 걱정하는 걸 막기 위해서였군. 그렇다면 오늘 얻은 보안용 「밀담 공간」을 써도 되는데…….

"슬슬 시작할게."

"기다려, 먼저 진통제를 먹어둬."

그러면 조금 나아질 테니까.

"미안, 약을 쓰면 유실되는 포인트가 늘어난다는 기록이 있었어."

아리사가 아쉬운 듯 내 손에 약을 돌려놓았다.

격통에 대한 것을 포함한 리셋의 정보는, 고향에 있을 때 사가 제국의 용사 하야토가 가르쳐줬다고 한다. 다시 말해서 용사 하야토는 아리사가 전생자라는 걸 알고 있는 거구나…….

"여자는 배짱! —리세에에에에엣!"

아리사가 내 무릎 위에서 힘차게 외쳤다.

—아야야.

아리사가 부탁하기에 무릎 위에 올리고 끌어안고 있었는데. 절규만 하는 게 아니라 등을 손톱으로 할퀸다. 나름대로 아프 군. 나는 몰래 고통 내성을 유효화시켰다.

아리사의 보라색 머리칼이 하얗게 탈색되는 거 아닌가 걱정 했지만 괜한 염려였다.

리셋이 끝나자마자 힘이 빠져 정신을 잃었기에 무릎베개를 해주고 눕혔다…….

"아리사……. 싱희롱을 할 거면 무릎베개 그만 둔다?"

그렇게 아파한 주제에 참 터프한 녀석이야.

몸을 뒤척이는 척하면서, 미묘한 포지션으로 이동할 정도였다.

"그래서, 제대로 됐어?"

"그~럼. 포인트가 조금 부족했는데, 정신 마법 대신 공간 마 법 스킬 레벨 6까지 획득했어."

성취감에 젖어 있는 아리사에게 못을 박아둬야지.

"아리사, 명령이야. 긴급 상황이 아닐 때 목욕탕 난입이나 옷 갈아입을 때 엿보는 걸 금지한다."

"크힉! 하, 하다못해! 하다못해 현행범으로 붙잡은 다음에 해 줘! 소녀에게 사소한 포상 정도는 괜찮잖아!"

역시 생각하고 있었군.

마법을 마음껏 써보고 싶다는 아리사의 요청에 따라 미궁 유

적 중층에 갔다.

"와~아, 여기서 마왕이랑 싸웠어?"

"아니. 더 아래야."

"가보고 싶어!"

일단 「아무 것도 없거든?」이라고 말해봤지만, 그래도 보고 싶다고 조르기에 최하층까지 데리고 갔다.

"주, 죽는 줄 알았네."

—거창하기는.

직각으로 꺾을 때는 충분히 감속하면서 했잖아.

아리사가 휘청거리며 일어서더니, 의식이 있었던 제단이 있는 지하 공동을 둘러보았다.

"있잖아, 주인님. 마왕을 쓰러뜨렸다면 『진정한 용사』 칭호 얻었어?"

아리사의 갑작스런 질문을 수긍하며 칭호를 「진정한 용사」로 바꿨다.

"정말, 이네……."

아리사가 등 뒤에서 손을 깍지 끼고 빙글 돌아 나에게 등을 보였다.

"그러면…… 역시……."

낮은 톤으로 말하더니 머뭇거렸다.

어쩐지 아리사답지 않은 분위기군.

이쪽으로 돌아선 아리사가 결심한 듯 나에게 물었다.

"그, 역시, 일본에 돌아갈 거야?"

─으잉?

"무슨 소리야? 미아도 바래다줘야 하고, 그 다음에 미궁 도시에서 수행이잖아? 그리고 다들 강해지면 전 세계를 모험하면서 돌아다닐 거니까 일본에 돌아가더라도 훨씬 나중이야."

눈물짓는 아리사에게 일부러 가벼운 어조로 대답했다.

물론 일본에 돌아갈 방법을 찾을 수 있을지는 알 수 없지만 말이지.

나는 아리사가 눈물을 닦고 진정할 때까지 기다렸다가 이유를 물었다.

"근데 왜 갑자기 그런 걸 물어?"

"그, 그치만! 역대 용사는 마왕을 쓰러뜨리고『진정한 용사』가 되면 신이 송환 오퍼를 내린다고 하야토가 그랬단 말이야."

아하, 그런 이야기를 들었으니 불안했던 거군.

신의 물음에「예」라고 대답하면 성검을 남기고 본래 세계로 돌려보내준다.

참 극악한 것이, 물어보는 것도 딱 한 번이고 대답이 없으면 그냥「아니오」라고 대답한 걸로 취급한다.

정말이지, 돌아가는 타이밍 정도는 고르게 해 줘라.

그건 그렇고 송환 오퍼가 와도 우리 애들이 마족을 이길 수 있을 만큼 강해진 다음이 아니면 안심하고 본래 세계로 돌아갈 수가 없다. 그리고 내가 이 세계에 온 것이 평범한 용사 소환이 아닌 이상, 그 방법으로 돌아갈 수 있을지도 알 수가 없다.

만약 준비가 끝나기 전에 오퍼가 오면, 나대신 가족에게 편지를 전해 달라고 해야지.

나랑 달리 태평스런 가족들이니까 「잘 산다」라고 써두면 어영부영 용서해줄 것 같다니까.

"그러고 보니 주인님의 용사 스타일은 전에 본 은가면에 금색 가발 그대로야? 모습을 감추려면 평소랑 마찬가지 로브를 입었다간 금세 들키지 않을까?"

아리사가 억지로 활기차게 말하며 그 화제를 꺼냈다.

"아니, 은가면이 부서져서 지금은 하얀 가면에 보라색 가발이야. 옷은 성직자풍 고급 로브."

나는 빨리 갈아입기로 모습을 보여줬다.

"우아하, 빨라! 그 속도 뭐야?! 완전 변신이잖아."

"꽤 편리하지?"

아리사가 놀라는 모습에 신이 나서 포즈를 취해봤다.

"쇼타 성직자도 좋네……, ―가 아니라, 의상도 평소랑 다른 편이 좋지 않아?"

"그러게, 닌자나 사무라이 차림이라도 해볼까?"

팔짱을 끼고 고민하던 아리사가 머리 위에 전구가 반짝 빛난 표정으로 말했다.

"그렇네……. 맞아! 음양사! 컨셉트는 음양사로 가자!"

음양사라니…….

"음양사 복장이면 카리기누[#11]였나?"

"그래, 그거! 하얀 색을 베이스로 하고, 에보시[#12]는 잘 떨어지겠네. 가면을 감추는 서클릿 달린 베일도 쓰고, 좀 수수하니까 카리기누를 금실 같은 걸로 장식해서—."

아리사의 말을 머릿속에서 이미지 해봤다.

"그래도 수수하지 않아?"

나는 빛 마법 「환영」으로 아리사가 말한 의상의 완성형을 표시했다.

"오오! 근사하잖아. 하지만 분명히 좀 수수하네. 마법이나 마법 도구로 화려한 이펙트를 내보자! 등 뒤에 부처님처럼 후광을 내거나, 천사처럼 날개를 내는 거야."

카리기누에 천사의 날개는 안 맞잖아.

나는 방금 전 영상 등 뒤에 빛의 고리를 표시해봤다.

"좀 수수하네. 3중으로 만들고, 중앙에서 방사형으로도 빛을 더하자. 그리고, 주인님은 날 수 있으니까 발 밑에 제트 화염을 내보내고."

진지하게 헛소리를 하는 아리사의 머리를 가볍게 쥐어박았다.

제트 화염을 내서 로봇이라도 되라고……?

결국 발밑에 이동속도에 맞춰서 격렬하게 회전하는 불 고리를 만들고, 이동할 때 잔상을 만들기로 했다.

가볍게 만들어 봤는데 제어가 꽤 귀찮군. 환영은 정해진 동작을 자율적으로 움직이게 만들 수 있지만, 회전수나 빛나는 방식 등의 동작을 변경할 때는 술자가 조작해야 한다.

#11 카리기누 흔히 음양사라고 하면 떠오르는 일본의 고대 의상.
#12 에보시 음양사가 쓰는 세로로 길쭉한 모자. 정면에서는 삼각형으로 보인다..

일단 겉모습 설정이 정해졌으니 내면 설정도 해봤다.

"목소리나 말투는 그대로야?"

"무노 남작령이랑 무녀장과 이야기할 때는 이 가짜 목소리에 오만한 말투. 공작 때는 성별 불명의 목소리로 최소한의 단어만 썼다."

나는 기억을 더듬어 그렇게 말했다.

"중간에 바꿔 버렸구나~."

"그래. 오만한 말투는 목소리가 다르긴 했지만 나를 연상 못 한다는 보장이 없으니까, 공작을 만날 때 좀 바꿔봤지."

말한 양이 석으니까 공작은 얼마든지 얼버무릴 수 있다.

"기왕이면 다중인격자나 여러 사람인 걸로 하면 어때?"

"그건 연기가 귀찮을 것 같아."

"그럼 디폴트 캐릭터 설정을 주인님하고 먼 성격으로 하고, 아까 그 오만한 캐릭터나 묵묵한 캐릭터를 서브로 하면 되잖아."

아리사가 「게임의 메인 캐릭터랑 서브 캐릭터 같은 느낌이네」 라며 말을 이었다.

그래서 아리사 선생님한테 「나랑 거리가 먼 성격」을 물어봤다.

"주인님의 속성은 『애늙은이 쇼타』, 『무자각 하렘 주인공』, 『부조리 치트』, 그리고—."

"—아리사. 여러모로 불만이 많은 건 알았으니까 나에 대한 야유는 섞지 마."

장난꾸러기의 표정을 한 아리사의 코를 붙잡아 폭언을 막고, 제대로 된 속성을 들은 뒤에 상대적인 속성을 제시 받았다.

"그렇네. 주인님이랑 거리가 먼 캐릭터는 『어린애』, 『괜히 친한 척』, 『누구를 상대하든 경의를 표하지 않는다』, 『분위기를 안 읽는다』 같은 걸 섞으면 되지 않을까?"

그 뒤로 1시간 정도 아리사 선생님에게 나나시 버전Ⅲ의 연기 지도를 받았다.

어째선지 연기를 지도하는 아리사가 머리칼로 얼굴 절반을 가리고 이상한 어조를 썼다. 어디서 따온 건지는 모르겠지만, 아마 무슨 애니나 만화 꽁트를 하는 거겠지.

"—오케이! 이걸로 어떤 여성향 게임이든 출연할 수 있어!"

짝짝짝 얼굴 앞에서 커다랗게 손뼉을 친 아리사가 내 연기를 보증해줬다.

일단 이 연기를 할 일이 한동안은 없기를 빌어야지.

"있잖아. 레어 드랍은 없었어? 마왕 핵 같은 거?"

정말로 있을 법 하지만, 「마왕 핵」이란 전리품은 없었다.

어쩌면 마왕을 쓰러뜨린 다음에 땅에 떨어져 갈라져 있던 보라색 구체가 그걸지도 모르겠군.

"마왕이 쓰던 거대한 유엽도나 마왕이 자기 뼈로 만든 창 같은 거? 둘 다 너무 크고 부서져 있고 그래서 별로 좋은 것도 아냐."

그밖에는 「자유의 날개」 유류품이 대량으로 있었다.

최하층에 아지트라도 만들었는지, 상당한 양의 물자와 소재류, 특히 얼음 광석과 어둠 광석 같은 귀중한 소재가 많아서 기뻤다.

낮의 전투에서 중급 마족이 남긴 「긴 뿔」의 미사용품도 있었지만, 악용되면 위험하니까 이대로 사장시킬 셈이다.

"그밖에는 마법서 같은 것도 이것저것 있었어."

아리사에게 라인업을 가르쳐줬다.

마왕전의 전리품에는 「마족 소환」을 비롯한 각종 마법서에 더해서 짧은 뿔을 소환하기 위한 특수 마법진의 자료 같은 것도 이것저것 있었다.

자료 속에 있었던 「유리코의 머리칼 반지」라는 보라색 머리칼을 엮어서 만든 소환용 부스트 아이템은 저주 받을 것 같아서 못 본 걸로 하고 스토리지에 넣어놓았다.

다음에 보면 머리카락이 자랐을 것 같아 무서워.

"마족 소환이라니, 휴대폰이나 노트북 컴퓨터를 쓰는 건 아니겠지?"

"그건 아니고."

다만 마왕 부활 의식이나 마족 소환 방법 같은 것이 실려 있는 상당히 위험한 책이라, 긴 뿔과 마찬가지로 사장시킬 셈이었다.

소각 처분해도 되겠지만, 주문 알맹이를 다른 마법에 응용할수 있을 지도 모르니까 보관했다.

아리사가 공간 마법의 숙련 연습을 하는 동안 나도 두루마리를 순서대로 써서 마법란에 등록하고, 마법란에서 위력을 확인했다.

개중에서 염동력 같은 술리 마법 「이력의 손」 조작이 어려웠다.

손 하나를 이미지 할 때는 간단했는데, 2개로 늘려서 각각 다른 대상을 조작하려고 하자마자 난이도가 뛰어 올랐다. 소화하려면 훈련이 필요하겠군.

재미 있는 점은 「이력의 손」으로 만진 물건도 스토리지에 수납할 수 있다는 거다. 「이력의 손」은 봉이나 창 보다 멀리 뻗기 때문에 여러모로 활약할 수 있을 것 같다.

중급 공격 마법 「빙설 폭풍」, 「전격 폭풍」, 「폭축」은 아리사를 저택으로 돌려보낸 뒤에 실험할 생각이다.

다른 건 몰라도 중급 공격 마법의 위력은 장난이 아니거든.

"이 『마력 양도』랑 『마력 강탈』은 치트네에……."

실험에 협력해준 아리사가 기가 막힌단 표정으로 말했다.

마력 강탈의 실험으로 아리사의 마력 태반을 빼앗았지만, 그 다음에 이루어진 마력 양도 실험으로 마력이 완전히 회복되었으니 기가 막히기도 하겠다.

레벨 차이가 있다고는 해도 마법사를 상대로 싸울 때 「마력 강탈」은 너무 치사하겠다.

덤으로 아리사랑 같이 통신 계열과 첩보 계열 공간 마법의 사용감을 시험해 봤다.

멀리 듣기나 멀리 보기를 서로 사용하는 실험을 해보니, 나는 약간 위화감을 느꼈다. 아리사는 모르겠다고 했지만 감이 좋은 사람 상대로 쓰려면 주의가 필요하겠군.

"아리사, 각인판을 만들어서 여기 둘 예정인데 아리사도 필요하지?"

"각인판이면 『귀환 전이』의 전이 표식으로 쓰는 거? 그거라면

좀 더 위쪽 계층이 좋겠어. 여기는 너무 깊어서 지상에서 전이

하기 너무 힘들 것 같아."

ㆍ아하, 아리사의 말이 옳았다.

"그러면 여기만 놓지 말고 몇 군데 설치하자."

"각인판이란 거 그렇게 간단히 만들 수 있어?"

"그래. 그렇게 복잡한 물건도 아냐."

아리사가 걱정스레 물어봤지만 비축용 마액^{리퀴드}도 있고, 표식용

의 마법 회로^{서킷}를 짜는 것뿐이니까 개당 몇 분이면 만들 수 있다.

코스트도 1장에 은화 2닢 정도로 저렴하다.

덤으로 예비를 몇 개 만들어서 아리사의 아이템 박스에 비축

했다.

"공간 마법의 달인이라면 혼자서 무역을 할 수 있겠다."

"그런 건 치트인 주인님밖에 못해. 나는 1킬로미터 정도가 고

작인걸."

아리사가 어깨를 으쓱거리며 탄식했다.

현재 스킬 레벨로는 아리사 자신과 또 한 사람밖에 같이 전이

못한다.

"정말로 긴급 상황이면 『전력전개^{오버 부스트}』도 같이 써서 모두 탈출할

수 있을 거야."

"그거 마음 든든하지만, 정말로 필요할 때가 아니면 쓰면 안

된다?"

남용하면 곤란하니까 아리사에게 못을 박았다.

이유는— 과거 「불사의 왕^{노 라이프 킹}」 젠이 죽음의 순간에 충고를 했기

때문이다.

그는 유니크 스킬을 남용하면 파멸로 이어진다고 했다.

"알았어!"

아리사가 경례를 하면서 대답했다. 정말로 부탁한다.

……어라?

그러고 보니, 내 메뉴도 유니크 스킬일 텐데, 몇 개월이나 계속 쓰면서도 몸에 이상이 없었다.

패시브 스킬이니까 다른 건가?

그 사실에 고개를 갸웃거리면서 저택으로 돌아갔다.

다음날 아침, 「이력의 손」을 써서 공중 유영을 시켜줬더니 아이들이 굉장히 좋아한 것을 기록해 둔다.

무도회와 요리

"사토입니다. 화석에 딱히 흥미가 있는 것도 아닌데 대리석이 쓰인 백화
점이나 호텔에 가면 무심코 화석이 없는지 찾게 됩니다. 시간을 때우는데
딱 좋기 때문일까요?"

"우와아~, 주인님, 보세요! 천정이 굉장해요!"

"과연 대국 시가 왕국 공작가의 무도회장이네~."

루루랑 아리사가 천정을 가리키며 흥분했다. 방금 전까지는
이야기풍으로 조각된 대리석 벽이나 푹신푹신한 융단을 가리키
며 그랬었으니 변덕이 심하다고도 할 수 있었다.

오늘 두 사람은 에이프런 드레스와 화이트 브림 장비. 메이드
복을 입은 걸 보면 알 수 있듯이 야회의 손님이 아니라 내 조리
보조로 회장을 찾았다. 다른 애들은 저택에 남기로 했다.

이 회장은 일본 무도관 정도의 광대한 공간에다가, 돔 형태의
천정에 거울을 붙여놔서 샹들리에의 빛을 눈부시게 반사하고
있었다.

AR표시를 보니 천정의 막대한 중량을 미스릴 합금제 프레임
으로 떠받치고 있었다.

회장의 바깥쪽에는 휴식이나 환담용 공간이 있고, 우리가 요

리를 준비하고 있는 부스도 그곳에 있었다.

야회의 식사는 입식 스타일이 주류라서 각 부스와 휴식용 소파 세트 사이의 넓은 공간과, 세련된 작은 테이블이 드문드문 놓여 있었다.

귀족끼리 가볍게 교류하는 것이 중점이라서 그런지 가볍게 먹을 수 있는 입식 오르되브르 같은 가벼운 음식이 많았다.

이런 부분은 현대의 입식 파티와 큰 차이가 없었다.

"사작님, 배치는 이런 식으로 하면 되겠습니까?"

회장 설치를 맡은 메이드들이 내 요리를 보기 좋게 배치하고, 더욱 호화롭게 보이도록 갖가지 종류의 꽃들로 장식했다.

꽃 향기가 요리에 방해되지 않도록 가공도 잘 해놓았다.

"네, 멋지군요. 요리가 더욱 맛있어 보여요."

"사작님 요리에 조금이라도 도움이 된다면 영광입니다."

내가 감사를 표하자, 메이드들이 만족스럽게 웃으며 다음 부스 준비를 하러 갔다.

잠시 지나자 회장에 손님이 들기 시작했다.

먹보 귀족 로이드 후작과 호엔 백작이 제일 먼저 날아올 거라 생각했지만, 그들은 공작과 함께 성의 회의실에서 일을 하고 있었다.

꽤 기대하고 있었으니 그들이 먹을 분량을 남겨놔야겠군.

오늘 준비한 요리는 4종류.

하나는 공작이 요청한 특제 콘소메 수프다.

이건 조리 시간이 길다는 이유로 저택에서 요리한 수프를 가지고 왔다. 대형 솥 5개 분량을 모두 한 번에 들여오면 부스가 좁아지니까 회장에는 예비를 포함하여 2개만 배치했다.

특제 콘소메 수프를 만드느라 열심히 일한 미아는 다운되어 저택에 늘어져 있었다.

오전에 완성한 분량은 테니온 신전에 보냈다. 시간 여유가 없어서 세라는 만나지 못했지만 무녀장과 함께 콘소메 수프를 맛보고 있을 거다.

이쪽도 슬슬 시작할 때가 된 것 같기에 우리는 음식을 낼 채비를 했다.

회장에서 콘소메 수프가 든 냄비 뚜껑을 연 직후에 사람이 우글우글 몰려왔다.

"오오! 이것이 로이드 가문의 공자가 절찬한 수프로군!"

"그러나, 물 같이 보이는데?"

"겉보기에 속아서는 미식가라고 할 수 없다오."

"그렇고말고. 이 풍부한 향이 참으로 멋지군."

아무래도 「로이드 가문의 공자」인 근위기사 이파사 경이 여기저기서 선전을 해준 모양이다.

튀김용 기름이 데워지지 않아서 콘소메 수프를 먼저 나눠주기로 했다.

콘소메 수프는 공작성에 있던 내열 유리 그릇에 담아 제공했다.

"맛있어! 이건 뭐지?"

"그야말로 천상의 이슬!"

"그윽한 향기에 지지 않는 근사한 맛이야."

"아아……. 나는 이 수프를 먹기 위해 태어났다."

지나치게 거창한 귀족들의 찬사에 낯부끄러워하며 튀김 준비를 했다.

여기까지는 어느 정도 예상하고 있었지만, 난처하게 됐다. 혼자서 몇 그릇이고 먹는 사람이 속출했다.

이대로 다 먹어 버리면 다시 한 번 만들게 될 것 같아서 한 사람당 세 그릇으로 제한했다.

개중에는 어린애처럼 떼를 부리는 사람도 있었지만, 그건 두 번째 요리인 튀김에 흥미를 돌려서 헤쳐 나갔다.

콘소메 수프 정도로 절찬하지는 않았지만, 이것도 모든 종류를 제패하는 사람들이 속출했다.

보충이 늦어질 뻔했지만, 요리장에게 사람을 빌려서 준비에 도움을 받아 클리어했다.

지난번 카키아게 덮밥이 호평이었던 덕분에 흔쾌히 요리사들을 빌려주어 살았다.

세 번째 요리 앞에서는 아리사의 표정이 흐려졌다.

"이건 반응이 별로네~, 참 예쁘기는 한데…….."

이번 음식은 대시장을 관광하다가 발견한 「니코고리」를 어레인지한 것이었다.

귀족의 식탁에 올라가지 않는 종류의 서민 요리라고 하기에, 교토의 요정 같은 곳에서 나올 법한 아취가 나도록 연구를 해봤다.

더욱이 아리사의 제안으로 다갈색 베이스라 수수해지기 쉬운 니코고리를 컬러풀한 식재료를 써서 선명한 색깔이 되도록 해 봤다.

컬러풀한 것에는 또 한 가지 의미가 있었는데—.

"허어, 요리로 우리 공작가의 문장을 그리다니 훌륭한 기개 야."

이엇한 수염을 기른 장년의 신사가 니코고리 트레이를 보고 감탄했다.

그가 말한 것처럼 공작가의 문장을 그려버렸기 때문에 형태 가 무너지는 걸 꺼린 귀족들이 멀리서 보기만 하고 아무도 손을 대지 않았다.

도안을 좀 더 생각해볼걸 그랬네…….

"왕조 야마토 님의 전기에 있는 젤리 같은 것이로군."

"신작이네. 사토의 요리는 모두 맛있으니까 기대되는걸?"

신사의 뒤에서 화장을 하고 드레스를 입은 린그란데 양이 나 타났다.

"호오, 그가 린이 말한 인물이구나."

"처음 뵙겠습니다. 사토 펜드래건 명예사작입니다."

AR표시를 보니 이 신사가 차기 공작이자 린그란데 양의 아버 지였다.

"펜드래건? 사토 군은 토르마가 말했던 무노 시 방어전의 영 웅과 같은 인물이었나……. 내가 상상했던 것보다도 가녀린 젊 은이로군."

토르마 자식. 소문이야 그렇다 치고「무노 시 방어전의 영웅」

같은 창피한 이름을 퍼뜨리는 건 막아야겠군. 솔직히 남들에게 영웅이라고 불리면 창피하거든.

"토르마, 로비 활동 제법이네."

부스 뒤쪽에서 쪼그리고 있던 아리사가 작게 말했다.

어느새 작은 접시에 요리를 챙겨서 즐기고 있군.

땡땡이 치는 것처럼 보이지만, 아리사는 주방의 연락과 루루가 쓰는 마법 도구의 마력 공급을 담당하니까 문제없었다.

"토르마가 자네 활약을 자기 일처럼 말해주더군. 구를리안 시에서도 마족을 퇴치했다고 들었네만—."

차기 공작의 칭찬에 황송해 하면서 요리를 권했다.

"완성된 미를 무너뜨리는 것이 아쉽지만, 나도 자네 요리에 흥미가 있어. 하나 주게."

나는 두 사람에게 가장 추천작인 삼치살 니코고리와 대두와 당근을 넣은 야채 니코고리 2개를 접시에 담아 건넸다.

"호오, 처음 먹어보지만 맛이 참으로 깊군."

"정말 그래요. 이 생선도 맛있지만, 이 야채도 맛있…… 큭, 아무리 맛있어도 세라를 시집보낼 수는 없어!"

세라에 대한 애정이 식욕에 지고 있는데요?

아무래도 공도 출신 귀족은 식욕에 충실한 사람이 많은 것 같은걸.

"세라는 상냥하고 착한 아이지만, 지나치게 상냥하여 귀족의 생활에는 맞지 않아. 그리고 지금은 공작가를 벗어나 신전에 들어가 있지. 그 아이를 환속시키고 싶다면 일단 테니온 신전의 성녀님을 설득하게나."

"제가 세라 님에게 딴 마음을 품고 있다는 건 린그란데 님의 오해입니다—."

차기 공작은 평범하게 해명하자 금세 오해가 풀렸다. 린그란데 양도 본받아주면 좋겠어.

두 사람이 문장의 형태를 무너뜨려서 심리적인 장벽이 내려갔는지, 다른 귀족들도 니코고리에 손을 대기 시작했다.

부스 앞이 요리를 바라는 사람과 차기 공작이나 린그란데 양과 친교를 맺고 싶은 사람들로 혼잡해졌다.

"허어, 변경의 영웅에서 사용인이 된 것인가?"

이번에는 귀공자풍 의상을 입은 제3왕자가 한껏 비꼬면서 나타났다. 오늘 수행원은 늙은 기사뿐이고 위험한 소년 기사는 없었다.

정말이지, 일부러 들르지 않아도 되는데 말이지.

그리고 「변경의 영웅」이라니, 어디선가 무노 시 방어전 이야기를 들었나 보군.

—그럼 어떻게 대처할까?

시비를 거는 왕자에게 어떻게 대처할까 생각하고 있는데 차기 공작이 도움을 주었다.

"왕자, 그는 공작가의 빈객이네. 오늘은 아버지가 억지를 부려 『기적의 요리사』로 유명한 그에게 요리를 부탁한 것이지."

왕자는 귀족들에게 둘러싸인 탓에 차기 공작이 있는 줄 몰랐는지, 갑자기 말을 건 그를 보며 놀라고 있었다.

그런데 「기적의 요리사」 같은 창피한 별명을 가볍게 붙이지 말아주세요.

"그는 내 딸의 은인이며, 여기 있는 린의 벗이기도 하지. 그에 대한 모독은 아무리 왕자라도 그냥 넘어갈 수 없네."

차기 공작이 나를 감싸듯 나와 왕자 사이에 섰다.

아무래도 상대가 안 좋았는지 왕자가 난처해 보였다.

그때, 새로운 난입자가 나타났다―.

"사토 공! 궁극의 새우튀김은 아직 남아 있는가!"

"지고의 생강 절임 튀김은 무사한가!"

먹보 귀족 로이드 후작과 호엔 백작이 앞다투어 모습을 드러냈다.

"―응? 샤로릭 왕자 아닌가?"

"어허, 린 님에 대한 도의를 벗어난 것도 모자라, 사토 공의 팔에 상처를 내려고 했다는 어리석은 자로군."

"그렇고말고! 린 님의 검기와 사토 공의 요리 같은 예술을 모르는 자에게 세라 님의 반려 자리는 멀고도 멀지."

거기 두 사람! 감싸주는 건 좋은데 왕족에게 싸움 거는 건 그만 두세요.

왕자가 생각이 짧아 허리의 성검에 손을 올렸을 때 구원의 손길이 찾아왔다.

"어머나, 샤로릭 전하. 이런 곳에 계셨군요. 부디 이리 오셔서 왕도의 이야기를 들려주시어요."

인파를 헤치고 나타난 화장이 짙은 여성들이 왕자를 초청했다.

왕자는 좋은 기회라 생각했는지 차기 공작에게 적당히 인사를 하고 여성들과 함께 가 버렸다.

왕자가 물러간 방향을 보면서 차기 공작이 탄식했다.

"저 분도 조금 둥글어지면 좋을 텐데—."

"무리죠. 10년 전부터 변함이 없어요."

"검이라면 왕국에서도 손꼽히는 실력이다만……."

"아버님, 강함과 인격은 비례하지 않아요. 만약 비례한다면 하야토도, 좀더—."

린그란데 양이 용사의 불평을 하려는 참에, 자기 입에 손을 대면서 실언을 후회했다.

위로하는 것도 이상하니까, 공작이 나타난 타이밍에 모두에게 콘소메 수프를 권해 부드러운 무드로 바꾸었다.

역시 요리는 즐겁게 먹어야지.

연배가 있는 귀족들이 공작과 린그란데 양을 따라 물러나자, 멀리서 이쪽을 보던 귀족 젊은이들이 흥미롭다는 표정으로 모여들어서 앞다투어 내 요리를 확보하더니 혀를 내둘렀다.

린그란데 양과 어떤 관계인지 묻기도 했지만, 검술 지도를 받았다고 솔직하게 대답했다.

양이 상당히 많았는데 30분도 안 되어 모두 떨어졌다. 희귀함과 갓 튀겨낸 튀김의 매력이 승리했다.

그때 카리나 양이 남자를 데리고 찾아왔다.

"펜드래건 경, 잠깐 괜찮을까요?"

남자를 데리고 왔다지만 연애 관련은 아니었다. 그는 카리나 양의 동생이자 무노 남작의 장남인 오리온 군이었다.

무술 대회를 좋아하는 그도 왕족이 참가하는 공작의 야회에 불참할 수는 없었나 보군.

"카리나 님. 그 분이 자랑스런 동생분이군요. 처음 뵙겠습니다. 저는 사토 펜드래건 명예사작이라고 합니다. 앞으로 잘 부탁 드립니다."

"그래. 오리온 무노다. 펜드래건 사작, 잘 부탁하지."

오리온 군은 고개를 끄덕이며 자기소개를 했다. 한껏 거물 행세를 하고 싶은 나이인가 보군.

자기 이름을 말할 때만 목소리가 작았는데, 용사를 좋아하는 남작이 붙인 이름 탓이겠지. 그의 이름도 이야기에 등장하는 가공의 용사 오리온 펜드래건에서 따온 모양이다.

두 사람은 잠시 잡담을 한 다음에 무도회장으로 가 버렸다. 나는 일단 왕자와 엮이지 말라고 충고를 했다.

두 사람이 향한 회장 중앙에서는 댄스가 성황이었다.

댄스 구역 바깥쪽에서는 젊은 남성 귀족이 화사한 귀족 아가씨들에게 말을 걸며 댄스를 청하는 모습이 보였다. 괜찮은 만남의 장소로군.

그들을 흉내 내어 사교계에 이름을 떨치면 크게 데일 것 같으니 여성을 꼬실 생각은 없었다. 미혼 여성은 13세부터 18세 사이정도 뿐이니 너무 젊은 것도 끌리지 않는 이유였다.

리얼충들은 미지근한 시선으로 지켜봐 주도록 하고, 젊은 여성 손님이 늘어났으니 마지막 요리를 선보여야겠군.

마지막 네 번째 품목은 디저트였다.

본래는 스폰지 케이크를 만들어서 딸기를 올린 숏케이크나 치즈 케이크를 내놓고 싶었지만, 부풀어 오르는 게 신통찮아서 크레이프를 선택했다.

입식이지만 어째선가 손으로 집어먹는 긴 NG라기에 살짝 연구를 했다.

현대 일본에서 흔히 볼 수 있는 군것질용 크레이프가 아니라, 크레이프 반죽으로 감싼 미니 사이즈 크레이프를 4분할로 잘라 제공하기로 했다.

4분할한 이유는 귀족 영애라도 한 입에 먹을 수 있도록 하기 위해서였다. 접시 위에 커팅한 미니크레이프만 있으면 보기에 좀 쓸쓸하니까 딸기잼으로 만든 소스를 뿌렸다.

"어머나, 향기가 좋은걸요."

"이제 곧 완성이니 잠시만 기다려 주세요."

완성된 반죽에 생크림과 슬라이스한 딸기를 올렸다.

완성된 크레이프를 슥삭 잘라서 루루가 든 접시 위에 올려 귀족 영애에게 건넸다.

크레이프를 한 입 먹은 소녀의 표정이 풀어졌다.

정성껏 화장한 얼굴이 그때는 나이에 걸맞은 앳된 기색으로 물들었다.

그 모습을 보고 넋을 놓았던 소년 귀족들이 크레이프를 먹은 소녀 곁으로 다가가 댄스를 청했다.

힘내라, 소년소녀—.

"잠깐. 표정이 늙은이 같애."

발치에 있던 아리사가 작게 구운 크레이프를 베어 먹으며 그렇게 말했다.

응원하는 것 정도야 괜찮잖아?

아리사에게 대답할 틈도 없이 소녀들의 바람에 응하여 크레이프를 구워댔다.

귀족의 복장을 입은 탓인지 나를 사용인이라고 착각하는 사람은 없었다.

그 탓에 크레이프 주문을 받을 때마다 서로 자기소개를 하느라 100명이 넘는 소녀들의 이름을 기억하고 말았다.

중간에 준비한 재료가 떨어져서, 루루와 아리사에게 부탁하여 미리 만들어 식혀둔 생크림과 딸기를 주방에 가서 가져오라고 부탁했다.

후우, 이제 조금 휴식할 수—.

"사, 사작님! 괜찮으시다면, 저와 춤을 추시겠어요!"

내가 한가해 보였는지, 아니면 어지간히 청하기 쉬운 얼굴이었는지. 이번에 사교계에 데뷔하는 모양인 십대 초반의 소녀가 춤을 청했다.

무도 스킬과 사교 스킬의 지원 덕분에 사교댄스는 문제없었다.

"네. 저라도 괜찮다면 기꺼이."

그리고 「거절하면 어떡하지」라고 얼굴에 쓰여 있는 소녀의 청을 거절하는 것도 미안하니 한 곡 추기로 했다.

"그렇게 긴장하지 않아도 괜찮아요. 주변 사람을 목석이라고 생각하면 됩니다. 저는 아버지나 오빠라고 편하게 생각하세요."

뻣뻣하게 긴장한 소녀의 귓가에 상냥하게 속삭여주자, 어깨의 힘이 약간 빠졌다.

나는 소녀를 리드하여 그녀가 실수할 때마다 「괜찮습니다」, 「조금 더 마음을 편하게 먹어요」, 「흐름을 타고 공주님처럼」이라고 말을 걸며 댄스를 즐기도록 배려했다.

이윽고 곡이 끝난 뒤 소녀를 데리고 바깥쪽으로 돌아오자, 소녀들이 차례차례 댄스 파트너 신청을 했다.

인기가 많은 게 아니라, 사교계 데뷔의 딱 좋은 연습 상대로 판단한 모양이다.

루루와 아리사가 생크림 보충에 시간이 걸리는 모양이니, 그 동안 소녀들의 바람에 따라 댄스 파트너가 되어주었다.

그 때마다 몇 명의 소녀가 집에 놀러 오라고 권했다.

출세에는 흥미가 없었지만 그 청을 되도록 승낙했다.

소녀들의 집이 견학을 희망하던 공방의 오너였다는 점도 있지만, 그보다도 왕자처럼 권력을 가진 적대자 대책으로 많은 귀족들과도 교류를 가질 생각이었다.

곤란할 때 의지할 상대가 있으면 트러블에 대응할 때 스트레스가 다르거든.

그 뒤, 보충한 재료도 다 소비해서 공작성의 사용인들에게 부스 뒷정리를 맡기고 돌아가게 됐다.

물론 야회를 지휘하는 공작의 집사에게 인사도 했다.

그리고 잠시 루루가 주방에 잊고 온 물건이 있다며 달려가 버렸다. 그래서 아리사와 둘이서 안뜰의 밤바람을 맞으면서 별들을 보며 기다렸다.

"회장의 음악이 여기까지 들리네."

"그러게."

귀를 기울이니 느릿하고 분위기 있는 무도곡이 들렸다.

"로리들한테 굉장히 인기가 많던걸?"

"그래? 남성에게 익숙해지는 연습 상대였잖아."

조금 삐친 아리사의 말을 적당히 흘리며 일어섰다.

"—화 났어?"

"설마—."

불안해 보이는 아리사에게 웃었다.

"그보다도 아가씨, 저와 한 곡 추시겠습니까?"

"어어? 어~어어……. 네! 기꺼이!"

내가 살짝 연극조로 청하자 아리사가 당황한 다음 함박웃음을 지으며 고개를 끄덕였다.

둘이서 천천히 춤을 추었다. 아리사는 뜻밖에 춤을 잘 추었다. 아마 왕녀 시절에 교육을 받았겠지.

세 곡 정도 춘 다음에 루루가 나타났다.

"기다리셨죠, 주인님. 아리사."

생각보다 늦는다 싶더라니 요리장이 불러 세워서 「일하고 싶으면 언제든지 찾아와」라고 권유를 했다고 한다. 방심할 수 없는 아저씨군.

"멀리서 봐도 예쁘네요."

루루가 관목 너머에서 밝게 빛나는 무도회장을 보고 한숨을 흘렸다.

기왕이면 루루하고도 춤을 춰야지.

"아가씨, 한 곡 어떠신지?"

"네, 네! 기꺼이."

무도회장에서 흘러나오는 빛 속을 루루와 둘이서 춤추며 거닐었다.

루루의 검고 긴 머리칼이 댄스의 움직임에 맞추어 좌우로 매끄럽게 흔들렸다.

"아아, 꿈만 같아요."

"그거 다행이네."

꿈꾸는 표정의 루루와 둘이서 언제까지고 빙글빙글 춤을 추었다.

"자, 잠깐, 계속 둘이서만 추지 말고 교대해줘~."

"우후후, 아리사도 참 귀엽네."

루루가 질리면 그만 두려고 했는데 언제까지고 질리지 않아 질투한 아리사가 난입할 때까지 춤을 추고 말았다.

가끔 회랑을 지나는 메이드와 집사들의 흐뭇한 시선을 받으며, 셋이서 교대로 춤을 추었다.

가끔은 이런 날도 좋구나.

◆

그날부터 바쁜 나날이 시작됐다.

물론 일에만 빠져 있던 프로그래머 시절과 비교하면 우아한 나날이다.

일본에 있을 때는 인연이 없었던 영애나 부인들이 개최하는 다과회에 과자와 선물을 가지고 실례했다.

현대일본의 감각으로는 「다과회에 선물?」이라고 위화감을 느끼겠지만, 이쪽 귀족의 관습으로는 첫 참가하는 다과회에 초대받았을 때는 선물을 하는 것이 보통이었다.

사전에 집사가 가르쳐주지 않았다면 위험했어.

이 선물도 단순히 호화로운 것이면 되는 게 아니다.

너무 비싼 선물을 하면 선물한 상대가 「혼담, 사관, 중개」 등의 대가를 바라는 게 아닌가 착각을 하기 때문이다.

물론 너무 싼 선물은 상대를 깔본다고 해석된다.

그 베리 하드한 데다가 리셋도 못하는 무리 게임에 전전긍긍하고 있는데 뜻밖의 구세주가 나타났다.

—토르마다.

"안녕, 사토 공. 아가씨들에게 다과회 초청을 받았다고 하기에 파벌이나 인척 등을 가르쳐주려고 놀러 왔어."

와인 명주를 한 손에 들고 온 토르마가 묘하게 상세한 공도의 귀족관계 정보를 가르쳐 주었다.

내가 준비한 대량의 안주에 혀를 내두르면서, 각각의 성격이

나 기호까지 갖가지 정보를 물 흐르듯이 가르쳐 주었다. 특히 개별적으로 지뢰가 되는 화제를 알게 된 것이 크다.

덕분에 그가 취해서 널부러지기 전까지 두꺼운 노트 한 권 분량의 정보를 얻었다.

이건 「토르마 메모」라고 이름 붙여 소중하게 써야겠다.

그건 기쁜 일이긴 한데―.

"견원지간이던 로이드 후작과 호엔 백작 사이를 중재한 사토 공에겐 괜한 참견일지도 모르겠는걸."

―토르마가 이런 말을 했다.

"그 사이 좋은 둘이 견원지간이라뇨?"

적어도 내가 중재한 기억은 없는데…….

두 사람과 함께 요리 이야기나 마법서 같은 취미 이야기를 했을 뿐인데요.

"사이가 좋다, 란 말이지. 정말로 사토 공은 신비한 소년이야."

혹시 「교섭」이나 「조정」 스킬이 멋대로 발동했을지도 모르겠군.

그 지원 사격 덕분에 다과회는 순조로웠다.

치즈 수플레와 달콤한 과자를 지참하고, 당주가 단 것을 싫어하는 집은 브랜디나 레즌이 들어간 수플레도 준비해서 대응했다.

아리사의 조언에 따라 실례한 집의 메이드들에게도 조금 검소한 과자를 선물했다.

선물은 얇은 실버 체인 목걸이나 귀걸이를 자작해서 준비했다. 물론 나다운 궁리를 했다.

"어머님, 이것 좀 보세요."

"어머나, 참 근사하구나."

영애의 손 위에서 펜던트 톱의 작은 돌이 빛을 뿜으며 마법문자 룬이 떠올랐다.

이건 깨알 같은 빛 광석에 룬을 새긴 것인데 마력을 흘리면 빛나는 단순한 것이었다.

키키누 점장의 마법 가게에서 산 각인 마법 책으로 얻은 지식을 활용했다.

룬 문자 한 글자로는 마법 효과가 발휘되지 않지만, 일본의 부적인 「가내안전」이나 「연애성취」 같은 뜻의 룬이 있어서 그걸 써봤다.

"근사해. 복을 부르는 룬이야."

"이건 무용(武勇)의 룬이랍니다! 가도 순회를 지휘하는 아버님께 드려요."

천진하게 기뻐하는 다과회 주최자 일가에게 웃음을 보였다.

맨 처음 이 빛 광석 장식품의 제작자를 물을 때 적당하게 트리스메기스토스라는 이름을 대답했더니, 가공의 마법 도구 기사가 공도에서 유명해지고 있었다. 물론 빛 광석 장식품의 제작자 이름은 공란이었다.

일단 마법 도구의 일종이지만, 실질적인 효과는 거의 없으니 문제없겠지.

다만, 이 선물의 반응이 지나치게 좋았다―.

"사, 사토 님. 저희 집 다과회에도 꼭 와주세요."

"아뇨, 준남작인 페르나 가문보다 남작가문인 저희 집에 오세요."

―영애들의 물욕을 자극하고 말았다.

덕분에 이틀에 한 번 예정이 매일이 되더니, 하루에 한 집이었던 것이 마지막에는 하루 세 집까지 늘어났다.

아는 사람이 생기는 건 좋지만, 상대의 얼굴을 기억하는 것도 힘들었다.

다행히 지력수치가 높은 덕에 기억하려고 의식하면 한 번에 이름과 얼굴을 기억할 수 있었다.

또한 이 빛 광석 펜던트는 자작한 거라, 개당 코스트는 금화 1닢도 안 된다.

다만 가지고 싶은 사람이 많으면 시세 스킬에 표시되는 가격도 오르는 모양인지, 제품 가치가 금화 20닢까지 높아졌다.

제작 스킬 레벨이 최대인 탓도 있지만, 이 세계의 장식품에 없는 섬세한 세공과 체인의 반응이 좋았다.

이 체인 제작이 참 귀찮아서, 「이력의 손」 사용 훈련과 병행하지 않았다면 진작 다른 걸로 바꿔 버렸을 거다.

최종적으로 120개의 「이력의 손」을 동시에 써서 체인을 병렬로 만들 수 있게 됐으니 훈련한 보람이 있군.

여담이라기도 뭣하지만, 친해진 귀족가문이 보유한 공방 견학 허가를 받을 수 있었다.

당분간은 바빠서 견학 못 가지만, 다과회 러시가 끝나면 다 함께 찾아갈까 한다.

또한 그렇게 방문한 귀족가문들 중 일부가 오래된 비축미나 불량 재고의 보존식처럼 처분이 곤란한 식료품을 무노 남작령에 보내는 지원물자로 값싸게 혹은 무료로 제공해주었다.

이 식료품은 선대 월고크 백작의 연줄로 상단을 편성하여 무노 남작령에 운송했다. 돌아올 때 특산품인 사사카마를 구해서 돌아와주기를 기대해 봐야지.

물론 아는 귀족이 늘어나면 좋은 일만 생기는 게 아니다.

다과회를 끝내고 돌아온 나를 미묘하게 기분 틀어진 아리사가 맞이했다.

"주인님, 편지와 맞선 사진이 왔어."

"또냐……."

요즘 들어 심심찮게 이런 혼담이 들어오고 있었다.

"카리나, 괜찮아~?"

"정신 차리는 거예요! 상처는 얕은 거예요."

"……타마, 포치."

거실에 도착하자마자 쓰러진 카리나 양을 타마랑 포치가 위로했다.

그녀의 교우범위를 넓혀보고자 다과회에 데리고 갔는데 영신통치가 않았다.

"루루, 미안하지만 청홍차를 서재로 가져다 줘."

나는 편지만 가지고 서재로 갔다.

"─사진도 안 보고 거절하게?"

"본 다음에 거절하면 실례잖아?"

아리사의 물음에 어깨를 으쓱거리며 대답하고 서재로 갔다.

거절하는 편지를 쓰면서 혼담이 있었던 귀족의 가문 이름과 딸의 이름을 교류란 메모장에 적었다.

하급 귀족의 혼담밖에 없었지만, 개중에는 혼담과 세트로 돈을 빌려달라는 집안도 심심찮게 있었다.

일부는 다과회의 선물로 비싼 마법 도구를 고르는 벼락부자 귀족이라고 생각하나 본데…….

다 쓴 편지를 루루에게 부탁하여 집사에게 건넸다.

"사토?"

"마스터, 또 나가시는 겁니까, 라고 묻습니다."

외투를 집는 모습을 포착한 미아와 나나가 물었다.

"미안. 로이드 후작의 만찬에 가야 하거든."

"에~, 또오? 어제는 호엔 백작 집에 갔었잖아."

요즘은 하루씩 교대로 로이드 후작과 호엔 백작의 만찬에 초청을 받고 있었다.

양가의 요리사에게 튀김 레시피를 제공했으니 요리사가 아니라 제대로 된 손님으로 초청을 받았다.

튀김의 레시피는 월고크 백작가문과 공작성의 요리사에게도 제공했다.

그리고 초청된 만찬 자리에 가면—.

"사작님. 방금 전 요리는 어떠셨나요?"

"근사한 오리고기 요리였어요. 참 맛이 좋았습니다."

"칭찬해 주셔서 기쁩니다만, 안 좋았던 점을 지적해 주세요."

—매번 요리장이랑 이런 대화를 한다. 조언해주는 대신 낯선 조리 기법을 가르쳐주니 맛있는 요리를 먹는 만큼 이득이 아닐까?

"사토 공, 오늘 밤도 갈 겐가?"

"네. 허락을 해주신다면."

"참 열심이군. 몸이 상하지 않도록 조심하게. 그대의 몸은 그대만의 것이 아니야."

누군가 로이드 후작과 나누는 대화만 들으면 오해를 할 것 같아.

참고로 마지막 한 마디는 「사토 공의 요리를 기대하는 사람들이 많다네」가 이어진다.

그런 것보다, 허가를 받아서 로이드 후작의 서고에 발을 들였다.

사슬 달린 마법서를 꺼내 책장 위에 두고 독서를 시작했다. 귀중한 서적이라 감시하는 사서가 동석하고 있었지만 문제없었다.

이 서고의 열람 허가는 콘소메 수프의 레시피 공개와, 조리에 필수적인 오리지널 물 마법을 제공하는 대신 얻었다.

베끼지 않는 것을 조건으로 허가를 받았으니 교류란의 메모장에 적지는 않았다.

하지만 대단히 높은 지력치 덕분에 사진기억 능력도 깜짝 놀랄만한 정확도로 암기할 수 있으니 문제없었다.

저택에 돌아가서 기억을 토대로 메모장에 적어두는 건 계약 위반이 아니란 말이지.

그리고 각 가문의 서고는 몇 개씩 있으니 정말로 은닉하고자 하는 건 다른 곳에 치워뒀을 거야.

호엔 백작이나 오유고크 공작도 같은 계약을 맺어 귀중한 서적 열람 허가를 받았다. 물론 머무르고 있는 선대 월고크 백작도 마찬가지였다.

덕분에 상급 마법의 라인업이 상당히 늘었다.

나는 못 쓰지만 말이지—.

다 읽기도 어려운 책과 격투하면서 새로운 지식을 접하는 행복한 시간을 보냈다.

〉칭호 「서고의 왕」을 얻었다.
〉칭호 「책을 다스리는 자」를 얻었다.

◆

야회가 열리고 엿새째, 공도에 도착한지 열흘째 아침.

출발하기 전까지 시간이 조금 있기에 안뜰에서 전투 훈련을 하고 있는 애들을 보러 들렀다.

"주인님~?"

"주인님인 거예요! 포치가 수행한 성과를 보여 드리는 거예요!"

내가 외출 준비를 하고 안뜰로 나서자, 타마랑 포치가 달려왔다.

"두 사람, 지저분한 손으로 주인님의 외출복을 더럽히면 안됩니다."

"마스터, 수행의 성과를 칭찬해 달라고 호소합니다."

리자랑 나나도 있었다.

나나는 본심이 먼저 흘러 나왔다.

다들 열심히 하고 있으니 얼마든지 칭찬해 줘야지.

"모처럼 젊은 나리가 오셨다! 2대 2로 갈라져서 수행의 성과를 보여 드려라."

전위진의 무술 지도를 해주는 사가 제국의 사무라이 카지로 씨의 말로 모의전이 시작됐다.

"평소처럼 빈틈이 보이면 아야우메가 기습을 할 테니 주의해라!"

여자 사무라이 아야우메 양이 인사를 하더니 단궁을 가지고 안뜰의 수풀 속에 숨었다. 화살은 촉 대신 천을 감아둔 거니까 다칠 염려는 없었다.

이 훈련은 도적과 싸울 때를 상정한 것이었다.

카지로 씨의 옆에서 애들 싸움을 관전했다.

분명히 전보다 빈틈이 없었다. 특히 공격 일변도였던 포치가 주위도 신경 쓰게 됐다.

가끔 틈이 생기면 아야우메 양이 쏘는 화살이 정확하게 날아오거나, 나무 위에서 기습하여 나뭇가지로 때린다.

이 기습을 받은 회수에 따라 벌칙 훈련을 한다.

훈련은 리자와 타마 콤비가 이겼지만, 나나랑 포치 페어도 상당히 잘 싸웠다.

내가 각자 훈련 성과를 칭찬하고 있는데, 저택에서 집사가 부르러 왔다.

이제 그만 갈 시간이군.

선대 월고크 백작부부의 마차에 이어서 카리나 양과 함께 마차로 저택을 나섰다.

목적지는 비공정 발착장이었다.

그곳에 이미 공도의 귀족들이 빽빽하게 모여 있었다.

"작은 비공정이로군요."

"그렇네요. 하지만 움직임이 기민하고 장갑도 미스릴 합금제라고 합니다."

착륙하려는 소형 비공정을 카리나 양과 올려다보면서 대화를 나눴다. AR표시를 보니 국왕 전용 고속 비공정이었다.

"저기에 폐하께서 타고 계신 걸까요?"

"네, 그럴 겁니다."

약간 흥분한 카리나 양에게 수긍하면서 맵 정보를 확인했다.

오늘은 공도의 귀족들과 함께 전용 비공정으로 찾아온 국왕을 맞이하고 있었다. 강제 참가는 아니었지만 임금님의 얼굴도 보고 싶어서 참가했다.

신전관계자도 있었지만 테니온 신전의 무녀장이나 세라는 없었다.

나도 식사 배급 날 이후로 세라를 만나지 못했지만, 다과회에서 얻은 정보를 들어보니 왕자의 구혼을 피하려고 의식을 핑계로 성역에 틀어박혀 있었다.

공도의 귀족이나 신전 관계자가 이만큼 모여 있으면 테러의 표적이 될 법도 하지만, 공작령 안의 「자유의 날개」 잔당은 철저하게 사냥했다. 이제 극소수밖에 안 남았으니 테러를 꾸밀 상황이 아니겠지.

그리고 만찬에서 들었는데, 국왕은 공작의 손자인 차차기 공작 티스라드와 왕국 서쪽에 영지를 가진 에르엣 후작의 손녀딸 결혼식에 참가하러 행차한 것이었다.

로이드 후작의 만찬에서 면식이 생겼는데, 에르엣 후작의 손녀딸은 가냘픈 느낌의 미소녀였다.

결혼식은 닷새 뒤 예정이었는데, 나한테 요리 오퍼가 와 있었다.

"저 분이 국왕 폐하일까요?"

카리나 양의 말에 시선을 돌리자, 비공정 트랩에서 로맨스 그레이의 남성이 모습을 드러냈다. 어째선지 수염만 새하얀 색이었다.

국왕 옆에 AR표시로 정보가 떴다. 뜻밖에 젊은 55세.

이어지는 정보를 보고 조금 놀랐다. 그는 진짜 국왕이 아니라 국왕의 대역이었다.

뒤따라 나온 대신이 진짜 국왕이었다.

주변 귀족들이 무릎을 짚고서 신하의 예를 취하기에 나도 따라 했다.

마중 나온 차기 공작이 국왕 앞에 나아가 환영의 말을 건네고, 국왕이 거기에 응해 퇴장할 때까지 그대로 있었다.

상급 귀족 가문 당주들과 요직에 있는 사람들은 공작성으로 갔지만, 우리 역할은 여기서 끝이라 저택으로 돌아갔다.

"사토."

거실에서 아리사랑 같이 마법서를 읽고 있던 미아가 종종걸음으로 다가와 내 허리를 끌어안았다.

손에는 나한테 온 메시지 카드를 쥐고 있었다.

"두루마리."

"고마워, 미아."

받은 카드는 두루마리 공방에서 온 것이었다. 발주한 두루마리 일부가 완성됐다고 한다.

배에 안겨서 고양이 울음소리를 흉내 내며 입으로 「갸르릉」하고 있는 미아를 떼어냈다.

"우웅."

기분 틀어진 미아의 머리를 쓰다듬어 얼버무린 뒤 용건을 고했다.

"잠깐 시멘 자작 저택에 다녀올게."

"네~에."

공간 마법 주문을 암기하는데 집중하고 있던 아리사가 건성으로 당부했다.

"일찍 돌아와."

"물론이지."

출입구 홀까지 배웅 나온 미아의 머리를 쓰다듬었다.

"두루마리를 받고 토르마를 한 번 보고 오는 것뿐이야. 저녁은 다 같이 먹자."

"응."

딸 가진 아빠의 기분을 맛보면서 근처에 있는 시멘 자작 저택으로 갔다.

두루마리 공방 공장장인 쟝 씨에게 최우선으로 부탁한 대인 제압 마법 「유도 기절탄」과 실험용인 「탄체 사출」, 「표준 출력」, 「영상 출력」 두루마리를 받았다.

"쟝 씨, 쟝 씨! 사작님이 왔다고 들었는데 아직 있어?!"

"조용히 해라, 나탈리나!"

당황하며 뛰어 들어온 나탈리나 씨가 손에 두루마리 2개를 쥐고 있었다.

"다행이다! 헤헤~. 밤 새서 완성시킨 『불꽃놀이』랑 『환영 불꽃놀이』 두루마리야!"

눈 아래가 거뭇해진 나탈리나 씨가 밤 새서 하이해진 느낌으로 두루마리를 내밀었다.

"고맙습니다, 나탈리나 씨."

"에헤헤~. —그러면, 말야. 이 마법을 팔아주면 참 기쁜데~."

나탈리나 씨가 인사를 받고 쑥스러워 하면서 몸을 배배 꼬거나 애교 섞인 웃음을 지으며 부탁했다.

"그만해라, 나탈리나. 술통 체형인 네가 해 봤자 역효과다."

"쟝 씨, 너무해~."

그 모습을 보다 못한 쟝 씨가 나탈리나 씨를 타이르고, 나에게 진지한 표정으로 말을 걸었다.

"이것이 『불꽃놀이』와 『환영 불꽃놀이』의 매수에 낼 수 있는 금액입니다."

나는 서면 계약조건을 보고 마지막에 적힌 금액을 보며 고개를 갸웃거렸다.

"―단위를 틀린 것 아닌가요?"

고작해야 마법 2개에 금화 100닢은 너무 많잖아.

고작해야 『해설이 딸린 전체 주문』과 『마법을 장사에 쓸 수 있는 권리』를 주는 것뿐인데다가 나 자신이 쓸 수 없는 것도, 장사의 독점권을 주는 것도 아니니까.

"그러니까 말했잖아요, 쟝 씨! 이 마법의 가치는 훨씬 크다니까! 누구든지 쓸 수 있는 하급 마법이잖아요? 거기다 두루마리로도 확실하게 예쁜 불꽃놀이가 나오잖아요? 티스라드 님 결혼식에 때맞춰 완성하면 주문이 쇄도할 거라니까요! 1년이면 채산이 맞아요."

불꽃놀이 마법에 반해버린 나탈리나 씨가 굉장한 기세로 쟝 씨에게 호소했다.

결혼식까지 닷새쯤 남았으니 양산하는 건 무리겠군.

―어라라?

혹시 금화 100닢은 적으니까 한 자리 더 늘려달라고 한 줄 아는 건가?

"그렇군, 분명히 새로운 마법 1개 구입하는 시세는 금화 100 닢이지만, 이 마법은 귀족들에게 반응이 좋을 거야. 하나에 금화 500닢 낼 수 없는지 호사리스 님과 교섭을 해보지."

"이얏호!"

게다가 마법 2개에 금화 200닢 예정이었어?

나로서는 2개에 금화 10닢 정도 생각하고 있었는데…….

둘 다 만드는데 하루가 안 걸렸으니 하나에 금화 500닢이나 내놓으면 조금 켕기는군.

"기다리세요. 이 마법의 가치를 그렇게 인정해주신다면 처음 금액으로 팔겠습니다."

"정말? 야호! 그러면 얼른 불꽃놀이 두루마리를 양산해야겠어! 쟝 씨, 다른 생산 멈춰도 되지?"

"그래, 상관없다. ―사작님의 주문은 멈추지 마라."

"당연하지이~. 그것 말고 전부 멈추고 불꽃놀이다아아아!"

허가를 받은 나탈리나 씨가 우다다다 소리를 내면서 방에서 나가더니, 이내 똑같은 기세로 돌아왔다.

그리고―.

"고마워, 사작님!"

―감사 인사를 하고 다시 가버렸다.

바쁜 사람이네.

"소란스런 녀석이라 죄송합니다."

사과하는 쟝 씨에게 마법의 매각액에서 두루마리 대금의 거스름돈과 두루마리 다발을 받았다.

어쩐지 받기만 하는 것 같군.

용건을 끝낸 나는 시멘 자작 저택의 별채에 있는 토르마 일가를 찾아갔다.

메이드에게 안내 받아 저택 곁에 있는 정자에 갔더니, 어째선지 린그란데 양이 토르마 일가와 차를 즐기고 있었다.

"오랜만입니다, 토르마 경."

"야아, 사토 공. 이리 오시게. 린도 괜찮지?"

"네, 상관없어요."

정자 입구에서 토르마에게 귀족 정보의 감사 인사를 하고 돌아갈까 했는데, 안으로 초청 받아서 비어 있던 린그란데 양 옆에 앉았다.

"사교는 순조롭나?"

"네, 토르마 경이 가르쳐준 덕분에 순조롭게 교류하고 있어요."

"그거 잘 됐군. 그런데, 혼담도 왔다고 하던데 몇 명이랑 혼약할 건가?"

귀족의 일부다처가 평범한 나라인 건 알고 있었지만, 혼약자를 복수 가지는 감각은 이해가 안 된다.

"아뇨, 저는 아직 미숙한 몸이라 당분간 결혼할 생각은 없어요."

결혼해서 정착하면 자유롭게 전 세계를 여행하며 다닐 수도 없잖아.

가끔 카리나 양이나 세라 수준의 미소녀랑 다과회에서 만나기도 했지만, 평소에 루루를 봐서 익숙하니까 그리 간단히 사랑에 빠지지 않을 자신이 있다.

"그래? 인기 좋다던데? 혼약자인 카리나를 정실로 삼으면 무노 남작령의 태수 자리는 확실하고, 그러면 권세와 수입도 상급 귀족급이잖아? 세라를 제2부인으로 삼는다고 해도, 부인 두셋 정도는 더 맞을 거고, 첩이라면 10명 단위로 거느릴 수 있지 않나?"

—그 하렘 뭡니까?

정말이지, 어느 나라 후궁 이야기야.

토르마의 부인인 하유나 씨나 나는 그냥 질리기만 했지만, 토르마의 말에 격렬한 반응을 보이는 사람도 한 명 있었다.

"사토~. 너 역시 세라를 노리고 있었어? 게다가 세2부인? 세라를 두 번째로 둘 셈이야?!"

동생이 너무 이쁜 언니— 린그란데 양이 눈썹을 치켜 올리며 내 멱살을 붙잡았다.

"진정하세요. 토르마 경이 멋대로 망상하는 겁니다. 신전에서 말했듯이 세라는 소중한 친구입니다. 그리고 카리나 님하고도 혼약자는커녕 사랑하는 사이도 아닙니다."

나는 두 손을 올려 린그란데 양의 오해를 정정했다.

"—절대로?"

"네, 천지신명께 명예사작의 작위를 걸고."

린그란데 양은 반신반의하는 표정이었지만 나를 붙잡은 손을 놓았다.

정말이지, 이상한 억측으로 불화의 씨앗을 뿌리지 좀 말라고.

린그란데 양이 주먹을 강하게 쥐고 노여움을 억누르며 사과했다.

"미안해. 싫은 일이 있어서 신경이 곤두섰거든."

아마도 「싫은 일」이란 것을 떠올려서 화가 다시 타오른 거겠지.

그 노여움을 느낀 아기 마유나가 울기 시작했다.

"어머, 미안해라—."

마유나의 울음소리에 린그란데 양도 독기가 빠져 버렸다.

"토르마 아저씨. 뜰을 잠깐 빌리겠어요. 사토, 잠깐 상대해줘."

검을 집으며 일어서는 린그란데 양에게 붙들려서 한 시간 정도 검으로 상대해주었다.

"두 사람, 목마르지? 수행은 그쯤 해두고 와인 어때?"

방금 전까지 연습 시합을 구경하던 토르마가 와인을 들고 와서 권했다.

하유나 씨는 마유나를 재우려고 저택 안에 돌아갔는지 정자에는 급사를 하는 메이드밖에 없었다.

"—알겠어? 대중들 면전에서 일부러 져야 한단 말이야. 게다가, 그 샤로릭 왕자를 상대로!"

와인에 취한 린그란데 양이 내게 몸을 기대며 주정을 해댔다.

팔에 전해지는 감촉도 근사했지만, 취기로 상기된 린그란데 양의 요염한 표정이나 그녀에게서 풍겨오는 향수와 체취가 자아내는 분위기에 취하겠다.

"정말이지, 폐하가 왕림하셨다고 왜 나랑 전하가 모의전을 해야 하는 건데?"

아, 세 번째 루프 시작.

"게다가, 전하가 가진 건 호국의 성검 클라우 솔라스. 시가 왕국을 체현한다는 『불패』의 상징이잖아? 그러니까 절대로—."

불평의 루프는 세 번으로 끝났다.

린그란데 양이 쥐고 있던 잔을 받아서 조용히 테이블 위에 놓았다.

잠들어 버린 그녀에게 어깨를 빌려주고, 토르마랑 둘이서 미녀의 숨결을 BGM 삼아 남자끼리 우호를 다졌다.

결승 당일

"사토입니다. 지진 따위의 자연재해가 일어날 때 여러 가지 조짐이 있다는 이야기는 유명합니다. 만화나 애니메이션 같은 걸 보면 새나 작은 동물들이 소란을 일으키는 게 정석이군요."

오늘은 타마의 분위기가 아침부터 이상했다.

괜히 방을 왔다 갔다 하는가 싶더니 포치랑 아리사한테 엉긴달까, 달라붙어서 바닥을 구르며 장난을 치고 있었다.

평소와 다른 모습에 다른 애들의 시선이 타마에게 모여 들었다.

"타마. 무슨 일 있니?"

"응~? 뭔가 간질간질해~."

"흥인 거예요! 오늘 타마는 이상한 거예요."

어허? 포치도 보기 드물게 화를 내는군.

타마가 내 무릎 위에 앉아 있던 미아를 밀어내듯 끼어들더니 무릎 위에서 몸을 웅크렸다.

정말 왜 이러나? 이렇게 억지로 끼어드는 건 느긋한 성격의 타마답지 않다.

"우웅?"

밀려난 미아도 당혹스런 표정이었다.

249

타마의 등을 쓰다듬어주니 금세 진정됐지만 좀 굳은 표정으로 잠들어 버렸다.

아까 전까지 화를 내던 포치도 기분이 나아졌는지 나나의 비공정 인형을 온몸으로 끌어안고 바닥을 구르며 놀기 시작했다.

체격적으로 따라할 수 없는 나나가 손가락을 빨며 그 모습을 부러운 표정으로 보고 있었다.

"있지, 주인님."

어느샌가 뒤로 돌아온 아리사가 나에게 속삭였다.

"무노 성에 처음 들어갔을 때랑 비슷하지 않아?"

"그런가?"

생각해 보면 그때는 「발 밑이 이상해」라면서 고개를 갸웃거렸지만 오늘처럼 안절부절못하지는 않았었다.

위화감을 느낀다는 점에서는 같을지도 모르지만……. 그러고 보니 세류 시의 미궁을 탐색할 때도 타마는 감이 좋았지.

오늘도 무슨 이변을 감지했을지도 모른다.

"잠깐 조사해볼게."

아리사에게 말하고 맵을 검색했다.

―으엑, 또 이놈들이야?

나는 「자유의 날개」 잔당이 질리지도 않고 공도 안으로 침입한 것을 발견하여 질색했다.

영지 안 잠복 맵을 만들어서 공작에게 넘긴 덕분에 구성원의 90퍼센트 이상이 포박됐는데도 아직 활동할 여유가 있었다니…….

만약을 위해 검색해봤더니 공작령 안에 남아 있는 건 이 놈들이 마지막이었다.

수는 8명, 얼마 안 된다. 레벨도 최대 25밖에 안 되니까 대단한 일은 못하겠지만, 그들의 현재 위치가 투기장 지하란 게 안 좋았다.

오늘 투기장에는 국왕이 행차하기 때문에 공도 전체의 작위를 가진 귀족들이 한 자리에 모인다.

덤으로 결승전이나 린그란데 양과 제3왕자의 친선 시합이 있으니 투기장에는 다 들어가지도 못할 정도로 관객들이 쇄도하고 있었다.

참 테러의 표적이 되기 쉬운 장소였다. 짧은 뿔 마족 정도라면 괜찮겠지만 긴 뿔이 있으면 위험하군.

회장에는 공도에서 알게 된 귀족들뿐 아니라 카리나 양과 오리온 군도 있으니 방치할 수 없었다.

"어째 수상쩍은 낌새야—."

"정말로?"

내가 작게 중얼거리자 아리사가 놀라 소리를 냈다. 주변 애들의 시선도 모였다.

"잠깐 처리하고 올게."

나는 무릎 위의 타마를 소파 위에 눕히고 일어섰다. 그러자—.

"주인님, 저도 동행을 명해 주십시오."

"마스터, 동행을 희망합니다."

"포치도 힘내는 거예요!"

리자, 나나, 포치가 기대에 찬 눈으로 애원했다.

"귀족이 아니면 못 들어가는 곳이니까 혼자서 다녀올게."

레벨을 고려하면 데리고 가도 어떻게 될 법 하지만, 「자유의 날개」 잔당이 긴 뿔이나 테러용 폭탄 같은 마법 도구를 가지고 있으면 위험하니까 핑계를 댔다.

"수행의 성과는 다음에 봐줄 테니까 오늘은 다른 애들을 지켜 줘라."

풀이 죽은 세 사람에게 상냥하게 말하고, 용사 나나시의 차림 으로 나갈지 사토 차림으로 나갈지 생각했다.

"뉴!"

갑자기 잠들어 있던 타마가 벌떡 일어나더니 꼬리와 귀를 치 켜세우고 안절부절못하며 주위를 돌아보았다.

그때, 공도가 흔들렸다—.

지진이 아니다. 파문 같은 마력이 지나간 것을 느꼈을 뿐이다.

다만, 보통 위력이 아니었다.

"지금 뭐야?"

"뭔가 콰앙 한 거예요!"

"신호?"

"마스터, 전투 준비를—."

나뿐만 아니라 절반 가까운 멤버가 방금 그 신호를 인식했다.

아마 타마가 정서불안정인 것도 그 조짐을 포착했기 때문일 것이다.

리자가 요전에 준 새로운 장비를 장착하기 시작했다. 포치랑 나나도 조금 늦게 갈아입기 시작했다.

망설이지도 않고 옷을 벗어 던진 나나의 훌륭한 몸매가 눈에 들어왔지만 계속 보고 있을 수는 없었다.

나는 루루에게 부탁하여 나나 앞에 가림막을 두었다.

"타마도 갈아입어라."

"네잉."

창문에 달라붙어 안절부절못하며 바깥을 살피던 타마에게도 갈아입으라고 말했다.

그 동안 나는 맵 검색을 멈추지 않았다.

역시 방금 전 이변의 중심지는 투기장이었다. 마족으로 검색하자 하급인 「짧은 뿔 마족」이 몇 마리나 출현했다. 방금 전에 본 「자유의 날개」 잔당이 있던 곳이다.

줄어든 잔당의 수와 늘어난 마족의 수가 거의 같으니 틀림없다.

"무슨 일이야?"

"또, 마족이다."

"에~, 또~?"

정말로 이제 좀 자중해주면 좋겠는데…….

투기장에는 린그란데 양, 왕자와 그의 수행기사, 공작 직속인 레벨 50의 무관을 비롯하여 레벨 40이 넘는 사람들이 20명 가까이 있었다.

내가 개입하지 않아도 어떻게 될 것 같았지만, 방금 전의 파문형 마력도 있으니 준비는 해두는 편이 좋겠다.

만약을 위해서 루루, 아리사, 미아도 요전에 만든 새로운 장비로 갈아입도록 했다.

더욱이 히드라 날개 피막을 사용한 화염 및 충격내성 타입의 망토를 나눠줬다.

옷 갈아입는 게 끝날 무렵 종소리가 공도에 울려 퍼졌다.

그 소리가 들리고 얼마 지나지 않아, 밖에서 메이드 한명이 다급하게 찾아왔다.

"사작님! 긴급경보입니다! 가까운 피난호로 안내할 테니 저를 따라오세요."

그녀의 말로는 마족이나 대형 마물의 기습에 대비하여 공도의 귀족 저택에 피난용 지하 쉘터가 설치돼 있다고 한다.

메이드의 선도로 지하 쉘터까지 가는 도중에 방금 전과 같은 마력파가 세 번 정도 지나갔다.

역시 이변이 이어지는군.

"아직 무슨 일이 있을 것 같다. 나는 잠깐 정찰 다녀올게. 다들 지하 쉘터로 피난해."

나는 애들에게 말하고서 맵을 다시 검색했다.

맵을 보니 투기장 중앙에 새로운 마족이 출현했다. 그것도 레벨 71의 상급 마족이다.

마왕 같은 유니크 스킬은 없었지만 「소환 마법」, 「정신 마법」, 「불꽃 마법」 같은 마법을 쓸 수 있었다. 시간이 지나면 이것저것 소환할 것 같으니 얼른 처분해야지.

"아리사."

"응?"

"정말로 위험할 것 같으면 『원거리 대화』 마법으로 알릴 테니까 뒷일은 생각지 말고 지하미궁에 긴급 전이해."

"오케이!"

메이드의 선도로 지하 쉘터에 가면서 아리사에게 긴급 상황 대처 방침을 전했다.

"나는 투기장까지 카리나 님의 안부를 확인하러 갔다고 메이드한테 전해줘."

"알았어."

흔쾌히 승낙하는 아리사에게 뒷일을 맡기고 나 혼자 백작 저택을 빠져 나왔다.

레이더로 사람들 눈이 없는 걸 확인하고 용사 나나시로 변신하여 투기장으로 갔다.

일단 투기장의 현황 파악을 위해 새로 얻은 마법 「멀리 듣기」와 「멀리 보기」를 발동했다.

시야 한 구석에 윈도우가 열리더니 현재 투기장 영상이 AR로 표시됐다.

『마족이여! 아니 마왕이여! 네놈의 명운도 여기까지다앗!!』

왕자가 배우 같은 포즈를 취하며 노란 피부의 상급 마족에게 외쳤다.

노란 피부 마족은 머리가 둘이고, 어깨에서 수소 같은 뿔이 돋아 있었다. 머리가 둘이라면 다른 상급 마족처럼 한쪽 머리가 영창을 담당하겠군.

멀리 떨어진 장소를 파악할 수 있는 「멀리 듣기」와 「멀리 보기」가 참 편리하군.

『그 검은 클라우 솔라스, 로오군요? 야마토의 자손이어었나요.』

노란 피부 마족이 왕자와 대화하면서, 병사로 쓸 마물을 소환하더니 린그란데 양과 왕자에게 보냈다.

소환은 지속되는 형식인지 차례차례 소환된 마물이 관객석으로 쏟아졌다.

먼저 소환된 녀석들은 레벨 30~40쯤 되는 마물들이었지만, 나중에 소환된 녀석들은 레벨 20대의 약한 마물들이었다.

관객석에는 대회 예선에서 떨어진 전사들도 다수 관전하고 있으니 충분히 대처할 수 있는 전력이 있을 텐데도, 패닉이 일어나서 효과적으로 대처하지 못하고 있었다.

그때 린그란데 양의 미성이 울렸다.

『용기 있는 전사들이여! 그대의 옆 사람을 지켜라! 무에 몸을 바친 성과를 이 자리에서 보이라!』

그녀의 목소리에 자신들의 추태를 자각했는지, 투기장의 전사들이 서로 협력하여 마물에게 대항하기 시작했다.

덕분에 비전투원을 보호하면서 탈출시키는 여유가 생겼다.

나는 「멀리 보기」의 시야를 귀빈석으로 돌렸다.

『폐하는 공작 각하가 성으로 데려가셨다! 우리는 공자님과 중신들을 지킨다!』

보아 하니 대역 폐하와 공작은 도시 핵의 힘으로 공작성 알현실로 전이한 모양이다.

전이할 수 있는 수에 제한이 있는지 차기 공작이나 상급 귀족들은 귀빈석에 남아 있었다.

카리나 양과 오리온 군도 불안해 보였지만 다친 기색은 없었다. 카리나 양은 라카를 장비하고 있으니 걱정할 것 없겠지.

『결계다! 방어 결계를 쳐라! 퇴로는 어떤가!』

『안되겠어, 하급 마족이 자폭해서 통로가 무너졌다. 다른 탈출로를 확보해라!』

귀빈석은 레벨이 높은 기사들에 더해 신관이나 마법사도 있으니 상급 마족이 직접 공격하지 않으면 괜찮을 것 같다.

상급 마족은 왕자랑 린그란데 양을 건성으로 상대하며, 시선을 돌리면서 고개를 갸웃거렸다. 뭘 찾고 있나 본데?

일반 객석의 통로는 무사한지, 관객들은 서로 밀치면서도 순조롭게 도망치고 있었다.

관객석의 빨간 얼룩이나 움직이지 않는 사람을 뇌리에서 쫓아내고 축지를 써서 투기장으로 달려갔다.

영상을 표시한 상태로는 시야가 가려져서 방해되기에 윈도우를 최소화했다.

내가 달리는 뒷골목에도 사람들이 나타나기 시작했기에 천구를 써서 하늘로 이동했다.

이윽고 투기장 외벽과 노란 피부 마족의 모습이 보이는 장소에 도착했다.

왕자나 공을 세우고 싶은 사람들이 「분위기 파악 좀 하라」고 할 것 같지만 투기장에 아는 사람도 있으니 얼른 처리해야지.

일단 거물인 노란 피부 마족을 빛 마법인 「광선」으로 쓰러뜨리자.

하지만 내가 결단하기를 기다린 것처럼 그것이 나타났다.

하늘에 빛의 파문이 떠오르더니, 거기서 유선형의 은색 우주선 같은 것이 출현했다.

─이보세요. 갑자기 SF가 되지 말라고.

AR표시를 보니 은색 배는 「차원 잠행선 쥘 베른」이었다.[#13] 초유명 작가의 이름을 빌린 걸 보면 본래 세계의 주민이 엮여 있을 가능성이 높군.

배의 일부가 열리더니 안에서 포신 같은 것 몇 개가 튀어나왔다.

다음 순간, 두두두두두 묵직한 소리가 울리면서 무수한 고속 화탄(火彈)이 발사되자 하늘을 나는 마물이 차례차례 추락했다.

정작 노란 피부 마족에게는 효과가 없었지만 위력이 상당하군.

그리고 뱃머리에서 파란 갑옷을 입은 남자가 나타났다─.

AR표시를 보니 그가 바로 용사 하야토 마사키였다.

오픈 페이스의 투구에서 스포츠맨처럼 짧은 머리칼의 남자다운 얼굴이 보였다. 순정파 소녀에게 남몰래 인기가 높을 숨겨진 훈남 타입 청년이군. 25세치고는 젊어 보였다.

그는 레벨이 69나 되니까 노란 피부 마족을 상대로도 여유가 있겠군.

『이 몸, 등장!』

그 말에 도발계열 스킬이 담겨 있었는지, 지상의 마물들이 모

#13 쥘 베른 19세기 프랑스의 소설가. 근대 SF의 선구자이다.

두 용사를 향해 몰려들었다.

어느 샌가 용사의 투구 정면이 페이스 가드로 가려졌다.

『용사 하야토, 인가요? 어슬렁거리며 나타나다니, 죽을 각오가 된 건가요?』

『이 몸이 언제까지고 옛날과 같다고 생각지 마라! 오늘이야말로 설욕을 해주마!』

지금이라면 「광선」으로 순식간에 쓰러뜨릴 수 있겠지만, 그런 인연을 들려주면 쏘기 어렵군.

『물러나라 사가 제국의 개! 용사가 사가 제국의 전매가 아니란 것을 증명해주마.』

제3왕자군. 용사에게 맡겨두면 될 것을…….

『《춤춰라》 클라우 솔라스!』

이 《춤춰라》는 무슨 암호였나 보다.

왕자의 손을 벗어난 성검 클라우 솔라스가 하늘을 날아 노란 피부 마족을 공격했다.

전에 박물관에서 본 그림은 과장은 있지만 거짓말이 아니었구나.

―아, 튕겨나갔네.

클라우 솔라스…… 약하잖아?

『성검이 우는군, 왕자님. 놈은 고대의 대마왕―「황금의 저왕」의 필두 간부야. 수백 년이나 살아온 최상급 마족이지. 죽기 싫으면 비켜 있어.』

성검을 쥔 용사가 왕자에게 말했다.

『《노래하라》 아론다이트.』

용사가 가진 성검 아론다이트가 《노래하라》는 말을 듣고 격렬하게 성스러운 빛을 뿜었다.

내 성검에도 저런 말이 있나?

상세 설명에는 안 보였던 것 같은데…….

듀란달의 상세 설명을 흘깃 봤지만 그럴 듯한 말은 보이지 않았다.

이 소동이 끝나면 느긋하게 시간을 들여서 조사해봐야지.

그런 생각을 하는 동안 배에서 용사의 동료들이 나타났다.

나는 약간 호기심이 생겨서 「망원」 스킬이나 「확대」 스킬을 써서 그의 동료들 모습을 확인했다.

신관처럼 보이는 나긋한 타입의 거유 미녀가 강화 마법을 썼다. 눈 아래의 점이 요염하다.

대나무 잎 같은 귀의 장이(長耳)족 여전사가 용사에게 접근하는 마물을 장궁으로 요격했다.

그녀가 쏜 화살이 중간에 10배로 분열하여 마물을 공격했다. 판타지함이 넘치는 무기군.

화살에서 벗어난 마물들이 도약하여 배 위에 착지했지만, 이번에는 가벼운 경장 전사와 쌍검의 전사 두 사람이 순식간에 처치했다.

두 사람은 타마와 포치처럼 귀 종족이었다. 소바쥬의 호랑이 귀 종족과 숏헤어의 늑대 귀 종족 두 사람은, 투구 틈으로 보이는 미모에 지지 않을 정도로 섹시한 프로포션이었다.

마지막으로 화려한 금색 롤 머리의 폭유 미녀가 긴 지팡이를 들고 나왔다.

카리나 양에겐 뒤지지만, 그녀의 언니인 소르나 양과 호각으로 싸울 수 있는 사이즈다.

그 금발 미녀의 AR 정보를 보고 놀랐다.

그녀는 메리에스트 사가, 사가 제국의 제21황녀였다.

황녀라는 출신도 놀라웠지만, 내가 놀란 건 「제21」이었다. 황제 아저씨, 너무 노력한 거 아니우?

그건 그렇고 용사에게 「리얼충 폭발해라」라고 하고 싶을 정도로 글래머러스한 미녀들밖에 없군.

용사 파티는 노란 피부 마족을 상대로 한 발도 물러서지 않는 포진으로 덤벼들었다. 레벨 차이도 거의 없으니, 노란 피부 마족 퇴치는 그들에게 맡겨도 되겠지.

이번에는 분위기를 읽어서 투기장 안의 인명구조와 잔챙이 처리를 담당해야지.

역시 적재적소야.

용사 소환

"어떤 궁지에 빠져도 우리는 절망하지 않는다. 왜냐하면 마지막 희망은 반드시 용사 하야토와 함께 하니까. 그가 있는 한 어떤 역경이든 뛰어넘을 수 있다. (용사의 종자 린그란데)"

우리들 「용사의 종자」는 파리온 신에게 받은 부적^{탈리스만}이 있다.

사람들의 기도나 종자의 목숨을 양분 삼아 기적을 일으키는 신기(神器)다.

지금까지 「신이 내린 부적」이 필요한 궁지에 빠진 적은 없었다.

설마 고향 땅에서 쓰게 될 줄은, 오늘 아침까지 생각도 못했다―.

그날 나는 아침부터 우울했다.

결승 뒤의 여흥으로 폐하의 어전에서 샤로릭 전하와 모의전을 해야 하니까.

이럴 바에야 먼저 오지 말고 하야토나 다른 애들과 함께 올걸 그랬다. 하야토를 태운 용사 전용선 쥘 베른은 긴 털 쥐 수장국을 출발했을까?

"린그란데 님, 시간이 됐습니다. 투기장으로 가시죠."

나는 현실 도피를 멈추고 부르러 온 젊은 직원에게 인사를 하며 일어섰다.

관객석에서 내 이름을 부르는 성원에 손을 흔들어 답하면서 투기장으로 걸어갔다.

"정말이지, 이런 연극을……."

이겨서는 **안 되는** 싸움이 이렇게 마음이 무거울 줄은 몰랐다.

용사의 종자가 됐을 때 받은 마법 갑옷 차프탈이 묵직한 족쇄처럼 느껴져 발걸음이 무뎠다.

차라리 사토를 상대로 검술 지도를 하는 편이 어지간히 즐겁고 자극적이다. 그 애는 젊은네도 놀라운 속도로 기술을 흡수한다.

처음 만나 배 위에서 겨뤘을 때와 어제 상대했을 때를 비교하면 크게 실력이 올랐다.

어쩌면 장래에 용사의 종자로서 나랑 같이 용사 하야토 옆에 서는 날이 올지도 모른다.

즐거운 미래를 떠올리면서 투기장의 대기원에 들어갔다.

그것을 확인한 시종이 부르자, 전하가 대기실에서 나타났다.

전하의 본성을 모르는 소녀들의 성원이 투기장을 화사하게 물들였다.

스르릉 시원스런 소리를 울리며 전하가 파란 칼집에서 성검 클라우 솔라스를 뽑았다.

—아름답다.

나는 이 정도로 예쁜 검을 달리 모른다.

검에서 덧없이 흘러나오는 파란 빛이 아름다움을 돋보이게 만든다.

성검 클라우 솔라스의 아름다움에 휩쓸리던 나는 마음속으로 사랑스런 용사 하야토와 그의 성검 아론다이트를 떠올렸다.

기억 속에 있는 성검 아론다이트는 강렬한 파란 빛을 뿜으며, 아름다움보다는 힘차고 듬직한 느낌을 주었다.

"이제부터『천파의 마녀』린그란데 님과『성검의 계승자』샤로릭 왕자의 어전 시합 개시를 선언한다.

광대 같은 옷을 입은 심판이 큰 소리로 외쳤다.

이름을 부른 순서가 마음에 안 드는지 전하가 눈썹을 찌푸리는 게 보였다. 여전히 그릇이 작다.

나는 시합 시작 신호에 맞춰 마법 갑옷 차프탈에 마력을 주입했다.

마법 갑옷 차프탈의 마법 회로가 신체 강화의 힘을 내려주고, 동시에 갑옷 표면에 몇 겹의 물리방어 마법 방패를 만들었다.

연비가 나쁘지만 성검을 상대하면서 이 정도 해두지 않으면 다친다.

이어서 벼락의 대검에 마력을 주입해 뇌인(雷刃)을 발동했다.

이 대검은 미궁 탐색을 하다「계층주」를 쓰러뜨리고 얻은 강력한 마검이었다. 성검에는 한 발 뒤지지만 보통 마검보다 훨씬 뛰어난 성능을 자랑한다.

"■■■―!"

강화 마법을 거듭해서 걸기 전에 불길한 예감이 들어 옆으로 뛰었다.

내가 있던 장소에 고속의 화탄이 지나더니 뒤쪽에서 폭발하며 폭염을 뿌렸다.

—불 지팡이?

아니, 저 속도라면 화염 지팡이다.

군용 병기잖아. 저 바보 왕자는 무슨 생각이지?

"그립지 않나? 네가 학원에서 만든 것이잖아."

전하의 성검이 파란 궤적을 그리며 공격해왔다.

—너무나, 빠르다.

성검 클라우 솔라스의 사용자는 하늘을 난다는 전설이 진짜일지도 모르겠다.

대검으로 성검의 궤도를 틀었다.

그리고 너무나 묵직한 일격! 손목이 나갈뻔했다.

대검의 칼날에 두른 벼락도 성검에는 전해지지 않고 공중에서 흩어졌다.

상대가 보통 검이었다면 지금 그걸로 기절하거나 마비 상태가 됐을 것이다.

답례를 하듯 전하의 다리에 대검을 휘둘렀다.

전하의 하얀 갑옷이 발동시킨 방어막에 대검이 막혔다.

과연 왕조 야마토 님 시대에 만들어진 전설급의 장비. 하야토의 성갑옷에 맞먹는 방어력이다.

나는 마법 갑옷 차프탈에 추가로 마력을 주입해 방어력을 강화했다.

얼마 동안 갑옷으로 전하의 검을 막고 공격에 주력했다.

―강타 스킬 발동.

명중이나 공격 정밀도가 떨어지지만 지금은 위력이다.

―마인 스킬 발동.

대검이 붉은 빛을 둘렀다.

평소에는 마력이 아까워 안 쓰지만 지금은 마력을 아낄 의미가 없었다.

―예인(銳刃) 스킬 발동.

전하를 죽일 생각은 없지만 죽일 것처럼 공격하지 않으면 저 하얀 갑옷의 방어를 뚫을 수 없다.

"뇌선열인(雷旋烈刃)."

소리 낼 필요도 없는데 기술 이름을 외쳐 버렸다.

나도 하야토한테 바보가 옮았나 봐.

분명히 막을 거라고 생각했지만 간단히 명중하여 전하의 하얀 갑옷 방어막을 파괴했다.

―위험해, 이대로 칼날을 멈추지 않으면 이겨 버린다.

나는 간신히 대검의 기세를 죽이고 전하에게 치명타를 주기 전에 칼날을 멈추었다.

하지만 그 불안정한 자세를 전하가 놓칠 리 없었다.

나는 클라우 솔라스의 일격을 옆구리에 맞고서 투기장 바닥에 튕겨 날아갔다.

―환성과 비명과 매도.

한 순간이지만 정신을 잃었나 보다.

흐린 시야 안에서 전하가 추가로 화탄을 연사하는 게 보였다.

아무래도 아까 대검을 멈춘 것이 그의 과도한 프라이드를 상처 입혔나 보다. 전하의 눈이 무서울 정도로 충혈 됐다.

영창이 빠른 파열로 화탄을 폭파시켜 막았다. ^{퀵 버스트}

하지만 우리의 싸움은 여기서 끝났다.

관객석 바닥을 헤집고 나타난 기이한 자들의 포효와 그것에 불려오듯 하늘에 나타난 소환진—.

—저건 위험하다.

직감이 머리가 깨질 정도로 위험 신호를 보냈다.

나는 「마법 폭파」 영창을 시작했다. ^{블래스트 매직}

"■ ■ ■ ■ ■ ■ ■—."

"검으로 당해낼 수 없으니 마법을 쓰느냐— 린그란데에에에에에에에!"

성검을 쥔 전하가 돌격했다.

안돼. 전하는 상공의 소환진을 눈치 못 챘다. 나밖에 안 보인다.

전하의 공격을 피하려고 마법 영창을 중단했다.

이럴 줄 알았으면 아까 칼을 멈추지 말걸.

나는 소환을 막을 수 없었다.

소환진 바닥에서 노란 피부의 발이 나타났다. 그리고 온몸이 드러났다.

저것은 마족, 그것도 상급 마족이다.

—전에 하야토가 말했었다.

딱 한 번, 노란 상급 마족에게 도망친 적이 있다고 말이다.

그때 동료의 절반이 하야토를 보내기 위해 희생됐다고 울분을 터뜨리며 말했다. 그 비상식적으로 강한 하야토가 당해내지 못했다는 것을 믿지 못했었지만, 지금은 이해가 된다.

저건 차원이 다르다.

마왕은, 저것보다 더욱 강한 건가?

출현이 끝난 노란 피부 마족이 낙하하기 시작했다. 인간족의 3배를 넘는 거구가 땅에 착지하는 진동으로 쓰러질뻔했다.

물리적으로 휘청거리면서 내 마음까지 불안정해졌다.

—무리다.

절대 무리다.

논리가 아닌, 혼이 외쳤다.

지금 당장 여기서 도망치고 싶다.

마음이 꺾일뻔한 내가 버틴 것은 뜻밖의 인물 덕분이었다.

"마족이여! 아니 마왕이여! 네놈의 명운도 여기까지다앗!!"

전하가 노란 피부 마족에게 전혀 공포를 품지 않고 외쳤다.

그는 허세를 부리는 게 아니었다. 만약 이럴 때 절대 강자에게 허세를 부릴 정도로 사내다웠다면 혼약을 파기하지도 않았을 거다.

……상대의 강함도 알아보지 못하다니.

노란 피부 마족은 2개의 머리를 갸웃거린 다음 전하가 가진 성검을 보았다.

『그 검은 클라우 솔라스, 로오군요? 야마토의 자손이어었나요.』

노란 피부 마족의 귀에 거슬리는 목소리 배경에 뭔가 포효하는 소리가 들렸다.

그렇군! 말하는 것과 다른 머리가 영창을 하는 거야.

영창을 방해하려고 영창이 짧은 「파열」을 노란 피부 마족에게 때려 박았다.

안 된다―. 위력이 약한 하급 마법이라 그냥 손짓에 막혔다.

빠르기만 해선 안 된다.

영창 난숙을 발동하면서 중급 마법인 「폭렬」을 영창했다.

아마도 늦는다. 하지만 놈의 영창도 그냥 성공시키지 않는다. 영창하는 머리 하나 정도는 빼앗아 주지.

노란 피부 마족의 영창이 끝나고 바닥에 출현한 소환진에서 거대한 마물들이 나타났다. 지네에 전갈, 사마귀, 쌍각 딱정벌레까지 있었다. 모두 강적들이다.

그 마물들보다 약간 늦게 「폭렬」이 노란 피부 마족의 영창중인 머리에 작렬했다.

굉음과 폭연 너머에서 노란 피부 마족의 멀쩡한 모습이 나타났다.

아쉽게도 큰 대미지는 주지 못했다. 노란 피부 마족은 마법 내성이 상당히 높구나…….

『조금, 아픕니이다.』

마족의 헛소리를 흘려들으며 관객석을 흘끗 살폈다.

지금도 소환진에서 쏟아져 나오는 마물들의 선봉이 나랑 전하뿐 아니라 관객석까지 마수를 뻗고 있었다.

구하러 가고 싶었지만 노란 피부 마족이 잠자코 보고 있을 리 없었다.

그때 하늘의 계시와도 같은 생각이 떠올랐다.

관객석에는 일반인뿐 아니라 대회에 참가했던 강자들도 있었다. 마물은 그들에게 맡기자.

나는 확성 마법을 써서 투기장의 전사들에게 외쳤다.

"용기 있는 전사들이여! 그대의 옆 사람을 지켜라! 무에 몸을 바친 성과를 이 자리에서 보이라!"

많은 전사들이 그 말에 응해서 일반인을 지키며 마물과 싸우기 시작했다.

다만 혼란에 휩쓸려 있던 사람도 적지 않았는지, 가까운 곳에 사람이 있는데도 마물을 향해 공격 마법을 쓰는 부주의한 사람도 있었다.

"마법사들이여, 공격 마법보다 전사들의 강화 마법을 우선하라. 협력해서 마물들을 토벌하는 것이다."

내 말을 들었는지 제각각 마물과 싸우던 사람들이 연계하기 시작했다.

그들은 강자다. 계기만 있으면 마물들에게 지지 않을 것이다.

덤벼드는 지네 마물의 촉수를 벼락을 두른 대검으로 잘라냈다.

돌격창 딱정벌레가 그 틈을 노리고 돌진했지만, 마법 갑옷 차프탈이 만들어낸 내 환영을 꿰뚫고서 저편으로 날아가 버렸다.

271

내가 다수의 마물과 싸우는 것을 본 전사들 몇 명이 관객석 방벽을 넘어 가세하러 왔다.

마물은 그들에게 맡기고, 일단 원흉인 소환진부터 어떻게 해야 한다!

나는 그들이 벌어준 시간에 「마법 파괴」를 영창하여 소환진 제거에 성공했다.

『어허, 역시 용사는 없어요. 이래서는 기껏 준비한 선물이 의미가 없네에요.』

노란 피부 마족이 불평하면서 소환한 마물들에게 강화 마법을 걸었다. 소환진을 부순 것 정도는 선혀 신경 쓰지 않는 기색이었다.

『이상하군~요. 이 정도 소동을 일으키면 파란 녀석 빨간 녀석이 기어 나올 텐데에요.』

마물 상대를 맡아주던 전사가 지네에게 무참하게 잡아 먹혀 죽었다. 내가 황급히 가세했지만 무너진 전선을 간단히 되돌릴 수는 없었다. 큰 상처를 입은 전사들이 나와 교대하여 후퇴했다.

이럴 때 하야토와 동료들이 있었다면—.

"아하하~. 누나야, 고전하는~걸."

"한눈팔지 마라, 전하께 가세하러 간다."

소년 기사와 시가 8검 레이라스 공이 전하에게 가세하러 갔다. 소년 기사가 지나가면서 지네의 다리 하나를 자르고 갔다.

지네의 주의가 소년 기사에게 쏠린 틈에 영창시간을 벌어 「폭렬」을 3연타하여 쓰러뜨렸다.

한 번의 영창은 길지만 「폭렬」에는 기절이나 밀어내기 효과가 있어서 성공했다.

"전설의 고참 마족이라······. 상대로 부족함이 없도다!"

성방패를 든 레이라스 공이 큰 소리로 외치자, 노란 피부 마족의 주의가 그에게 쏠렸다.

아마도 「도발」 스킬을 실어서 외쳤겠지.

노란 피부 마족에게서 붉은 격류가 레이라스 공에게 뿜어져 나갔다.

—굉장해.

노란 피부 마족이 쓴 화염지옥 앞에서 꼼짝도 않고 전하와 소년 기사를 지켜냈다.

마법을 병용하고 있겠지만, 저 정도 공격을 받아낼 수 있는 사람이 하야토 말고도 있을 줄은 몰랐다.

『호오? 그리운 방패로구운요. 이건 어떤가요?』

노란 피부 마족이 뿜어낸 하얀 불꽃의 자갈이 레이라스 공을 공격했다.

과반수의 불꽃이 성방패의 표면에 미끄러졌지만, 각도가 깊은 몇 줄기가 성방패와 함께 그를 꿰뚫었다.

그가 죽게 내버려둘 수는 없다. 그가 죽으면 전선을 지탱할 사람이 없다.

이럴 때 하야토가 곁에 있었다면—.

내 마음에 응하는 것처럼 갑옷 틈에서 파란 빛이 흘러나왔다.

—혹시, 지금이라면 쓸 수 있을까?

273

나는 흉갑의 고정쇠를 풀고 선명한 파란 빛을 뿜는 「신이 내린 부적」을 꺼냈다.

용사를 바라는 소원과 파리온 신에게 바치는 기도가 모이면 「신이 내린 부적」이 기적을 일으킨다.

그 기적의 이름은 「용사 소환」.

소원과 기도가 부족하다면 사용자의 목숨마저 불태우는 궁극의 기적.

나도 죽는 건 무섭다.

하지만 고향이 유린되는 걸 막을 수 있다면, 나는 기적을 바란다.

"위대한 파리온이여! 내 소원과 목숨을 양식으로 용사 소환을 이루소서!"

이것은 영창이 아니다―.

"나는 종자! 용사 하야토의 종자 린그란데!!"

―어린 여신 파리온 님에게 바치는 기원이다.

내 기도에 응하여 가슴에 건 「신이 내린 부적」이 섬광처럼 빛을 뿜었다.

자, 어서 와, 쥘 베른.

용사를 태우고 어서 전장으로!

용사 하야토

"내가 용사로 이세계에 소환된 건 9년 전, 고교 2학년 봄이야. 용사로서 마왕을 쓰러뜨려 달라고 했을 때는 당황했지만 결국 받아들였지. 어린 여신이 귀여웠고 말야!(용사 하야토)"

"저기, 하야토. 마왕은 어디에 나타날 것 같아?"

"글쎄다. 이 몸한테 어려운 거 묻지마."

메리에스트가 그 이야기를 꺼낸 것은 쥐 수인족의 수장국에 있는 번마미궁 조사가 끝난 뒤. 다음 목적지인 오유고크 공작령으로 선행한 린그란데를 쫓아 출발했을 때였다.

"마왕이 나타난 곳에 급행해서 쓰러뜨린다. 그게 이 몸의 일이야."

처음에는 낯설었던 이 몸이란 말도 이제는 의식할 필요가 없었다.

조금 바보 같지만 이런 잘난 용사 스타일이 아니면 탐욕스런 권력자들에게서 동료들을 지킬 수 없었다.

"아하하, 용사님답네."

"어쩔 수 없어. 신탁이 흩어진 건 몇 백년만이라고 하니까."

호랑이 귀의 루스스와 늑대 귀 휘휘가 맘편하게 말했다.

내가 앉은 선장석에 몸을 내민 두 사람의 귀를 만졌다. 감촉 참 좋아.

같이 행동한지 5년 지났지만, 귀를 만지게 해주는데 3년 걸렸다.

"타당한 곳은 『살아 있는 미궁』이 있는 시가 왕국의 미궁도시 세리빌라나 족제비 수인족의 제국에 있는 몽환미궁 둘 중 하나 겠지."

신관 로레이야가 나긋한 목소리로 예상을 말했다.

서기관 노노와 마법검사 린그란데가 없는 지금 마녀 메리에스트와 제대로 의논이 가능한 건 로레이야밖에 없었다.

두 사람 이야기를 들어보면 미궁이 부활한 요워크 왕국이나 미궁이 죽어서 유적이 된 오유고크 공작령, 그리고 처음부터 미궁이 없는 파리온 신국은 후보로서 약하다고 한다.

7번째 다른 대륙의 나라는 이동에 시간이 걸리니까 다른 후보지가 아닌 것이 확정된 다음에 조사하러 가게 됐다.

드물게 생각에 잠겨 있는데 로레이야가 뒤에서 내 머리를 끌어안았다.

"무거워."

나는 머리 위에 올라간 로레이야의 가슴을 아무렇게나 밀어냈다.

"아앙."

로레이야는 막 대했는데도 기뻐 보였다.

가슴 따위는 그저 지방 덩어리에 지나지 않습니다. 야한 사람은 이해를 못하죠.

로레이야가 상기된 볼에 손을 대고 속삭였다.

"용사님은 오늘도 금욕적이시네요."

정말이지, 그게 성직자가 할 말이야……?

아아, 어째서 내 파티는 쭉쭉빵빵밖에 없는 거야. 어린 소녀
한 사람 정도는 있어도 되잖아?

과묵한 타입은 있지만, 노노는 올해 23세에다 E컵이다. 과묵한
어린 소녀가 있다면 언제든지 사랑을 속삭여줄 수 있는데…….

하아, 요전에 구해준 중학생쯤 되는 빨래판 소녀는 꽤 좋았
어. 5년 정도 일찍 만났으면 분명히 구혼을 했을 텐데…….

그때 정기 연락 착신이 왔다.

통신석에 앉은 장이족의 위이야리가 이쪽을 돌아보며 보고
했다.

"하야토, 세리빌라의 노노가 정기연락을 했어요. 『평온무사』
입니다."

"그래."

메리에스트나 로레이야의 예상이 맞다면 미궁도시 세리빌라
가 가장 수상하다고 하니까 호위를 붙였어도 비전투원인 노노
를 두는 건 위험할 지도 모른다.

"누가 노노랑 교대해서 세리빌라 안 갈래?"

"뭐~? 싫어. 하야토 옆이 좋아."

"그렇지~. 하야토 곁에 있으면 싸움이 부족할 일 없잖아."

미궁도시에 가도 미궁에 못 들어가면 스트레스가 쌓일 테니,

279

루스스랑 휘휘 두 사람은 못 견디고 미궁으로 돌격해 버리겠지.

반시간 정도 지난 뒤에 요워크 왕국에 잠입한 척후 세이나가 정기연락을 했다.

"읽습니다.『빈곤소국은 오늘도 평화. 나는 한가해~』라고 해요."

노노와 마찬가지로 교대해주고 싶었지만, 우리 멤버들 중에 잠입이 가능한 건 세이나밖에 없었다. 좀 참아.

용사로서 입 밖에 낼 수는 없지만, 개인적으로 요워크 왕국에 마왕이 나왔으면 좋겠다.

그 나라는 마이 허니를 미궁 부활의 제물로 삼은 커다란 죄가 있다.

그 보라색 머리칼의 사랑스런 아리사 왕녀가 제물이 되었다고 들었을 때는 눈앞이 깜깜해졌다.

레벨 업을 위해서 사가 제국의 미궁에 들어가 있던 탓에 쿠보크 왕국의 멸망을 모른 것이 통한의 실수였다.

그 일 이후로 정보의 취사선택을 제국에 맡기지 않고 내 의도를 최우선으로 고려해주는 서기관을 동료로 삼았지.

◆

"린의 정기연락은 없고?"

그 고지식한 린그란데답지 않았다.

아까 로레이야가 말했던 것처럼 오유고크 시의 지하미궁은 비활성화 상태니까 마왕이 나타나지는 않을 거다.

신탁이 내린 것도 무슨 잘못일 거다. 린그란데가 태어난 고향이고, 남동생의 결혼식이 있다고 하기에 마침 잘 됐다며 보냈다.

"하야토는 건망증 같애~."

"그러게— 근데 뭘 잊었는데?"

루스스랑 휘휘 녀석, 건망증은 피차일반이야.

"린은 중요한 용건이 있다고 정기연락 시간을 낮으로 변경했잖아."

그랬었지. 어젯밤의 정기 연락으로 시가 왕국의 바보 왕자랑 시합을 한다고 불평을 했었다.

—그때였다.

선창에서 보이는 바깥 풍경이 어둡게 바뀌었다.

"—차원잠행?"

메리에스트가 어두운 이공간을 보며 말했다.

배가 멋대로 워프에 돌입했다면—.

"누군가『신이 내린 부적』을 쓴 거야!"

"누군가는, 린밖에 없잖아!"

"위험해, 위험하다니까! 린 괜찮을까?"

나와 동시에 동료들도 같은 결론을 내렸다.

젠장. 「신이 내린 부적」으로 용사 소환을 하면 대가로 수명을 넘어 목숨을 잃을 위험도 있는데!

"전원 전투 배치!"

린그란데를 걱정한 나머지 목소리가 거칠어졌다.

내 호령에 모두 자리로 돌아가 통신기 같은 마법 도구를 머리에 썼다.

"하야토 진정해! 린그란데를 좀 더 믿어봐!"

나를 타이르는 메리에스트의 목소리도 불안에 떨렸다.

심호흡을 하고 억지로 마음을 진정시킨 뒤 내가 할 일을 했다.

"이 몸은 뱃머리에서 대기한다. 조타는 위이한테 맡긴다."

"맡겨줘."

나는 아론다이트를 들고 뱃머리로 서둘렀다.

배가 이두운 이공간을 빠져나가 본래 세계로 귀환했다.

뱃머리 캐노피 너머에 마물 무리가 보였다.

─린그란데는 무사한가?!

나는 지상에 있는 동료의 모습을 찾으며 필요한 지시를 했다.

"위이! 모든 가동포 일제사격!"

나는 통신기를 향해 외쳤다.

굉음과 섬광이 하늘을 지배하고, 포화에 불탄 마물이 연기를 내면서 땅으로 떨어졌다.

뱃머리 해치의 스피커에서 메리에스트의 보고가 들렸다.

『린은 무사해.』

─다행이야, 일단은 한숨 돌렸다.

『적은─.』

말을 망설이는 메리에스트.

나는 메리에스트가 보고하려던 상대를 발견했다.

그곳에는 악연의 상대가 있었다.

설마 저 놈이 있을 줄이야…….

놈과 만난 건 용사로 소환된 지 3년째 되던 때였다.

무적이라고 생각하던 이 몸의 파티는 이 노란 자식에게 참패했다. 동료들이 희생하여 길을 만들어주지 않았다면 나도 이놈에게 살해당했을 것이다.

그러나 나는 그때의 내가 아니다.

본때를 보여주겠어.

힘을 아끼지 않는다. 처음부터 전력이다.

유니크 스킬 「최강의 창」, 「무적의 방패」를 발동했다. _{꿰뚫지 못할 것 없으리} _{막아내지 못할 것 없으리}

그리고 마지막으로 「무한재생」을 발동했다.

무한재생은 한 달에 한 번밖에 못 쓰는 비장의 카드니까 마왕전을 위해 아껴두고 싶었지만, 이 녀석을 상대하면서 힘을 아끼면 진다.

가속의 마법약도 쓰고 싶었지만 단기결전이 가능할 때가 아니면 악수가 되니 참았다.

나는 캐노피를 올리고 전장에 뛰어들었다.

―좋아, 평소처럼 해볼까.

"이 몸, 등장!"

음, 기분 좋고. 노란 자식을 보고 시들어 가던 마음이 다시 일어섰다.

내 「도발」을 받고, 린그란데에게 몰려가던 마물이 쥘 베른을 향해 돌격했다.

선봉의 아르마딜로 마물을 향해 성검을 내밀었다.

유니크 스킬 「최강의 창」의 힘을 띤 파란 빛이 성검 앞에 필드를 만들어 마물을 꿰뚫고 흩뿌렸다.

성계가 쏘는 포탄 같은 검은 가시가 성방패에 닿기 전에 「무적의 방패」가 만들어낸 보이지 않는 장벽에 튕겨나갔다.

오늘도 내 상태는 최고다.

『용사 하야토, 인가요? 어슬렁거리며 나타나다니, 죽을 각오가 된 건가요?』

"이 몸이 언제까지고 옛날과 같다고 생각지 마라! 오늘이야말로 설욕을 해주마!"

잔챙이는 동료들에게 맡기고, 나는 노란 자식에게 전념했다.

동료들이 내린 쥘 베른이 자동 조종으로 차원 틈에 가라앉았다.

귀중한 배를 이런 곳에서 잃을 수는 없어.

"물러나라 사가 제국의 개! 용사가 사가 제국의 전매가 아니란 것을 증명해주마."

—뭐지?

파란 빛을 뿜는 검을 가진 걸 보니, 저놈은 성검 클라우 솔라스의 계승자 시가 왕국의 샤로릭 왕자겠군.

그건 그렇고 못 봐주겠네.

저런 사람이 쓰면 성검이 불쌍하다. 성검의 힘을 도통 끌어내지 못하는군.

"성검이 우는군, 왕자님. 놈은 고대의 대마왕—『황금의 저왕』의 필두 간부야. 수백 년이나 살아온 최상급 마족이지. 죽기 싫으면 비켜 있어."

내가 보여주지!

진짜 성검의 사용법을!

"《노래하라》아론다이트."

오른손에 든 성검의 파란 빛이 한층 격렬해졌다.

나는 비상 신발을 발동하여 노란 자식에게 돌격했다.

오늘의 아론다이트는 평소랑 다르다!

◆

—얼마나 검을 섞었을까?

마법 주체인 노란 자식과 검으로 호각이라니. 자신이 흔들리는군.

어떤 마법인지 모르겠지만 손톱의 연장선상에 돋아난 노란 빛의 칼날이 성가시다. 아무리 부숴도 돋아나는 건 반칙 아냐?

감정 스킬이 가르쳐주는 노란 자식과 내 레벨 차이는 얼마 안 된다.

……그런데, 어째서 못 쓰러뜨리지?

노란 자식의 화염 공격을 「무적의 방패」로 받아내고, 「최강의 창」으로 강화된 성검 아론다이트로 놈의 방어막을 돌파한다. 그러나 놈의 주위에 돋아난 비늘 형태 방어막을 꿰뚫는 동안 위력이 깎여나간다.

마치 용사 야마토의 전설에서 「황금의 저왕」이 쓰는 「금린 장벽」같군.

그리고 약간이나마 대미지가 들어가도 놈의 주위에 떠 있는 구체 3개가 놈을 치유한다. 구체부터 먼저 처리하고 싶지만 하나를 부수는 동안 다음을 소환해 버린다.

—이대로는 점점 궁지에 몰린다.

나를 걱정한 메리에스트가 뒤에서 말을 걸었다.

"하야토, 혼자서 싸우려고 하지 마! 우리는 팀이야."

아차, 너무 뜨거워졌군.

메리에스트 말이 맞았다. 동료들과 협력하지 않고서는 난적을 이길 수 없다.

다행히 잔챙이 마물 대부분은 투기장 반대쪽에 있고, 시가 왕국의 전사들이 처리해주고 있었다.

시가 왕국에는 잘 안 와서 몰랐지만 이 나라의 전사들도 얕볼 수 없군.

어느 샌가 노란 자식에게서 거리를 벌린 솜씨도 좋지만, 서로 접근하지 않도록 거리를 두는 게 능숙했다.

—마치 **누군가** 조정하는 것 같았다.

무심코 그런 생각마저 들었다.

바보 같기는……. 잔챙이처럼 보여도 저 마물들의 레벨은 40대다.

그런 일을 할 만한 실력자가 있다면 우리들 파티에 스카우트하고 싶을 정도야.

이 나라는 전사들뿐 아니라 마법사도 우수했다.

몇 명의 술리 마법 사용자들이 「이력의 팔」^{매직 암} 마법을 릴레이해서 관객석에 남겨진 부상자들을 장외로 옮기고 있었다.

몇 십 명 있으면 저런 바보 같은 방법으로 운반할 수 있는지 모르겠지만 평소부터 만에 하나를 대비하여 엄격하고 수수한 훈련을 했을 것이다.

정말이지 감탄스럽군.

마음속으로 찬사를 보내는데 동료들에게 기습을 걸려는 쌍각 딱정벌레의 날개를 누군가가 저격해줬다.

강력한 방어막에 둘러싸인 쌍각 딱정벌레의 날개를 꿰뚫다니, 대단한 **궁병**도 있군.

무기도 굉장하지만, 위이야리 이상의 실력이 없으면 하늘을 나는 쌍각 딱정벌레의 날개를 일격으로 꿰뚫을 수 없다.

대체 이 나라에는 **얼마나 많은** 달인이 있는 걸까?

어쩌면 나를 용사로 소환하지 않았어도 이 나라의 전사와 마법사들이 마왕을 쓰러뜨릴 수 있을 것 같다는 생각마저 드는데.

아차, 남들한테 미루면 용사 실격이지.

하다못해 노란 자식 정도는 우리가 쓰러뜨리지 않으면 용사의 이름이 운다.

나는 노란 자식에게 다시 도전하기 전에 동료들에게 지시를 내렸다.

루스스와 휘휘 둘이 지네 형 마물에게 고전하고 있었다.

"린! 루스스와 휘휘 지원을 부탁해!"

"알았어!"

활기차게 대답한 린그란데가 폭렬 마법 영창을 시작했다.

먼저 지원 마법을 영창하던 로레이야의 영창이 이제 곧 끝날 참이었다.

"위이, 쌍각 딱정벌레를 맡길게. 나중에 루스스와 휘휘를 보낼 테니까 시간을 벌어줘."

"알았어, 하야토. 이쪽은 맡겨둬."

아니지, 위이야리. 그럴 때는 「쓰러뜨려 버려도 되는 거지?」라고 했으면 좋았잖아. 궁병 주제에 미학을 몰라.

『이제 작전 회의는 끝난 건가요?』

칫, 공격을 안 한다 싶더라니…….

그 여유를 후회하게 해주지.

"메리, 이 몸이 시간을 번다! 커다란 걸로 선물해줘!"

"알았어! 하야토, 무리는 하지마!"

내 공격만 가지고 안 된다면 메리에스트의 전술급 공격 마법으로 놈의 방어를 벗겨내고 마무리를 지으면 된다.

『인간의 마법은 늦은 겁니이다.』

노란 자식이 조소하면서 영창의 포효를 질렀다.

놈의 공격 마법이 하얀 화염의 호우가 되어 쏟아져 내렸다.

나는 유니크 스킬 「무적의 방패」로 강화된 성방패로 그 맹공을 막아냈다.

『과연 대단합니이다. 「연옥의 백염」을 막아내다니 진보했습니
    화이트 인페르노
이다. 역시 용사는 재미 있어요.』

노란 자식이 잘난 듯이 평가하는 동안 나는 동료들에게 수신

호로 신호를 보냈다.

잔챙이를 다 처리한 루스스와 휘휘가 위이야리를 지원하러 갔다.

"린그란데, 로레이야, 영창을 시작해요."

메리에스트가 지시하자 세 사람이 「신이 내린 부적」을 이용한 영창을 시작했다.

부적은 몇 가지 편리한 기능이 있는데, 영창 동기는 전술 마법의 위력이나 정밀도를 비약적으로 끌어올린다.

이 주문은— 금주잖아! 그것도 틀림없는 전술급 금주다.

분명히 「커다란 걸로 선물해줘」라고 했지만 전술급 금주는 지나치잖아, 틀림없이 이 도시에 무시할 수 없는 상흔이 남는다.

그러나 보통 상급 마법은 놈에게 통하지 않는다. 회복구(回復球)를 섬멸하고, 노란 자식에게 큰 대미지를 주려면 전술급 금주가 필요한 것도 분명하다.

이 도시의 주민에겐 미안하지만 다른 수가 없었다.

린그란데의 할아버지나 아까 그 마법사들이 얼른 주민을 피난시켜주기를 바라자.

피해 탓에 용사의 명성이 추락할지도 모르지만, 여기서 이놈이 날뛰면 그 정도로는 끝나지 않는다. 인명에 비하면 내 명성 따위 사소한 일이다.

『이상하구운요. 어째서 파랑이나 빨강이가 안 나오는 걸까아요?』

노란 자식이 관객석을 죽 둘러본 다음 고개를 갸웃거리며 뭐라고 했다.

어쩐지 딴 데 정신이 팔린 채 쏘는 노란 자식의 공격을 「무적의 방패」로 막았다.

천재일우의 기회인 것 같지만, 지금 후위에서 떨어질 수는 없었다.

『뭐어, 괜찮은 겁니이다. 용사들의 대미지는 따끔 기분 좋지마안은, 이제 그만 용사의 공포와 절망을 맛보고 싶구운요.』

"흥, 이 마조 자식아! 이 몸에게 공포라고? 할 수 있다면 해봐라!"

『그러면 기껏 준비한 선물인 겁니이다. 마음껏 맛보도록 하세에요.』

칫, 노란 자식이 뭔가 할 셈이군.

가슴이 술렁거리는 불길한 예감이 등줄기를 차갑게 식혔다.

나는 놈의 공격에 대비하여 가속의 마법약을 마셨다.

쓴 액체를 들이켰다. 효과가 조금씩 나타나 주변의 움직임이 점점 느릿해졌다.

효과가 단시간이고 효과가 끝나면 체력이 쭉 떨어지지만 지금이야말로 비장의 수를 쓸 타이밍이지.

노란 자식의 등 뒤 머리 위에 거대한 소환진이 생겼다.

―그리 간단히, 소환을 용납할 것 같냐!

"《노래하라》 아론다이트, 《연주하라》 투나스."

성검과 성갑옷의 성구를 읊었다.

내 마력에 이끌려, 성갑옷의 핵을 이루는 현자의 돌에서 마력이 흘러넘칠 듯 생겨났다. 막대한 힘이 내 몸을 통해 성검으로 흘러들었다.

노란 자식의 소환진 완성 전에 준비가 끝났다.

"섬광 연렬참."
샤이닝 블레이드

역시 필살기는 외쳐야 제 맛이지.

아음속으로 휘두른 아론다이트에서 뻗은 빛의 칼날이 소환진을 향해 덮쳐들었다.

—치잇.

놈, 머리 위의 회복구 하나를 섬광 연렬참 앞에 던져 막았다.

거듭해서 섬광 연렬참을 뿌렸지만 이번에는 놈의 발치에 떨어진 마물의 시체로 막았다.

분전이 무색하게 소환이 성공해 버렸다.

"……뭐, 라고?"

대괴어 토부케제라가 하늘에 떠 있었다.

사가 제국에서 본 전열포함보다 크다—. 그러면 몸길이 150미터 이상이란 건가?!

"대, 대괴어?!"

"거짓말, 『황금의 저왕』이 사역했다는 그거?"

"전설의 공중요새잖아?"

영창을 안 하는 세 사람이 경악하며 소리쳤다.

—대괴어(大怪魚).

어딘지 얼빠져 보이는 이름의 마물이지만 레벨은 97이다.

감정 스킬의 효과 범위 끝자락에 있어서 착각했나 했지만 몇 번을 다시 봐도 수치는 똑같았다.

나는 내 볼을 스스로 때리고 전율했던 마음에 기합을 넣었다.

메리에스트가 주도하는 금주로 노란 자식과 함께 정리해버리고 싶지만, 격이 높은 토끼 두 마리를 쫓는 건 무리다.

그렇다면 저 대괴어는 쥘 베른의 주포로 쓰러뜨려야 한다.

주포를 쏘면 주변 피해가 나오겠지만, 전술급 금주를 연발하는 것보다는 나을 거야.

"어떤 놈이 상대든 물러날 수는 없어!"

겁에 질린 동료들을 질타하여 거창한 포즈로 지시를 내렸다.

"위이, 루스스, 휘휘! 쥘 베른을 부상시켜."

귀중한 차원 잠행함이 부서지는 걸 경계하여 차원 너머에 숨겨놨지만, 그걸 신경 쓸 때가 아니었다.

황제 폐하에게 미안하지만, 배를 무사히 가지고 돌아간다는 약속을 깰 지도 모르겠다.

"주포 사용을 허가한다. 쥘 베른의 보석 열쇠를 가져가."

나는 무한수납에서 꺼낸 파랗게 빛나는 보석 열쇠를 위이야리에게 던져 건넸다.

덤으로 가속의 마법약으로 피로한 몸을 일시적으로 치유하는 마법약을 꺼냈다.

『제법 좋은 공포인 겁니~이다.』

노란 자식. 이 틈에 우쭐해 있어라. 금주의 영창이 끝나면 너도 끝장이다.

나는 마법약을 단숨에 들이키고 하늘을 보았다.

대괴어는 무슨 생각인지 이쪽을 돌아보지도 않고 투기장 한 쪽을 보고 있었다.

왜 그러는지는 몰라도 잘 됐다. 뜻밖에 노란 자식이 소환에 실패해서 컨트롤이 안 되는 걸지도 모르겠군.

『우~웅, 희망이 남아 있으면 공포에 잡내가 섞여서 신통찮네 에요.』

희망이라. 즐거운 일이라도 생각하면 되는 거지?

나 이 싸움이 끝나면 양육시설에 위문을 갈 거야ㅡ. 목욕을 시켜주거나, 옆에서 같이 자거나 하는 거지. 꿈이 펼쳐지는군!

좋아! 마음에 희망이 차올랐다. 그럼 가능해!

"이 몸이 용사인 한, 희망은 언제든지 있어."

『웃기네에~요.』

노란 자식이 내 결심을 비웃으며 하늘을 가리켰다.

투기장에 떨어지는 검은 그림자가, 하나 또 하나 햇빛을 가렸 다.

ㅡ나는 깨닫지 못했다.

하늘에 대괴어를 소환한 소환진이 남아 있었다.

ㅡ그렇다. 나는 그 의미를 깨달아야 했다.

소환을 끝내고 사라지지 않은 소환진에서 차례차례 대괴어가 출현했다.

처음 녀석을 포함해서 7마리.

─그렇군, 너희들이 내 죽음이냐?

이봐, 파리온 씨.

당신 세계는 너무 하드해.

용사 나나시

"사토입니다. 고난이란 건 갑자기 찾아오는 것이지만, 그걸 시련으로 받아들이는가 그냥 일상의 한 장면으로 받아들이는가에 따라 여러모로 변한다고 생각합니다."

용사가 노란 피부 마족을 상대하는 동안 나는 인명구조와 잔챙이 청소를 했다.

투기장 바깥쪽의 첨탑에서 관객석을 둘러보니 아직도 카리나 양을 비롯한 귀족들이 탈출하지 못하고 있었다.

테러를 일으킨 「자유의 날개」나 하급 마족들은 처리한 모양인데, 잔해를 치우는데 고전하고 있었다.

첨탑에서 관객석으로 이동하여 문제의 장소 근처에 몰래 다가갔다. 가시 같은 형태의 비행형 마물이 귀족들의 머리 위에서 소리 없이 공격하려는 것이 보였다.

"여러분, 위에서 마물입니다."

카리나 양 옆에 있던 핑크색 머리 소녀가 말했다.

주변의 마법사와 기사가 황급히 움직였지만 이대로는 늦는다.

부상자가 늘어나는 건 내 뜻이 아니니 발치의 잔해를 던져서

295

마물의 궤도를 비껴냈다.

마물은 귀족들과 조금 떨어진 곳에 격돌하여 파편과 흙먼지를 일으키며 바닥을 꿰뚫고 아래로 빠져나갔다.

날아온 파편은 카리나 양과 방패를 든 기사들이 막아내서 부상자는 없었다.

"고맙습니다, 언니."

"시, 신경 쓰지 않아도 된답니다."

핑크 머리 소녀가 감사를 표하자 카리나 양의 얼굴이 빨개졌다.

카리나 양한테도 친구가 생길 법한 분위기군. 백합으로 발전하지 않기를 빌어야지.

다른 마물이 다가오는 기색이 없기에 맵의 3D 표시로 잔해와 통로 상태를 확인하고 술리 마법 「이력의 손」을 써서 장애물을 치웠다.

지금까지 장난이나 체인 만들기에만 썼지만 「이력의 손」 120개의 힘을 합치면 중장비처럼 쓸 수 있었다.

힘을 합치면 성인 남성 환산으로 60명의 힘을 쓸 수 있으니 1톤 정도 잔해는 간단히 치울 수 있다.

물론 이 정도 운반력을 발휘할 수 있는 건 나밖에 없다. 통로 앞에서 용쓰고 있는 레벨 30의 술리 마법사는 쌀 포대 정도의 잔해를 치우는 게 한계 같았다.

"뭐, 뭐지?"

"누가 쓴 마법이지?"

당연히 통로 앞에 있던 사람들이 놀랐지만 신경 쓰지 않고 치웠다.

그들도 누가 해주고 있는가보다는 귀족들의 안전을 확보하는 게 우선인지, 내가 커다란 덩어리를 치우자 재빨리 퇴로를 확보하여 탈출했다. 카리나 양과 오리온 군도 함께였다.

일반관객이나 귀족들의 대피가 대강 끝난 뒤, 이번에는 격이 높은 적과 싸우는 전사들을 지원하고 관객석에 남아 있는 사람들을 구조하려고 주위를 둘러보았다.

"우와아아아아!"

어린 아이 비명이 들리기에 돌아보자, 낯익은 창술사가 십자창을 한 손에 들고 딱정벌레 형 마물과 분전하고 있었다.

아무래도 아이를 감싸다 마물의 뿔에 배를 찔린 모양이다.

게다가 그 비명이 주위를 배회하던 소형 벌레 마물들을 불러들였는지, 두 사람 주변에 차례차례 귀뚜라미 같은 마물이 다가섰다.

"아빠!"

"고라오!"

아이가 아버지에게 도움을 청했지만 아버지도 거의 죽어간다.

—아차, 보고만 있으면 안 되지.

마법란에서 하급 흙 마법인「석순」을 썼다.

관객석에서 돋아난 돌 창이 귀뚜라미의 배를 꿰뚫어 공중에 꿰었다. 마물들이 다리를 움직여댔지만 저 위치에서 아이를 공격할 수는 없었다.

창술사와 싸우던 딱정벌레도 뿔이 돌 창에 맞아 부러지고 몸에 무수한 돌 창이 돋아나 움직임이 느려졌다.

그때 창술사가 십자창을 휘둘러 딱정벌레를 마무리 지었다.

"뉘신지는 모르지만 조력 감사하오!"

출혈이 심한지 창술사가 무릎을 꿇었다.

"아빠!"

나는 몰래 숨어서 얼마 전에 배운 치유 마법으로 창술사를 치유하고, 고라오 소년과 함께 「이력의 손」으로 들어올려 투기장 외벽 너머 장외로 옮겼다.

편리하게도 내가 쓰는 「이력의 손」은 유효 범위가 상당히 넓었다.

갑자기 공중에 떠오른 소년의 비명이 가슴을 찔렀지만, 안전을 최우선으로 하는 거니까 용서해다오.

관객석에는 마물과 싸우는 마법사와 전사 집단뿐 아니라 미처 도망 못 친 비전투원도 흩어져 있었다.

목숨이 위험한 사람들은 비전투원뿐 아니라 모두 아까 그 부자와 마찬가지로 「이력의 손」으로 장외에 탈출시켰다.

처음에는 공중에 떠오른 사람들의 비명에 주의를 기울이던 전사들도, 모두 피난이 끝날 무렵에는 아무도 신경 쓰지 않았다. 역시 인간은 익숙해지는 생물이군.

비전투원들을 피난시키는 동안 마물의 분포를 조정해서 전사들이 서로 거슬리지 않도록 배려했다.

"우오오오오, 마물이 하늘로 떠올라서 이동했다!"

"칫, 마법사놈들. 덕분에 살았지만 먼저 한 마디 하라고."

전사들이 놀라면서 쓴 소리를 하기도 했지만 말하는 것만큼 불쾌하게 느끼는 기색은 없었다.

어디, 사람들 피난과 전장 조정이 끝났으니 잔챙이 마물을 정리해야지.

아무도 상대 안 하는 마물이 7마리 있기에 전력을 다한「유도 화살」을 5세트 정도 쏘아내 쓱싹 처리했다.

<small>리모트 애로우</small>

아까 전의 비명으로 익숙해졌는지, 마물이 차례차례 처리되어도 무술가들은 아무도 마법사를 찾지 않았다.

나로서는 마음 편해서 좋은데, 은폐 계열 스킬을 써서 몰래 이동하는 자신이 우스꽝스럽게 느껴졌다.

그런 식으로 관객석은 어떻게 수라장을 지났고, 투기장 안쪽에 주의를 기울였다.

생각보다 고전하고 있지만, 용사 일행은 불굴의 투지로 노란 피부 마족과 접전을 펼치고 있었다.

다만 괜한 난입자 때문에 용사 파티의 후위가 효과적인 공격 마법을 쓰지 못했다.

"이놈! 내 성검의 일격을 튕겨내다니?!"

"전하, 뒤!"

"우오오오오오."

괜한 난입자는 바로 왕자였다.

레벨 차이가 있는데도 아직까지 활기차게 노란 피부 마족에게 시비를 걸고 있었다.

도마뱀 마물의 공격을 맞고서 소년 기사와 함께 화려하게 날아갔지만, 둘 다 목숨에 지장이 없는 것 같기에 방치했다.

대형 방패의 늙은 기사는 조금 전에 왕자를 지키다 큰 부상을 입어서 어딘가로 이송됐다.

"위이! 저 쌍각 딱정벌레를 어떻게든 해봐아아아!"

"이래선 지네한테 집중할 수가 없어."

"무리야. 저런 속도로 나는 쌍각 딱정벌레는 화살로 못 맞춰."

용사 파티의 귀 종족 세 사람이 하늘을 붕붕 날아다니는 쌍각 딱정벌레를 상대로 고전하고 있었다.

—그렇게 어렵나?

쌍각 딱정벌레의 날개 소리가 귀에 거슬리기에 스토리지에서 꺼낸 마궁으로 날개의 뿌리 부근을 꿰뚫어봤다.

—맞는데요?

보통 화살을 쐈지만 같은 부분에 몇 개 더 맞췄더니 날개가 찢어져서 지상으로 낙하했다.

마물을 새치기하는 것도 미안하니까 뒷일은 용사 파티의 여자애들한테 맡기자.

손댈 일이 없어졌기에 투기장 주변의 맵을 확인했더니 사람들이 가장 가까운 쉘터나 공작성 안으로 피난하고 있었다.

그러면 노란 피부 마족이 광범위 마법을 써도 인명 피해는 적겠군.

뒷일에 대한 걱정이 사라졌으니 후학을 위해 용사 일행의 싸움을 관전하기로 했다.

용사 일행은 왕자라는 방해꾼이 없어지자 후위들도 공격 마법을 쓸 수 있게 됐다. 아까보다 유리하게 싸우는군.

용사와 노란 피부 마족의 대화로 추측하건대, 노란 피부 마족은 마왕전 때 먼저 싸운 로소이다, 로다 마족의 동료인가 보다.

그건 그렇고 노란 피부 마족의 머리 위에 떠 있는 3개의 구가 굉장했다. 용사들이 큰 대미지를 입혀도 순식간에 회복시킨다.

AR표시를 보니 저 구체는 마법으로 만든 것이 아니라 「회복구」^{큐어볼}란 마물이었다. 소환 마법으로 불러낸 거겠지.

용사 파티의 후위가 「회복구」를 파괴할 때마다 다시 소환해서 보충하는 게 참 얄밉다.

멋대로 참견하면 용사 파티에게 원망을 받을 것 같으니, 안타깝지만 한동안 손대지 말고 지켜보자.

—어라? 머리 위에서 위기 감지가 반응하네?

하늘을 올려다보니 소환진이 있었다.

노란 피부 마족 녀석이 뭘 소환하려는 건지 몰라도 여기서 나온 마물은 출현과 동시에 쓰러뜨려야지. 새로운 중급 마법 실험에 딱 좋겠다.

그리고, 거기서 나타난 것은—.

고래?

하늘을 날지만 고래였다.

몸 길이 300미터나 되는 거체지만, 틀림없이 고래였다.

일본의 박물관에서 본 흰긴수염고래 실물 크기 모형의 10배쯤 되지만, 그건 중요하지 않다.

　—고래는 맛있다.

　그게 제일 중요하지.

　땅에서는 용사 일행이 전투를 제쳐둔 채 놀라고 있었다.

　그야 그렇겠지.

　용사도 일본인이라면 분명히 고래 맛을 알고 있을 거다.

　고기를 확보하면 그에게도 좀 나눠줘야지.

　AR표시에 따르면 대괴어 토부케제라라는 마물이니까 우리 세계에 있던 과격파 단체가 불평을 하지도 않을 거야.

　이건 해수 퇴치이며, 귀중한 단백질 공급원 확보다.

　—아아, 고래 참 오랜만이야.

　……보기만 해도 입 속에 침이 고였다.

　저 정도 사이즈라면 **몇 끼 분량**이 될지 상상도 안 된다.

　야마토니[#14]는 기본이고, 또 뭘 만들까?

　대괴어를 올려다보며 조리법을 검토하고 있는데 어째선지 대괴어와 눈이 마주쳤다. 신변의 위협을 느낀 걸지도 모르겠군.

　도망치면 아까우니까 쓰러뜨릴 때는 신속하게 일격으로 처리해야지.

　이야, 마족들.

　너네도 할 때는 잘 하잖아!

　무심코 춤이라도 출뻔했지만, 한 마리로 끝이 아니었다.

　소환진에서 무려 6마리나 추가로 나왔다.

#14 야마토니 일본 요리의 일종. 장조림과 비슷하다.

그야말로 웃음이 멈추지 않는 상황이군. 고급 식재료가 제 발로 찾아오다니 너무 좋아.

조금 더 기다려봤지만 저걸로 끝인가 보다. 추가로 나올 가능성이 있으니까 소환진은 부수지 말아야지.

고래 해체를 할 때 고기가 상하면 안 되니까 빛 마법 「광선」으로 머리를 베고 곧장 스토리지에 수납하기로 했다.

사실은 엑스칼리버의 절삭력을 선보이려고 했지만, 상대가 너무 커서 칼날이 닿지 않았다. 이 「광선」은 중급 마법치고는 위력이 약하다. 다만 「마법의 화살」과 마찬가지로 많이 쏠 수 있으니 빛 마법 「집광」을 이용해 한데 묶으면 위력과 집속도를 올릴 수 있다.

맵을 3D 표시로 바꾸면 레이저의 궤도를 정확하게 시뮬레이트할 수 있다.

계산해 보니 사용 시간이 조금 부족하기에, 온 오프를 연속으로 바꾸어 펄스 레이저처럼 쏘기로 했다. 이러면 공격 한 번으로 7마리 전부 처리할 수 있다.

마법을 연속으로 쏴도 되지만, 시간을 끌다가 소환진 너머로 도망치는 게 싫었다.

방침이 정해졌으니 재빨리 실행!

압력조차 느껴지는 섬광과 강력한 오존 냄새가 생겼다.

나는 「광량 조절」 스킬의 도움을 받아 섬광 너머의 고래를 향해 유사 펄스 레이저 궤도를 유도했다.

펄스 레이저가 고래의 머리를 베어내고, 그 여파가 하늘 너머로 구름을 꿰뚫었다.

처음 한 마리와 마찬가지로 나를 내려다 보듯 고리를 그리던 고래들이 일제히 몸을 비틀었다.

이제 와서 도망쳐봤자 늦었어.

나는 첫 번째 고래의 머리를 잘라낸 기세를 죽이지 않고 차례차례 나머지 6마리 고래의 머리를 잘라냈다.

―좋아, 일격으로 클리어!

저 거대한 질량이 낙하하면 대참사가 일어나니까, 곧장 천구와 축지로 접근하여 「이력의 손」을 뻗어 모든 고래를 스토리지에 회수했다.

공기가 탄 건지, 혈육이 증발한 건지 고래 고기 근처는 조금 뜨거웠다.

레이저로 지졌는데도 꽤 많은 체액이 튀어 버렸다. 체액이라고 해도 질량이 상당해서 방치했다간 지상에 있는 사람들이 크게 다칠 지도 모르겠다.

눈 깜빡 할 사이에 그 판단을 내리고 「이력의 손」을 가늘고 길게 뻗어서 체액을 스토리지에 수납했다.

체액 속에서 기생충 같은 생물이 공중에 남기에, 투기장 바깥에 떨어지는 것부터 「광선」으로 말살한 다음 스토리지에 회수했다.

사각 때문에 처리 못한 기생충도 있지만, 바로 아래 부근에 왕자가 있으니 쓰러뜨려 주겠지.

처리를 끝내고 한숨 돌리자, 소란이 가득하던 투기장이 조용

해 진 것을 깨달았다.

……그러~니까.

고래가 맛있는 게 문제인 겁니다!

〉칭호 「정리인」을 얻었다.

〉칭호 「보이지 않는 지원자」를 얻었다.

〉칭호 「전장의 지배자」를 얻었다.

〉칭호 「대괴어 살해자」를 얻었다.

〉칭호 「빛의 술법사」를 얻었다.

〉칭호 「천공의 요리사」를 얻었다.

◆

—아뿔싸.

고래 고기 확보하는데 너무 전력을 다했다.

다들 엄청나게 보고 있네. 다행히 고래의 피가 증발하여 안개가 끼었으니 내 모습은 보이지 않을 거다.

그리고 나처럼 「멀리 보기」를 써서 보는 사람의 기척도 없었다.

이제 와서 숨어봤자 늦었고, 용사 나나시의 모습이니까 누가 보더라도 괜찮겠지.

다만, 나나시의 정체가 사토라는 게 들키면 곤란하다.

심야에 마법 수행을 하면서 아리사랑 생각해낸 용사 나나시 버전Ⅲ가 빛을 볼 날이 왔군.

나는 스토리지에서 꺼낸 의상으로 재빨리 갈아입고, 「변성」 스킬의 힘을 빌려 여자 성우가 만드는 소년의 목소리로 바꿨다.

그리고 나답지 않은 괜히 친한 척 구는 실례되는 성격을 연기해야지.

지금까지 노란 피부 마족에게 손대는 건 피했지만, 버전Ⅲ의 성격 설정이라면 분위기를 안 읽는다. 적극적으로 손을 대는 스타일로 가자.

나는 자유낙하도 새파래질 속도로 지상에 급강하하여 「유도 화살」로 투기장에 남은 마물 몇 마리와 노란 피부 마족의 회복구를 파괴했다.

남은 건 노란 피부 마족에게 돌렸지만 그쪽은 노란 피부 마족의 화염 마법에 요격당해 버렸다.

"─누구냐!"

『누구인가요?』

용사와 노란 피부 마족의 물음이 겹쳤다.

양자는 서로 거리를 두고서 이쪽을 경계하고 있었다. 나는 고도를 낮춰 지상 10미터까지 강하했다.

"나는 나나시라고 해. 잘 부탁해."

연령 불명의 목소리와 어조로 대답했다.

─위험.

위기 감지가 용사의 등 뒤에 있는 미녀 방향에서 위협을 알렸다.

그러고 보니 그녀들이 영창을 시작한지 2, 3분 지났다. 무슨 상급 마법이겠지만 위기 감지의 반응을 보니 시내에서 쓸 수 있는 수준의 마법이 아닌가 보다.

안돼— 저것은, 막아야, 한다.

이 정도 조바심을 느낀 건 마왕전 이후 처음이다. 일단 로그를 봤지만 정신 마법 같은 건 아니었다.

용사를 설득해서 중단시키는 게 베스트겠지만, 문답할 시간이 없어 보이니 조금 억지로 막자.

일단 「마법 파괴」로 그녀들의 주문 영창을 강제 중단.

당연히 마법 구성을 파괴해서 지향성을 잃은 마력이 주위에 넘쳐흘렀다.

심야의 각종 마법 실험을 한 경험에 따라 이 흐름은 예상하고 있었다. 나는 「이력 결계」로 미녀들을 지켰다.

그다지 강한 방어 마법은 아니었지만 문제없이 지켜냈다.

다만, 마법의 강제 중단으로 반동이 있었는지 다들 땅바닥에 웅크려 앉았다.

"무슨 짓이야!"

용사가 미녀들에게 달려가며 이쪽에 항의했다.

"미안. 그 마법은 지나치게 위험해. 그래서 미안하지만 중단시켰어."

어깨를 으쓱거리며 가벼운 어조로 사과했다.

역시 용사라면 주변 피해를 줄일 궁리를 해주면 좋겠다. 재방송으로 했던 츠바사맨을 보고 본받아라.

『이것은 실소가 나오는 겁니다. 내란인가아요?』

노란 피부 마족이 새로운 회복구를 만들면서 웃었다.

『아마도 환술을 써서 대괴어를 소환 게이트로 돌려보낸거어 군요? 제법 지혜를 가진 알이 있습니이다.』

어라? 그렇게 해석했어? 그리고 알이란 건 뭐지? 무슨 은어인가?

아무래도 노란 피부 마족이 보기에 대괴어를 레이저 일격으로 쓰러뜨리는 건 환각이라고 잘라 말할 정도로 비상식적인 광경이었나 보다.

그리고 위기 감지가 새로운 위험을 알렸다.

공간 틈에서 용사의 은색 배가 솟아 올랐다.

잠시 뱃머리가 흔들리더니 망설인 끝에 하얀 빛이 넘치는 뱃머리 주포 조준을 나에게 고정했다.

아무래도 용사가 항의하는 모습을 보고 나를 적으로 판단한 모양이다.

—성질 급하긴.

내심 불평을 토했지만 객관적으로 수상한 모습이라 무리가 아니었다. 역시 가면 때문에 정의의 편 같지가 않은가 보군.

어쩐지 근미래적인 효과음이 울리며 은색 배에서 광선이 뿜어져 나왔다.

나는 빛 마법 「집광」을 사용해 광선의 방향을 상공으로 바꿨다.

받아낸 감각으로 볼 때 내 「광선」 4개에서 8개 정도의 위력이 있어 보였다.

광선을 발사한 뱃머리가 빨갛게 달아오르고 있으니 금세 멈추겠지. 그저 비껴내기만 하면 에너지 낭비니까 노란 피부 마족이 재소환한 회복구의 청소에 이용했다.

『광주(光舟)의 광선을 휜단 말인가요? 그저 알인가 했더어니, 이미 부화한 것 같습니이다.』

노란 피부 마족이 무슨 소린지 알 수 없는 망언을 해댔다.

아마도 광주란 건 용사가 탄 은색 배를 말하는 거겠지.

용사가 선내의 동료들을 향해 뭐라고 외쳤지만 승무원들에게는 안 들리는 모양이다.

"한심하구나, 용사!《춤춰라》클라우 솔라스."

—어라?

왕자도 아직 무사했나 보네.

은색 배에 이어 왕자까지 나를 적으로 인정하고 하늘을 나는 성검을 쏘아냈다. 고래의 피를 머리부터 뒤집어 쓴 것이 마음에 안 들었나?

나는 머리를 옆으로 기울여 성검을 피하고, 성검이 가까운 곳을 통과하기 직전에 자루를 잡아 세웠다.

성검이 손 안에서 날뛰었지만, 단숨에 마력을 뽑아냈더니 얌전해졌다.

—그건 그렇고, 왕자.

모습이 꽤나 꾀죄죄해졌는데?

갑옷은 반파되고, 드러난 살에는 마물이 깨문 것으로 보이는 상처가 무수히 남아 있었다. 용케 출혈로 안 죽었네.

왕자 가까운 곳에 떨어진 기생충들과 사투를 벌인 흔적이군.

성검을 가진 왕자라면 여유롭게 쓰러뜨릴 거라 생각하고 방치했는데, 이 참상을 보니 생각보다 고전했나 보다.

그의 옆에 어느샌가 전장에 복귀한 소년 기사가 미친 듯이 웃으면서 마물의 시체에 검을 찔러대고 있었다.

내가 왕자 일행에게 신경을 기울인 틈에 노란 피부 마족이 발치에 송환진을 만들어 도주를 꾀했다.

─안 놓치거든?

나는 재빨리 「마법 파괴」를 사용해 송환진을 파괴했다.

더욱이 축지로 빠르게 접근하여 「마력 강탈」로 노란 피부 마족의 마력을 빼앗았다.

아쉽게도 단번에 모든 마력을 빼앗는 건 무리였다. 한 번에 뺏을 수 있는 MP는 300정도로군.

『으그그! 고작해야 병아리를 상대로, 이렇게까지 쉽사리 마력을 빼앗기다니 있을 수 없는 일입니이다!』

아까부터 알이니 병아리니 알 수 없는 말을 하는 놈이네. 닭고기는 좋아하지만 닭고기 취급을 받는 건 사양하겠어.

내 「마력 강탈」의 사정거리 밖으로 도망치려는 노란 피부 마족을 축지로 쫓아가서 또 마력을 빼앗았다.

레벨 71이라면 MP가 전부 710 정도 되지 않을까 싶었는데, 「마력 강탈」을 세 번 써도 다 떨어질 기색이 없었다. 마족의 보유 MP는 인간족보다 훨씬 많은가 보네.

10번 정도 더 반복하니 마력 강탈이 안 됐다. 노란 피부 마족 녀석은 나보다 MP 총량이 많은가 본데.

빼앗은 마력은 여분이니까 마침 가지고 있던 성검 클라우 솔라스에 충전했다.

한손 검 사이즈였던 성검이 마력을 주입할 때마다 커졌다. 아리사가 있었다면 이상한 연상을 하면서 슬금슬금 볼이 느슨해졌을 거다.

성검 클라우 솔라스는 MP를 500 정도 주입하자 팽창이 멈췄다. 박물관에 있던 레플리카랑 비슷한 크기군.

아무래도 그 레플리카는 진실에 기반해서 만든 모양이다.

『으그그, 아무래도 병아리의 기원은 흡혈귀^{뱀파이어}의 진조였던가 봅니이다.』

이번에는 흡혈귀 취급이나…….

일단 마력을 다 빼앗았으니 「마법 파괴」로 방어 마법을 파괴하고 때리는 콤보를 반복했다. 마족이 무슨 말을 하고 있지만 적당히 흘려들었다.

노란 피부 마족의 방어 마법을 얼추 벗겨내고서, 체력을 90퍼센트 정도 깎아낸 다음에 용사 일행 앞에 노란 피부 마족을 던져 버렸다.

"—칫."

눈앞에 날아온 노란 피부 마족을 용사의 성검 아론다이트가 주저 없이 양단했다. 둘로 갈라진 노란 피부 마족이 검은 먼지가 되어 사라졌다.

역시 방어 마법이 없으면 성검에 간단히 쓰러지는군.

한 번에 다수의 마법을 파괴할 수 있는 마법을 개발해보는 것도 좋겠다.

노란 피부 마족이 파멸할 때 『재도전을 요구하는 겁니다』라
고 외쳤지만 뭘 재도전하는지는 마지막까지 불명이었다.

용사가 성검 아론다이트를 뽑아 든 채 내 앞으로 걸어왔다.

"—무슨 속셈이지?"

"악연이 있는 상대잖아?"

"흥, 감사는 안 한다."

"상관없어. 어차피 금주가 발동했다면 쓰러뜨릴 수 있는 상대
였잖아?"

노란 피부 마족의 여유를 보면 금주에 대한 대항 수단이 있었
던 것 같지만, 그걸 지적하는 건 못난 짓이다.

그런데, 이 어조는 실수였나? 과묵 캐릭터보다는 낫지만 말
하기 힘들군.

"그런데, 저 바보 왕자가 죽기 직전인데 안 구해도 되나?"

용사의 말에 왕자 쪽을 돌아보니, 피 웅덩이 속에서 선충 같
은 잔챙이 마물 몇 마리에게 유린당하고 있었다.

—이상하네.

아까 전까지는 피투성이 고기투성이 스플래터긴 했어도 호각
이상으로 싸웠었는데 말이지.

용사는 왕자를 적극적으로 구할 생각이 없어 보였다.

나도 구해줄 의리는 없지만, 저 마물을 쓰러뜨리면 투기장의
소동도 끝나기 때문에 본의 아니지만 구하기로 했다.

이 마물은 처음에 봤을 때 레벨 20전후였는데, 어느샌가 레

벨 50이 몇 마리 섞여 있었다.

아무래도「생명 강탈」^{라이프 드레인}이란 스킬로 다른 마물이나 왕자의 레벨
과 생명력을 빼앗아 급성장했나 보다.

—어쩐지.

왕자의 머리칼이 어느샌가 하얗게 변했다 싶었다.

저런 주름도 없었고, 레벨도 40 후반이었는데 방금 보니까
레벨 20대로 떨어져 있었다.

소년 기사도 왕자랑 비슷한 느낌이지만 왕자보다는 상당히
나았다. 레벨도 아슬아슬하게 30대를 유지하고 있고, 머리칼은
하얗게 셌지만 노화는 없었다.

왕자도 나에게 클라우 솔라스를 던지지 않았으면 조금 나았
을 텐데 가엾구만.

둘이 죽기 전에 마물들을 쓰러뜨리자.

유도 화살을 쓰면 더 빠르겠지만, 기왕이니 성검을 써봐야지.

"《춤춰라》클라우 솔라스."

성검 클라우 솔라스가 내 손에서 떠오르더니, 겹쳐둔 종이가
흩어지는 것처럼 늘어났다.

—오옷!

내가 놀라는 동안 성검이 13장의 얇은 검신으로 갈라지더니
실검의 바깥쪽에 파랗게 빛나는 빛이 칼날을 형성했다.

더욱이 시야에「유도 화살」과 같은 조준 마크가 AR표시로 나
타났다.

궤도도 설정할 수 있었다. 그대로 잔챙이 마물을 향해 칼날을

쏘아냈다.

칼날이 차례차례 마물을 베어내더니 순식간에 섬멸이 끝났다.

퇴장하기 전에 빈사에 빠진 왕자 일행의 상처를 조금 치료해
둬야지. 이대로 죽으면 내가 몹몰이 PK를 한 것 같아 뒷맛이
안 좋아.

생명력이 강해 보이는 기생충 타입의 마물이 재생하면 귀찮
으니까 「이력의 손」을 뻗어서 잔해를 스토리지에 회수한 다음,
땅에 남은 왕자 일행을 물 마법으로 치유했다.

조금만 치유할 생각이었는데 한 번에 체력을 완전회복 시켜
버렸다.

백발이나 노화는 안 나왔지만, 거기까지 해줄 생각은 없었다.

대국의 왕자라면 젊어지는 약이든, 신전에 가든, 무슨 회복
수단이 있겠지.

둘 다 장비가 파괴되어 반라였기 때문에 전에 도적에게 회수
한 망토를 몸 위에 덮었다.

투기장 너머에서 새 수인족의 정찰대가 날아왔다.

드디어 영지군이 온 모양이다. 맵으로 확인하니, 철 골렘 45
개체와 기사를 주력으로 3,000명이 투기장을 포위하고 있었
다. 이동포대도 몇 댄가 와 있었다.

"칫, 이제야 오다니."

거칠게 내뱉는 용사에게 나는 작별의 말을 건넸다.

"용사, 나는 이제 그만 가볼게."

이제 그만 퇴장하지 않으면 귀찮아지거든.

"권력자 근처에는, 별로 가고 싶지 않아."

죄송합니다. 사실은 이미 권력자 사이드입니다.

"그 마음은 이해한다. 아마 이미 보고 있겠지만, 이 몸은 용사 하야토 마사키. 헷갈리겠지만 마사키가 성이다. 너도 일본인— 아니, 머리를 보니 전생자로군. 예전 일본인이지?"

"일본인인지 아닌지는 말 안 해도 알지 않아? 나는 용사 나나시. 언젠가 전장에서 만날 일이 있을지 모르지."

등장할 때 한 번 자기소개를 했지만, 용사 하야토의 자기소개에 맞춰서 한 번 더 「용사 나나시」란 이름을 밝혔다.

그건 그렇고. 일인칭이 「이 몸」인 녀석은 처음 만났다.

"기다려!"

내가 가려는데 용사가 불러 세웠다.

"무슨 일?"

"아까 동료가 포격해서 미안했다. 그리고…… 마족 퇴치 협력에 감사한다."

어라? 사죄는 몰라도 아까 「감사는 안 한다」라고 하지 않았나?

그 생각이 전해졌는지 용사가 말을 덧붙였다.

"—마족 퇴치의 공적을 가로챌 생각은 없어. 참견에도 감사할 생각 없지만, 네가 도와준 덕분에 동료를 한 사람도 잃지 않고 상급 마족을 퇴치했다. 그러니까 그 부분은 순순히 감사하고 싶다."

과연, 내가 라스트 어택만 양보한 것은 용사의 프라이드에 상처를 주는 행동이었군.

"그래. 네 사죄와 감사를 받을게."

"기다려! 이 몸이랑 같이 싸우지 않겠어? 마왕과 싸울 때 네가 필요해."

─으엑.

하다 못해「네 힘이 필요해」라고 해라.

정말로 무표정스킬이 있어서 다행이다. 이상한 표정을 안 할 수 있으니까.

"그거 프로포즈? 모처럼 권해준 거지만 사양할게."

"아, 아냐!"

내가 놀리자 얼굴이 빨개져서 부정하는 걸 보니, 용사의 게이 의혹이 짙어졌다.

동성애자에게 편견은 없지만 나는 이성애자라서 남자에게 대시를 받아도 기쁘지 않아.

그때 군화 소리를 울리며 영지군의 선견 부대가 관객석에 나타났다.

"그럼, 또 봐."

용사에게 손을 흔들고 하늘로 날아올랐다.

"그래, 다음에는 마왕과 싸우는 전장에서 만나자!"

아차, 마왕을 쓰러뜨린 거 말하는 걸 잊었네.

"공작령에 나온 마왕이라면 벌써 쓰러뜨렸어."

서두른 탓인지 칭호가「진정한 용사」가 아니라「용사」기에 전자를 덧붙였다.

"─뭐?"

내 말에 용사가 눈이 점이 되어 놀랐다.

그의 「그게 무슨 말이지!」라고 외치는 소리를 선견 부대의 「왕조님」 콜이 덮어 씌웠다.

—왕조님?

그 의문은 「멀리 보기」 마법으로 내 모습을 보고 납득했다.

13장으로 분할된 성검 클라우 솔라스가 내 주위를 부유하는 모습이 박물관에 있던 왕조의 회화랑 똑같았다.

아무래도 그들은 나를 왕조 야마토의 재래로 오해한 모양인데…….

그러나 왕조 야마토는 2미터의 대검을 휘둘러대는 거한이었을 텐데?

지금 내 가녀린 모습과 일치하지 않을 것 같은데, 척후들과 거리가 멀어서 체격까지는 구분이 안 되나 보네.

어쩐지 보기 안쓰러운 분위기라 얼른 퇴장하기로 했다.

천구로 수백 미터 상승한 다음 바람 마법 「공기 대포」를 써서 가속했다.

꽤 빠르다. 시속 100킬로미터는 가볍게 넘어섰다. 나중에 최대 속도를 실험해 봐야지.

그건 그렇고 하늘 너머로 사라지다니, 옛날 히어로 같은 기분이군.

고래 파티

　"사토입니다. 급식으로 나온 고래 고기의 조리방법으로 나이가 들킨다는 이야기를 들어본 적이 있습니다만, 실제로는 지역에 따라 조리방법이 다르기 때문에 신뢰도가 아주 높지는 않다고 합니다. 중요한 것 맛있다는 거죠."

　"야호~! 오늘은 일식이네!"

　유카타 차림의 아리사가 식탁에 놓인 라인업을 보고 신이 났다.

　테이블에는 죽순밥과 된장국, 치쿠젠니[#15], 다시마 말이, 콩자반, 대두, 두부 튀김, 히야얏코[#16], 야마토니, 그리고 고기를 좋아하는 애들 용으로 튀김이 산처럼 쌓여 있었다.

　"일식~?"

　"일일인 거예요!"

　타마랑 포치는 「일식」의 의미를 잘 모르지만 튀김의 산을 보고 방방 뛰며 기뻐했다. 즐거워 보이니 다행이야.

　카리나 양과 다른 애들도 요리를 둘러보며 눈빛을 반짝였다.

　오늘은 일식 데이라서 식사뿐 아니라 모두 아리사와 같은 유카

#15 치쿠젠니 고기와 각종 야채에 간을 해서 졸이는 일본 요리. 현대에는 주로 닭고기를 쓰지만 초기에는 거북이 고기를 썼다고 한다.
#16 히야얏코 찬 두부 위에 각종 고명을 올려 먹는 일본 요리.

타 차림이었다.

나나와 카리나 양은 아리사가 엄중하게 허리띠를 동여맨 탓에 가슴 부분에 한치의 틈도 없었다.

유감……, —이 아니라, 참으로 건전하다.

"이 향은 뭘까요? 새 튀김과는 다른 냄새가 납니다."

리자가 튀김의 산 앞에서 촉촉한 눈빛을 하자, 방방 뛰던 타마랑 포치도 그녀의 좌우에서 코를 킁킁거리며 냄새를 즐기기 시작했다.

미아의 자리 앞에는 이번에 처음 도전하는 신작 튀김도 있었다.

"야채 커틀렛?"

"그래. 미아 용으로 연근이나 아스파라로 야채 커틀렛을 만들어봤어."

"사토!"

미아가 활짝 웃으며 허리에 매달렸다.

전부터 튀김을 먹는 다른 애들을 보면서 부러운 기색을 보이기에 시험 삼아 만들어 봤는데, 예상보다 더 기뻐하는군.

"마스터! 된장 수프에 노란 별이 떠 있다고 보고합니다!"

된장국 그릇에 바짝 다가간 나나가 별 모양 고구마를 발견하고 흥분하여 내 손을 잡아끌었다.

이건 찐 고구마를 으깬 다음 별 모양으로 만들어 구운 거다. 줄기가 많아서 제거하는데 고생했다.

뜻밖에 수고로웠지만 이렇게 기뻐해주니 고생한 보람이 있군.

"우와아, 이런 성찬 처음이에요."

"에리나, 우리는 카리나 님의 덤입니다. 절도를 잊지 말아요."

"네~에."

오늘은 귀중한 식재료를 대량으로 얻은 기념일이라 카리나 양의 호위 메이드를 맡은 피나와 에리나도 식탁에 초청했다.

그러면 다들 자리에 앉았으니 식사를 시작할까 했는데, 아리사가 너무 신나서 자리에 앉질 않는다.

"으앗하! 이쪽에는 콩자반도 있잖아! 오오, 대두까지! 아~잉, 파란 생강이 토핑된 히야얏코까지 있으면 더 이상 어쩌라는 건지."

"아이 참, 아리사. 이제 그쯤하고 자리에 앉아. 다들『잘 먹겠습니다』를 못 하잖아?"

"네~에, 루루 언니."

루루가 타이르자 신이 난 상태 그대로 손을 들며 대답했다.

그리고 평소보다 3배 활기찬 아리사의「잘 먹겠습니다」를 신호로 식사가 시작됐다.

"맛셔~."

"초하고, 굿하고, 궁극인 거예요!"

"굉장해요……. 한 번 씹을 때마다 감칠맛이 넘칩니다."

타마가 튀김을 입 속에 넣으면서 나고야 사람 같은 발음으로 감상을 말했다.

포치는 얼마나 맛이 좋은지 표현하려고 했지만 어휘가 헛돌고 있었다.

리자는 감격해서 눈물을 흘릴 기세였다.

"주인님, 이 고기는 굉장합니다. 한 입 먹을 때마다 힘이 솟는 기분이 듭니다."

"에이, 리자 씨도 참 거창하네~. 일단 튀김부터 가보자!"

아리사는 리자의 말을 웃어넘기고서 입을 커다랗게 벌려 튀김을 넣었다.

"오오오, 이거, 맛있어어. 지금까지 먹어본 적이 없— 응? 하지만 어쩐지 익숙한……."

아리사가 진지한 표정으로 눈썹을 찌푸리고, 오물오물 튀김을 씹었다.

"어~어? 무슨 튀김이지? 새는 아니고 돼지도 아니고. 분명히 먹어본 적이 있는데, 생각이 안 나~."

아리사가 천천히 맛보면서 고개를 갸웃거렸다.

"—알았다, 고래야!"

과연 아리사.

"옛날에 급식으로 야마토니나 고래 튀김이 나왔어~. 하지만 고래 고기를 용케 구했네."

"아아, 운이 좋았지."

응, 오늘은 참 행운이었다.

고급 식재료가 제 발로 찾아왔으니 그야말로 럭키 데이.

"야마토니도 먹을래?"

"우호호~이! 먹을래먹을래!"

야마토니를 그릇에 덜어서 시식시켜줬다.

슬프게도 아무도 손대지 않은 녀석이다. 겉보기에 맛없어 보이나?

오로라니#17도 만들고 싶었지만 토마토를 아직 못 구해서 보류했다.

"역시, 고래는 맛있─."

만족스런 표정으로 야마토니를 먹어 치우던 아리사가 움직임을 멈추고 미소가 얼어붙었다.

"─에엥? 고래?"

간이 별로였나?

"……주인님. 오늘 나온 적은 상급 마족이랑 뭐가 나왔다고 했었지?"

내 옆에 다소곳이 정좌한 아리사가 작은 소리로 귓속말을 했다.

여러 가지 마물이 나왔지만, 아리사가 묻고 싶은 말이 상상이 가기에 주위에 들리지 않도록 작게 대답했다.

"대괴어."

"대, 대괴어는 그거지? 왕조 야마토의 초상화에 나오는 하늘을 나는─ 고래, 맞지?"

아리사의 질문에 수긍했다.

분명히 왕조 야마토도 퇴치한 고래 고기를 마음껏 즐겼을 거다.

"대, 대괴어…… 공중 요새……."

아리사가 중얼거리며 우뚝 멈췄다.

어라? 대괴어 고기는 싫어?

"─맛있는 것에는 죄가 없어!"

아래쪽을 보며 입술을 깨물던 아리사가 눈을 부릅뜨면서 외

#17 **오로라니** 토마토와 베샤멜 소스를 섞어 만든 오로라 소스를 넣고 졸인 요리.

쳤다.

"무죄~?"

"소송, 인 거예요."

타마랑 포치가 품에서 꺼낸 부채를 펼치고 아리사 옆에서 춤을 췄다.

아리사에게 배운 탓인지, 타마랑 포치가 뭘 본 따서 저러는지 모르겠군.

"아리사! 테이블 위에 발 올리면 안 돼!"

"네, 죄송합니다! 루루 언니!"

기세를 타고 테이블에 한 발을 올렸던 아리사가 루루에게 혼나고 「차려」 자세로 사과했다.

타마랑 포치는 리자에게 혼났다.

아리사의 반응으로 리자의 발언은 모두 잊어 버렸다. 그런데 나중에 검증해 보니 그녀의 직감이 맞았다는 것이 판명됐다.

나중에 자기 능력치를 모니터 할 수 있는 아리사와 검증해 보니, 고래 튀김을 먹고 일정 시간 동안 근력치나 내구치 등의 수치가 10퍼센트 정도 상승한다는 것을 알았다.

현재 보유한 소재로 확인해 보니, 보통 음식에는 그런 효과가 없었다. 일부 마물 식재료에만 있는 효과겠지. 앞으로도 때를 봐서 연구를 해봐야겠다.

그건 그렇고 고래 튀김은 모두 대호평이었다.

"한 입 마다~."

"고기 끓고 피가 춤추는 거예요."

응, 포치. 마음에 든 건 알았으니까 차분하게 먹자꾸나. 고기가 끓는다느니 피가 춤춘다느니 하는 무서운 말도 하지 말자.

옛날에 게임에서 본 고기 인간 같은 걸 떠올려 버렸잖아…….

"혹시 이 튀김은 비싼 것 아닌가요?"

리자가 걱정스레 물었다.

아무리 거금을 들여도 얻을 수 없다는 점을 고려하면 비싸겠지만, 한 마리당 몇 톤이나 될지 모르니까 다 먹기도 어렵다.

"마음에 들었니? 잔뜩 있으니까 신경 쓰지 말고 먹어."

"—네."

내 말에 리자가 주먹을 움켜쥐며 고개를 끄덕였다. 리자, 좀 더 맘 편하게 먹어.

어지간히 입에 맞았는지, 아인 소녀들과 카리나 양이 고래 튀김을 엄청난 기세로 먹었다.

카리나 양과 메이드들은 씹느라 바빠 말이 없었다.

"타마, 포치, 이 튀김은 내가 확보한 겁니다. 양손의 포크에 찌른 2개로 만족하세요. 아아, 카리나 님. 그렇게 아무렇게나 삼키지 말고 조금 더 맛을 즐기세요."

—리자, 진정하자.

튀김의 산이 순식간에 줄어들자 불안을 느꼈나 보다.

나는 창가에서 미소를 짓고 있는 급사 담당 메이드에게 보온 마법 도구에서 튀김을 더 가져다 달라고 부탁했다.

물론 다른 메뉴도 호평이었다.

"죽순밥."

"맛있어요."

"응, 맛있어."

"미아, 이 치쿠젠니도 맛있다고 보고합니다."

"집어줘."

다른 애들은 마이 페이스로 여러 음식을 즐기고 있었다.

"미아, 이 빨간 띠의 콘부마키#18는 안에 생선이 안 들었어."

"사토."

기뻐하는 미아가 젓가락을 입에 물고 웃었다.

"튀김도 좋지만 야마토니도 참을 수가 없네. 생강을 올린 데다 간장이 있으니 최깅이아—."

아리사가 독특한 방식으로 만끽하고 있기에 좋을 대로 하라고 내버려뒀다.

조금 아저씨 같지만 거기에 태클을 걸면 못난 짓이지.

나도 즐거운 웃음에 치유를 받으면서 여러 가지 요리를 즐겼다.

◆

즐거운 저녁 식사 뒤, 나는 어떤 방문객을 맞이했다.

메이드가 손님이 찾아왔음을 알렸을 때 지인이나 용사 관계자인가 했지만, 뜻밖에 초면인 상대였다.

메이드의 안내를 받아 응접실로 들어갔다.

그곳에 핑크색 머리칼과 파란 눈동자의 소녀가 있었다.

#18 콘부마키 생선을 다시마로 말아서 익힌 요리.

낯익은 얼굴이다. 낮에 노란 피부 마족을 퇴치할 때 본 애로군.

"흑발…… 일본인……."

그녀는 내 얼굴을 보자마자 눈빛을 반짝이며 중얼거렸다.

사랑에 빠진 소녀 같은 뜨거운 한숨을 흘리더니, 충격적인 한 마디를 했다.

"처음 뵙겠습니다, 저의 용사님―."

소국 르모크의 메네아 왕녀와 첫 만남이었다.

안녕하세요, 아이나나 히로입니다.

이번에 「데스마치에서 시작되는 이세계 광상곡」 제6권을 집어주셔서 대단히 감사합니다!

이번에도 본편에 페이지를 꽉 채워 넣다 보니 후기가 한 페이지가 됐습니다.

제6권은 세라의 언니이자 용사의 종자인 린그란데를 발탁하여 이야기를 재구성했습니다.

그에 따라 공도의 귀족들과 교류가 늘어나고, 왕자와 얽히는 이유도 WEB판과 달라졌습니다.

또한 판타지 요소를 올리기 위한 사이드 에피소드도 듬뿍 늘렸습니다. WEB판에서는 이름만 나왔던 분도 지난 권에 살짝 언급된 것처럼 이야기에 등장했으니 기대해 주세요!

마지막으로 늘 그렇듯 인사를! 담당자 H 씨와 새로운 담당자 K 씨, 그리고 Shri 님, 그밖에 이 책의 출판과 유통판매에 연관된 모든 분들, 그리고 응원해주시는 독자 여러분께 감사를!

본 작품을 마지막까지 읽어주셔서 정말 고맙습니다!

그러면 다음 권, 흑룡편에서 만나요!

아이나나 히로

■역자 후기

안녕하세요, 불초 역자입니다.

다시 뵈어 반갑습니다. 이번에도 역시 짧은 작가 후기에 감탄하면서 얼마 안 되는 분량을 뭘로 채울까 고민하고 있습니다. 작가 후기를 따라서 본편 내용을 살짝만 언급해 볼까요?

아리사가 종종 언급했던 용사가 드디어(?) 등장을 했습니다. 아리사의 언급이 워낙 그거였다 보니 대체 어떤 인물인지 궁금했던 사람들은 드디어 궁금증이 풀리겠군요.

그리고 막판에 나와서 강렬한 인상을 남기고 장렬하게 전사한 7인분(?)에게 찬사를 보냅니다. 이번 6권의 주역은 그분들(?)이라고 해도 과언이 아닙니다. 설마 그 짧은 등장으로 이토록 강렬한 인상을 남길 줄은 몰랐어요.

다음 권에서는 또 어떤 캐릭터가 발탁되어 이야기를 이끌어가고 뜻밖에 인상을 줄 지 기대됩니다.

그럼 다음에 또 뵈어요!

데스마치에서 시작되는 이세계 광상곡 6

1판 1쇄 발행 2016년 12월 10일
1판 3쇄 발행 2017년 2월 28일

지은이_ Hiro Ainana
일러스트_ shri
옮긴이_ 박경용

발행인_ 신현호
편집부장_ 김은주
편집진행_ 최은진 · 김기준 · 김승신 · 원현선
편집디자인_ 양우연
국제업무_ 정아라
관리 · 영업_ 김민원 · 조인희

펴낸곳_ (주)디앤씨미디어
등록_ 2002년 4월 25일 제20-260호
주소_ 서울시 구로구 디지털로 26길 111 JnK디지털타워 503호
전화_ 02-333-2513(대표)
팩시밀리_ 02-333-2514
이메일_ lnovelpiya@naver.com
ㄴ노벨 공식 카페_ http://cafe.naver.com/lnovel11

DEATH MARCHING TO THE PARALLEL WORLD RHAPSODY Vol.6
©Hiro Ainana, shri 2015
First published in Japan in 2015 by KADOKAWA CORPORATION, Tokyo.
Korean translation rights arranged with KADOKAWA CORPORATION, Tokyo.

ISBN 979-11-278-3857-7 04830
ISBN 978-89-267-9956-7 (세트)

값 8,500원

© Taro Hitsuji, Kurone Mishima 2015 /
KADOKAWA CORPORATION

변변찮은 마술강사와 금기교전 1~4권

히츠지 타로 지음 | 미시마 쿠로네 일러스트 | 최승원 옮김

알자노 제국 마술 학원의 계약직 강사인 글렌 레이더스는 수업 중
자습 → 취침 상습범.
그러다 웬일로 교단에 서나 싶으면 칠판에 교과서를 못으로 고정해놓는 등,
그야말로 학생들도 기가 막혀 하는 변변찮은 강사다.
결국 그런 글렌에게 진심으로 화가 난 학생,
「교사 킬러」로 악명이 자자한 시스티나 피벨이 결투를 신청하지만—
이 해프닝은 글렌이 허무하게 패배하는 안타까운 결말로 막을 내린다.
하지만 학원에 닥친 미증유의 테러 사건에 학생들이 휘말리자,
"내 학생에게 손대지 마!"
비로소 글렌의 본성이 발휘된다!

**제26회 판타지아 대상의 〈대상〉을 수상한
전대미문의 신세대 학원 액션 판타지!**

라이트노벨의 새로운 빛! L노벨의 신간은 매월 10일에 발매됩니다. http://cafe.naver.com/lnovel11

최약무패의 신장기룡 1~9권

아카츠키 센리 지음 | 카스가 아유무 일러스트 | 원성민 옮김

5년 전 혁명으로 인해 멸망한 제국의 왕자 · 룩스는 실수로 난입하고 만
여자기숙사 목욕탕에서 신왕국의 공주 · 리즈샤르테와 만난다.
"……언제까지 내 알몸을 보고 있을 생각이냐, 이 바보 자식아아아앗!"
유적에서 발굴된 고대병기 장갑기룡.
일찍이 최강의 기룡사라고 불리던 룩스는,
지금은 공격을 전혀 하지 않는 기룡사로서『무패의 최약』이라고 불리고 있었다.
리즈샤르테의 도전을 받아 결투를 벌인 끝에,
룩스는 어찌 된 영문인지 기룡사 육성을 위한 여학원에 입학하게 되는데……?!
왕립 사관학원의 귀족 자녀들에게 둘러싸인 몰락왕자의 이야기가 시작된다.

왕도와 패도가 엇갈리는
『최강』의 학원 판타지 배틀, 개막!
TV애니메이션 애니플러스 방영작!